百年经典散文

CENTURY
CLASSIC PROSE

谢冕◎主编

挚友真情

著名作家黄蓓佳，著名文学评论家孟繁华、王干，

著名特级教师王岱联袂推荐——

聆听大家心语，沐浴经典成长。

山东人民出版社

全国百佳图书出版单位 国家一级出版社

图书在版编目（CIP）数据

挚友真情 / 谢冕主编 .— 济南：山东人民出版社，2014.5（2023.4重印）
（百年经典散文）
ISBN 978-7-209-05700-4

Ⅰ.①挚… Ⅱ.①谢… Ⅲ.①散文集—中国—近现代
Ⅳ.①I26

中国版本图书馆 CIP 数据核字（2014）第 019948 号

责任编辑： 王海涛　刘　晨

挚友真情
谢冕　主编

山东出版传媒股份有限公司
山东人民出版社出版发行
社　址：济南市舜耕路517号　邮编：250003
网　址：http://www.sd－book.com.cn
市场部：（0531）82098027 82098028
新华书店经销
三河市华东印刷有限公司印装

规　格　16 开（170mm × 240mm）
印　张　18
字　数　176 千字
版　次　2014 年 5 月第 1 版
印　次　2023 年 4 月第 3 次
ISBN 978-7-209-05700-4
定　价　58.00 元

如有质量问题， 请与印刷厂调换。 （010）57572860

那些让人心旌摇荡的文字 ①

谢 冕

这里汇聚了近百年来世界和中国一批散文名家的作品，作者来自中国和中国以外的国度。有的非常知名，有的未必知名，但所有的入选文字都是非常优秀的。这可说是一次空前的集聚。这里所谓的"空前"，不仅指的是作品的主题涉及社会人生浩瀚而深邃的领域，也不仅指的是它们在文体创新方面以及在文字的优美和艺术的精湛方面所达到的高度，而且指的是它们概括了人类长期积累的宝贵经验，它所传达的洞察世事的智慧，特别重要的是它代表了人性的美以及人类的良知。

从十九世纪后期到二十世纪末这一百年间，人类经历了从工业革命到电子革命的沧桑巨变，科技的发达给人类创造了伟大的二十世纪文明。人类理所当然地享受着它应有的荣光，同时，他们也曾蒙受空前的苦难：天灾、战乱、饥饿，特别是两次世界大战给人类留下了巨大的伤痛。在战争的废墟上

---

① 这是为山东人民出版社《百年经典散文》所写的总序。这套丛书计八卷，分别为《闲情谐趣》《游踪漫影》《天南海北》《励志修身》《亲情无限》《挚友真情》《纯情私语》《哲理美文》。

反顾来路，那些优秀的、未曾沉酣的大脑开始了深刻的反思。于是有了关于未来的忧患和畏惧，有了对于和平的祈求和争取，以及对于人类更合理的生活秩序和理想的召唤。这种反思集中在对于人类本性的恢复和重建上。

世纪的反思以多种方式展开，其中尤以文学的和艺术的方式最为显眼有力，它因生动具象而使这种反思更具直观的效果。以文学的方式出现的诗歌、小说和戏剧的文体当然有着令人印象深刻的贡献。而我们此刻面对的是散文，这是有别于其他文体的一种文学类别。在我们通常的识见中，文学创作的优长之处在它的虚构性。我们都知道，文学的使命是想象的，人们通过那些非凡的想象力获得对物质世界和精神世界更真实也更有力的升华，从而获得更有超越性的审美震撼。

散文作为文学的一种无疑也具有上述特性。但我们觉察到，散文似乎隐约地在排斥文学的虚构，那些优秀的散文几乎总在有意无意地"遗忘"虚构。散文这一文体的动人心魄之处是：它对于人的内心世界的绝对的"忠实"，它断然拒绝情感和事实的"虚拟"。散文重视的是直达人的内心，它弃绝对心灵的虚假装饰。一般而言，一旦散文流于虚情，散文的生命也就荡然无存，而不论它的辞采有多么华美。散文看重的是真情实意。以往人们谈论最多的"形散而神不散"，其实仅仅是就它在谋篇构思等的外在因素而言，并不涉及散文创作的真质。当然，这里表述的只是个人的浅见，并不涉及严格的文体定义。这种表述也许更像是个人对散文价值的一次郑重体认。

广泛地阅读，认真地品鉴，严格地遴选，一百年来中外的散文名篇跃进了选家的眼帘，并在读者面前展示了它的异彩。可以看出，所有的作者面对他的纷繁多姿的世界，面对这个世界的万事万物万种情思，他们都未曾隐匿自己的忧乐爱憎，而且总是付诸真挚而坦率的表达。真文是第一，美文在其次，思想、情怀加上文采，它们到达的是文章的极致。

这些作者通过一百年的浩瀚时空，给了我们一百年人世悲欢离合的感兴，他们以优美的文字记下这一切内心历程，满足我们也丰富我们。有的文字是承载着哲理的思忖，有的文字充盈人间的悲悯情怀，有的文字敞开着宽广的胸怀，是上下数千年的心灵驰骋。人们披卷深思并发现，大自对于五千年后的子孙的深情寄语，论说灵魂之不朽，精神之长在，对生命奥秘之拷问，乃至对抽象的自由与财富之价值判断，他们面对这一切命题，均能以睿智而从容的心境处之。表达也许完美，表达也许并不完美，这都不重要，重要的是，所有的文字均源生于对于自然界的一草一木、人世间的一颦一笑，于日常的举手投足之间，总是充满了人间的智慧和情趣。

这些文字，有的深邃如哲学大师的启蒙，有的活泼如儿童天籁般的童真，有的深沉而淡定，有的幽默而理趣。我们手执一卷，犹如占有整个世界。整个世界都在聆听大师，整个世界都在与我们平等对话，我们像是在过着盛大的节日。这里的奉献，不仅是宽容的、无私的，而且是慷慨的，我们仿佛置身于精神的盛宴。举世滔滔，灯红酒绿，充满了时尚的诱惑与追逐，使人深感被疏远的、从而显得陌生的精神是多么可贵。

能够在一杯茶或一杯咖啡的余温里沐浴着这种温暖的、智性的阳光，这应该是人间的至乐了！朋友，书已置放在你的案前，那些依然健在的，或者已经远去的心灵，在等待与你对话，那些让人心旌摇荡的文字，在等待你的聆听。

二〇一三年一月一日，执笔于北京昌平寓所

目录

目录

目录

藤野先生

□〔中国〕鲁迅

东京也无非是这样。上野的樱花烂漫的时季，望去确也像绯红的轻云，但花下也缺不了成群结队的"清国留学生"的速成班，头顶上盘着大辫子，顶得学生制帽的顶上高高耸起，形成一座富士山。也有解散辫子，盘得平的，除下帽来，油光可鉴，宛如小姑娘的发髻一般，还要将脖子扭几扭。实在标致极了。

中国留学生会馆的门房里有几本书买，有时还值得去一转。倘在上午，里面的几间洋房里倒也还可以坐坐的。但到傍晚，有一间的地板便常不免要咚咚咚地响得震天，兼以满房烟尘斗乱，问问精通时事的人，答道："那是在学跳舞。"

到别的地方去看看，如何呢？

我就往仙台的医学专门学校去。从东京出发，不久便到一处驿站，写道：日暮里。不知怎地，我到现在还记得这名目。其次却只记得水户了，这是明的遗民朱舜水先生客死的地方。仙台是一个市镇，并不大，冬天冷得利害，还没有中国的学生。

大概是物以稀为贵罢。北京的白菜运往浙江，便用红头绳系住菜根，倒挂在水果店头，尊为"胶菜"；福建野生着的芦荟，一到北京就请进温室，且美其名曰"龙舌兰"。我到仙台也颇受了这样的优待，不但学校不收学费，几个职员还为我的食宿操心。我先是住在监狱旁边一个客店里的，初冬已经颇冷，蚊子却还多，后来用被盖了全身，用衣服包了头脸，只留两个鼻孔出气。在这呼吸不息的地方，蚊子竟无从插嘴，居然睡安稳了。饭食也不坏。但一位先生却以为这客店也包办囚人的饭食，我住在那里不相宜，几次三番，几次三番地说。我虽然觉得客店兼办囚人的饭食和我不相干，然而好意难却，也只得别寻相宜的住处了。于是搬到别一家，离监狱也很远，可惜每天总要喝难以下咽的芋梗汤。

从此就看见许多陌生的先生，听到许多新鲜的讲义。解剖学是两个教授分任的。最初是骨学。其时进来的是一个黑瘦的先生，八字须，戴着眼镜，挟着一叠大大小小的书。一将书放在讲台上，便用了缓慢而很有顿挫的声调，向学生介绍自己道：

"我就是叫作藤野严九郎的……"

后面有几个人笑起来了。他接着便讲述解剖学在日本发达的历史，那些大大小小的书，便是从最初到现今关于这一门学问的著作。起初有几本是线装的，还有翻刻中国译本的，他们的翻译和研究新的医学，并不比中国早。

那坐在后面发笑的是上学年不及格的留级学生，在校已经一年，掌故颇为熟悉的了。他们便给新生讲演每个教授的历史。这藤野先生，据说是穿衣服太模糊了，有时竟会忘记戴领结；冬天是一件旧外套，寒颤颤的，有一回上火车去，致使管车的疑心他是扒手，叫车里的客人大家小心些。

他们的话大概是真的，我就亲见他有一次上讲堂没有戴领结。

过了一星期，大约是星期六，他使助手来叫我了。到得研究室，见他坐在人骨和许多单独的头骨中间——他其时正在研究着头骨，后来有一篇论文在本校的杂志上发表出来。

"我的讲义，你能抄下来么？"他问。

"可以抄一点。"

"拿来我看！"

我交出所抄的讲义去，他收下了，第二三天便还我，并且说，此后每一星期要送给他看一回。我拿下来打开看时，很吃了一惊，同时也感到一种不安和感激。原来我的讲义已经从头到末，都用红笔添改过了，不但增加了许多脱漏的地方，连文法和错误，也都一一订正。这样一直继续到教完了他所担任的功课：骨学、血管学、神经学。

可惜我那时太不用功，有时也很任性。还记得有一回藤野先生将我叫到他的研究室里去，翻出我那讲义上的一个图来，是下臂的血管，指着，向我和蔼地说道：

"你看，你将这条血管移了一点位置了，自然，这样一移，的确比较的好看些，然而解剖图不是美术，实物是那么样的，我们没法改换它。现在我给你改好了，以后你要全照着黑板上那样的画。"

但是我还不服气，口头答应着，心里却想道：

"图还是我画的不错，至于实在的情形，我心里自然记得的。"

学年试验完毕之后，我便到东京玩了一夏天，秋初再回学校，成绩早已发表了，同学一百余人之中，我在中间，不过是没有落第。这回藤野先生所担任的功课，是解剖实习和局部解剖学。

解剖实习了大概一星期，他又叫我去了，很高兴地，仍用了极有抑扬的声调对我说道：

"我因为听说中国人是很敬重鬼的，所以很担心，怕你不肯解剖尸体。现在总算放心了，没有这回事。"

但他也偶有使我很为难的时候。他听说中国的女人是裹脚的，但不知道详细，所以要问我怎么裹法，足骨变成怎样的畸形，还叹息道："总要看一看才知道。究竟是怎么一回事呢？"

有一天，本级的学生会干事到我寓里来了，要借我的讲义看。我检出来交给他们，却只翻检了一通，并没有带走。但他们一走，邮差就送到一封很厚的信，拆开看时，第一句是：

"你改悔罢！"

这是《新约》上的句子罢，但经托尔斯泰新近引用过的。其时正值日俄战争，托老先生便写了一封给俄国和日本的皇帝的信，开首便是这一句。日本报纸上很斥责他的不逊，爱国青年也愤然，然而暗地里却早受了他的影响了。其次的话，大略是说上年解剖学试验的题目，是藤野先生讲义上做了记号，我预先知道的，所以能有这样的成绩。末尾是匿名。

我这才回忆到前几天的一件事。因为要开同级会，干事便在黑板上写广告，末一句是"请全数到会勿漏为要"，而且在"漏"字旁边加了一个圈。我当时虽然觉得圈得可笑，但是毫不介意，这回才悟出那字也在讥刺我了，犹言我得了教员漏泄出来的题目。

我便将这事告知了藤野先生；有几个和我熟识的同学也很不平，一同去诘责干事托辞检查的无礼，并且要求他们将检查的结果，发表出来。终于这流言消灭了，干事却又竭力运动，要收回那一封匿名信去。结末是我便将这托尔斯泰式的信退还了他们。

中国是弱国，所以中国人当然是低能儿，分数在六十分以上，便不是自己的能力了：也无怪他们疑惑。但我接着便有参观枪毙中国人的命运了。第二年添教霉菌学，细菌的形状是全用电影来显示的，一段落已完而还没有到下课的时候，便影几片时事的片子，自然都是日本战胜俄国的情形。但偏有中国人夹在里边：给俄国人做侦探，被日本军捕获，要枪毙了，围着看的也是一群中国人；在讲堂里的还有一个我。

"万岁！"他们都拍掌欢呼起来。

这种欢呼，是每看一片都有的，但在我，这一声却特别听得刺耳。此后回到中国来，我看见那些闲看枪毙犯人的人们，他们也何尝不酒醉似的喝彩——呜呼，无法可想！但在那时那地，我的意见却变化了。

到第二学年的终结，我便去寻藤野先生，告诉他我将不学医学，并且离开这仙台。他的脸色仿佛有些悲哀，似乎想说话，但竟没有说。

"我想去学生物学，先生教给我的学问，也还有用的。"其实我并没有决意要学生物学，因为看得他有些凄然，便说了一个慰安他的谎话。

"为医学而教的解剖学之类，怕于生物学也没有什么大帮助。"他叹息说。

将走的前几天，他叫我到他家里去，交给我一张照相，后面写着两个字道："惜别。"还说希望将我的也送他。但我这时适值没有照相了，他便叮嘱我将来照了寄给他，并且时时通信告诉他此后的状况。

我离开仙台之后，就多年没有照过相，又因为状况也无聊，说起来无非使他失望，便连信也怕敢写了。经过的年月一多，话更无从说起，所以虽然有时想写信，却又难以下笔，这样的一直到现在，竟没有寄过一封信和一张照片。从他那一面看起来，是一去之后，杳无消息了。

但不知怎地，我总还时时记起他，在我所认为我师的之中，他是最使我感激，给我鼓励的一个。有时我常常想：他的对于我的热心的希望，不倦的教诲，小而言之，是为中国，就是希望中国有新的医学；大而言之，是为学术，就是希望新的医学传到中国去。他的性格，在我的眼里和心里是伟大的，虽然他的姓名并不为许多人所知道。

他所改正的讲义，我曾经订成三厚本，收藏着的，将作为永久的纪念。不幸七年前迁居的时候，中途毁坏了一口书箱，失去半箱书，恰巧这讲义也遗失在内了。责成运送局去找寻，寂无回信。只有他的照相至今还挂在我北京寓居的东墙上，书桌对面。每当夜间疲倦，正想偷懒时，仰面在灯光中瞥见他黑瘦的面貌，似乎正要说出抑扬顿挫的话来，便使我忽又良心发现，而且增加勇气了，于是点上一支烟，再继续写些为"正人君子"之流所深恶痛疾的文字。

佳作赏析：

鲁迅（1881—1936），浙江绍兴人。现代思想家、文学家。著有短篇小说集《呐喊》《彷徨》，散文集《野草》等。有《鲁迅全集》印行。

　　这是鲁迅怀念老师的文章。年轻时期的鲁迅曾求学日本，遇见了一位令人尊敬的老师——藤野先生。藤野先生除了在教学上教授鲁迅知识以外，更重要的是影响了鲁迅的做人。"不歧视中国人"是藤野先生的人生观，正因如此，鲁迅对自己的老师是倍加尊重的。

　　在这篇著名的散文中，鲁迅用生动的细节描写了藤野先生对自己的关爱和中国留学生颓废麻木的生活状况。通过对藤野先生的外貌描写和有关掌故的介绍，刻画出了一位生活俭朴、治学严谨的好老师。一位良师能让你的一生受益无穷，正直无私、没有民族偏见的藤野先生影响了鲁迅的一生。

范爱农

□ [中国] 鲁迅

在东京的客店里，我们大抵一起来就看报。学生所看的多是《朝日新闻》和《读卖新闻》，专爱打听社会上琐事的就看《二六新闻》。一天早晨，劈头就看见一条从中国来的电报，大概是："安徽巡抚恩铭被 Jo Shiki Rin 刺杀，刺客就擒。"

大家一怔之后，便容光焕发地互相告语，并且研究这刺客是谁，汉字是怎样三个字。但只要是绍兴人，又不专看教科书的，却早已明白了。这是徐锡麟，他留学回国之后，在做安徽候补道，办着巡警事务，正合于刺杀巡抚的地位。

大家接着就预测他将被极刑，家族将被连累。不久，秋瑾姑娘在绍兴被杀的消息也传来了，徐锡麟是被挖了心，给恩铭的亲兵炒食净尽。人心很愤怒。有几个人便秘密地开一个会，筹集川资，这时用得着日本浪人了，撕乌贼鱼下酒，慷慨一通之后，他便登程去接徐伯荪的家属去。

照例还有一个同乡会，吊烈士，骂满洲，此后便有人主张打电报到北京，痛斥满政府的无人道。会众即刻分成两派：一派要发电，一派不要发。我是主张发电的，但当我说出之后，即有一种钝滞的声音跟着起来：

"杀的杀掉了，死的死掉了，还发什么屁电报呢。"

这是一个高大身材，长头发，眼球白多黑少的人，看人总像在藐视。他蹲在席子上，我发言大抵就反对。我早觉得奇怪，注意着他的了，到这时才打听别人：说这话的是谁呢，有那么冷？认识的人告诉我说：他叫范爱农，是徐伯荪的学生。

我非常愤怒了，觉得他简直不是人，自己的先生被杀了，连打一个电报还害怕，于是便坚执地主张要发电，同他争起来，结果是主张发电的居多数，他屈服了。其次要推出人来拟电稿。

"何必推举呢？自然是主张发电的人啰。"他说。

我觉得他的话又在针对我，无理倒也并非无理的。但我便主张这一篇悲壮的文章必须深知烈士生平的人做，因为他比别人关系更密切，心里更悲愤，做出来就一定更动人。于是又争起来。结果是他不做，我也不做，不知谁承认做去了。其次是大家走散，只留下一个拟稿的和一两个干事，等候做好之后去拍发。

从此我总觉得这范爱农离奇，而且很可恶。天下可恶的人，当初以为是满人，这时才知道还在其次，第一倒是范爱农。中国不革命则已，要革命，首先就必须将范爱农除去。

然而这意见后来似乎逐渐淡薄，到底忘却了，我们从此也没有再见面。直到革命的前一年，我在故乡做教员，大概是春末时候罢，忽然在熟人的客座上看见了一个人，互相熟视了不过两三秒钟，我们便同时说：

"哦哦，你是范爱农！"

"哦哦，你是鲁迅！"

不知怎地我们便都笑了起来，是互相的嘲笑和悲哀。他眼睛还是那样，然而奇怪，只这几年，头上却有了白发了，但也许本来就有，我先前没有留心到。他穿着很旧的布马褂，破布鞋，显得很寒素。谈起自己的经历来，他说他后来没有了学费，不能再留学，便回来了。回到故乡之后，又受着轻蔑，排斥，迫害，几乎无地可容。现在是躲在乡下，教着几个小学生糊口。但因为有时觉得很气闷，所以也乘了航船进城来。

他又告诉我现在爱喝酒，于是我们便喝酒。从此他每一进城，必定来访我，非常相熟了。我们醉后常谈些愚不可及的疯话，连母亲偶然听到了也发笑。一天我忽而记起在东京开同乡会时的旧事，便问他：

"那一天你专门反对我，而且故意似的，究竟是什么缘故呢？"

"你还不知道？我一向就讨厌你的——不但我，我们。"

"你那时之前，早知道我是谁么？"

"怎么不知道。我们到横滨，来接的不就是子英和你么？你看不起我们，摇摇头，你自己还记得么？"

我略略一想，记得的，虽然是七八年前的事。那时是子英来约我的，说到横滨去接新来留学的同乡。汽船一到，看见一大堆，大概一共有十多人，一上岸便将行李放到税关上去候查检，关吏在衣箱中翻来翻去，忽然翻出一双绣花的弓鞋来，便放下公事，拿着仔细地看。我很不满，心里想，这些鸟男人，怎么带这东西来呢。自己不注意，那时也许就摇了摇头。检验完毕，在客店小坐之后，即须上火车。不料这一群读书人又在客车上让起座位来了，甲要乙坐在这位上，乙要丙去坐，揖让未终，火车已开，车身一摇，即刻跌倒了三四个。我那时也很不满，暗地里想：连火车上的座位，他们也要分出尊卑来……自己不注意，也许又摇了摇头。然而那群雍容揖让的人物中就有范爱农，却直到这一天才想到。岂但他呢，说起来也惭愧，这一群里，还有后来在安徽战死的陈伯平烈士，被害的马宗汉烈士，被囚在黑狱里，到革命后才见天日而身上永带着匪刑的伤痕的也还有一两人。而我都茫无所知，摇着头将他们一并运上东京了。徐伯荪虽然和他们同船来，却不在这车上，因为他在神户就和他的夫人坐车走了陆路了。

我想我那时摇头大约有两回，他们看见的不知道是哪一回。让座时喧闹，检查时幽静，一定是在税关上的那一回了，试问爱农，果然是的。

"我真不懂你们带这东西做什么？是谁的？"

"还不是我们师母的？"他瞪着他多白的眼。

"到东京就要假装大脚，又何必带这东西呢？"

"谁知道呢？你问她去。"

到冬初，我们的景况更拮据了，然而还喝酒，讲笑话。忽然是武昌起义，接着是绍兴光复。第二天爱农就上城来，戴着农夫常用的毡帽，那笑容是从来没有见过的。

"老迅，我们今天不喝酒了。我要去看看光复的绍兴。我们同去。"

我们便到街上去走了一通，满眼是白旗。然而貌虽如此，内骨子是依旧的，因为还是几个旧乡绅所组织的军政府，什么铁路股东是行政司长，钱店撑柜是军械司长……这军政府也到底不长久，几个少年一嚷，王金发带兵从杭州进来了，但即使不嚷或者也会来。他进来以后，也就被许多闲汉和新进的革命党所包围，大做王都督。在衙门里的人物，穿布衣来的，不上十天也大概换上皮袍子了，天气还并不冷。

我被摆在师范学校校长的饭碗旁边，王都督给了我校款二百元。爱农做监学，还是那件布袍子，但不大喝酒了，也很少有工夫谈闲天。他办事，兼教书，实在勤快得可以。

"情形还是不行，王金发他们。"一个去年听过我的讲义的少年来访问我，慷慨地说，"我们要办一种报来监督他们。不过发起人要借用先生的名字。还有一个是子英先生，一个是德清先生。为社会，我们知道你决不推却的。"

我答应他了。两天后便看见出报的传单，发起人诚然是三个。五天后便见报，开首便骂军政府和那里面的人员，此后是骂都督，都督的亲戚、同乡、姨太太……

这样地骂了十多天，就有一种消息传到我的家里来，说都督因为你们诈取了他的钱，还骂他，要派人用手枪来打死你们呢。

别人倒还不打紧，第一个着急的是我的母亲，叮嘱我不要再出去。但我还是照常走，并且说明，王金发是不来打死我们的，他虽然绿林大学出身，而杀人却不很轻易。况且我拿的是校款，这一点他还能明白的，不过说说罢了。

果然没有来杀。写信去要经费，又取了二百元。但仿佛有些怒意，同时传令道：再来要，没有了！

不过爱农得到了一种新消息，却使我很为难。原来所谓"诈取"者，并非指学校经费而言，是指另有送给报馆的一笔款。报纸上骂了几天之后，王金发便叫人送去了五百元。于是乎我们的少年们便开起会议来，第一个问题是：收不收？决议曰：收。第二个问题是：收了之后骂不骂？决议曰：骂。理由是：收钱之后，他是股东；股东不好，自然要骂。

我即刻到报馆去问这事的真假。都是真的。略说了几句不该收他钱的话，一个名为会计的便不高兴了，质问我道：

"报馆为什么不收股本？"

"这不是股本……"

"不是股本是什么？"

我就不再说下去了，这一点世故是早已知道的，倘我再说出连累我们的话来，他就会面斥我太爱惜不值钱的生命，不肯为社会牺牲，或者明天在报上就可以看见我怎样怕死发抖的记载。

然而事情很凑巧，季弗写信来催我往南京了。爱农也很赞成，但颇凄凉，说：

"这里又是那样，住不得。你快去罢……"

我懂得他无声的话，决计往南京。先到都督府去辞职，自然照准，派来了一个拖鼻涕的接收员，我交出账目和余款一角又两铜元，不是校长了。后任是孔教会会长傅力臣。

报馆案是我到南京后两三个星期了结的，被一群兵们捣毁了。子英在乡下，没有事；德清适值在城里，大腿上被刺了一尖刀，他大怒了。自然，这是很有些痛的，怪他不得。他大怒之后，脱下衣服，照了一张照片，以显示一寸来宽的刀伤，并且做一篇文章叙述情形，向各处分送，宣传军政府的横暴。我想，这种照片现在是大约未必还有人收藏着了，尺寸太小，刀伤缩小到几乎等于无，如果不加说明，看见的人一定以为是带些疯气的风流人物的裸体照片，倘遇见孙传芳大帅，还怕要被禁止的。

我从南京移到北京的时候，爱农的学监也被孔教会会长的校长设法去掉了。他又成了革命前的爱农。我想为他在北京寻一点小事做，这是他非常希望的，然而没有机会。他后来便到一个熟人的家里去寄食，也时时给我信，景况愈困穷，言辞也愈凄苦。终于又非走出这熟人的家不可，便在各处飘浮。不久，忽然从同乡那里得到一个消息，说他已经掉在水里，淹死了。

我疑心他是自杀。因为他是浮水的好手，不容易淹死的。

夜间独坐在会馆里，十分悲凉，又疑心这消息并不确，但无端又觉得这是极其可靠的，虽然并无证据。一点法子都没有，只做了四首诗，后来曾在一种日报上发表，现在是将要忘记完了。只记得一首里的六句，起首四句是："把酒论天下，先生小酒人，大圜犹酩酊，微醉合沉沦。"中间忘掉两句，末了是："旧朋云散尽，余亦等轻尘。"

后来我回故乡去，才知道一些较为详细的事。爱农先是什么事也没得做，因为大家讨厌他。他很困难，但还喝酒，是朋友请他的。他已经很少和人们来往，常见的只剩下几个后来认识的较为年轻的人了，然而他们似乎也不愿意多听他的牢骚，以为不如讲笑话有趣。

"也许明天就收到一个电报，拆开来一看，是鲁迅来叫我的。"他时常这样说。

一天，几个新的朋友约他坐船去看戏，回来已过夜半，又是大风雨，他醉着，却偏要到船舷上去小解。大家劝阻他，也不听，自己说是不会掉下去的。但他掉下去了，虽然能浮水，却从此不起来。

第二天打捞尸体，是在菱荡里找到的，直立着。

我至今不明白他究竟是失足还是自杀。

他死后一无所有，遗下一个幼女和他的夫人。有几个人想集一点钱作他女孩将来的学费的基金，因为一经提议，即有族人来争这笔款的保管权——其实还没有这笔款，大家觉得无聊，便无形消散了。

现在不知他唯一的女儿景况如何？倘在上学，中学已该毕业了罢。

佳作赏析：

本文记述了鲁迅先生在日留学时和回国后与范爱农接触的几个生活片段，重点描写了范爱农不满黑暗社会，追求革命，辛亥革命后又备受打击迫害的知识分子形象，表现了对旧民主主义革命的失望，对这位倔强的、觉醒的知识分子的同情和悼念。

文章开头便记叙了作者在茶馆里和范爱农相识的事，先抒发作者对范爱农的憎恶，为后文写对他的亲切友善的描写作了铺垫。欲扬先抑的写作手法十分到位，朴素精练的语言，为我们展现了鲁迅先生对死难者的一种同情，一种责任。

李叔同

□ [中国] 夏丏尊

今年旧历九月二十日，是弘一法师满六十岁诞辰。佛学书局因为我是他的老友，嘱写些文字以为纪念，我就把他出家的经过加以追叙。他是三十九岁那年夏间披剃的，到现在已整整作了二十一年的僧侣生涯。我这里所述的，也都是二十一年前的旧事。

说起来也许会教大家不相信，弘一法师的出家可以说和我有关，没有我，也许不至于出家。关于这层，弘一法师自己也承认。有一次，记得是他出家二三年后的事，他要到新城掩关去了，杭州知友们在银洞巷虎跑寺下院替他饯行，有白衣，有僧人。斋后，他在座间指了我向大家道：

"我的出家，大半由于这位夏居士的助缘。此恩永不能忘！"

我听了不禁面红耳赤，惭悚无以自容。因为一，我当时自己尚无信仰，以为出家是不幸的事情，至少是受苦的事情。弘一法师出家以后即修种种苦行，我见了常不忍。二，他因我之助缘而出家修行去了，我却竖不起肩膀，仍浮沉在醉生梦死的凡俗之中。所以深深地感到对于他的责任，很是难过。

我和弘一法师（俗姓李，名字屡易，为世熟知者名曰息，字曰叔同）相识，是在杭州浙江两级师范学校（后改名浙江第一师范学校）任教的时候。这个学校有一个特别的地方，不轻易更换教职员。我前后担任了十三年，他担任了七年。在这七年中，我们晨夕一堂，相处得很好。他比我长六岁，当时我们已是三十左右的人，少年名士气息铲除将尽，想在教育上做些实际功夫。我担任舍监职务，兼教修身课，时时感觉对于学生感化力不足。他教的是图画音乐二科，这两种科目，在他未来以前是学生所忽视的，自他任教以后就忽然被重视起来，几乎把全校学生的注意力都牵引过去了。课余但闻琴声歌声，假日常见学生出外写生，这原因一半当然是他对于这二科实力充足，一半也由于他的感化力大。只要提起他的名字，全校师生以及工役没有人不起敬的。他的力量全由诚敬中发出，我只好佩服他，不能学他。举一个实例来说，有一次，寄宿舍里有学生失少了财物了，大家猜测是某一个学生偷的，检查起来却没有得到证据。我身为舍监，深觉惭愧苦闷，向他求教。他所指教我的方法说也怕人，教我自杀！说：

"你肯自杀吗？你若出一张布告，说做贼者速来自首。如三日内无自首者，足见舍监诚信未孚，誓一死以殉教育。果能这样，一定可以感动人，一定会有人来自首。——这话须说得诚实，三日后如没有人自首，真非自杀不可。否则便无效力。"

这话在一般人看来是过分之辞，他提出来的时候却是真心的流露，并无虚伪之意。我自愧不能照行，向他笑谢，他当然也不责备我。我们那时颇有些道学气，俨然以教育者自任，一方面又痛感到自己力量的不够。可是所想努力的，还是儒家式的修养，至于宗教方面简直毫不关心的。

有一次，我从一本日本的杂志上见到一篇关于断食的文章，说断食是身心"更新"的修养方法。自古宗教上的伟人，如释迦，如耶稣，都曾断过食。断食能使人除旧换新，改去恶德，生出伟大的精神力量。并且还列举实行的方法及应注意的事项，又介绍了一本专讲断食的参考书。我对于这篇文章很有兴味，便和他谈及，他就好奇地向我要了杂志去看。以后我们也常谈到这事，彼此都有"有机会时最好把断食来试试"的话，可是并没有作过具体的决定，至少在我自己是说过就算了的。约莫经过了一年，他竟独自去实行断食了。这是他出家前一年阳历年假的事。他有家眷在上海，平日每月回上海两次，年假暑假当然都回上海的。阳历年假只十天，放假以后我也就回家去了，总以为他仍照例回到上海了。假满返校，不见到他，过了两个星期他才回来，据说假期中没有回上海，在虎跑寺断食。我问他："为什么不告诉我？"他笑说："你是能说不能行的。并且这事预先教别人知道也不好，旁人大惊小怪起来，容易发生波折。"他的断食共三星期：第一星期逐渐减食至尽，第二星期除水以外完全不食，第三星期起由粥汤逐渐增加至常量。据说经过很顺利，不但并无苦痛，而且身心反觉轻快，有飘飘欲仙之像。他平日是每日早晨写字的，在断食期间仍以写字为常课，三星期所写的字有魏碑，有篆文，有隶书，笔力比平日并不减弱。他说断食时心比平时灵敏，颇有文思，恐出毛病，终于不敢作文。他断食以后食量大增，且能吃整块的肉（平日虽不茹素，不多食肥腻肉类）。自己觉得脱胎换骨过了，用老子"能婴儿乎"之意改名李婴，依然教课，依然替人写字，并没有什么和前不同的情形。据我知道，这时他还只看些宋元人的理学书和道家的书类，佛学尚未谈到。

转瞬阴历年假到了，大家又离校。哪知他不回上海，又到虎跑寺去了。因为他在那里住过三星期，喜其地方清静，所以又到那里去过年。他的皈依三宝，可以说由这时候开始的。据说，他自虎跑寺断食回来，曾去访过马一浮先生，说虎跑寺如何清静，僧人招待如何殷勤。阴历新年，马先生有一个朋友彭先生求马先生介绍一个幽静的寓处，马先生忆起弘一法师前几天曾提起虎跑寺，就把这位彭先生陪送到虎跑寺去住。恰好弘一法师正在那里，经马先生之介绍就认识了这位彭先生。同住了不多几天，到正月初八日，彭先生忽然发心出家了，由虎跑寺当家为他剃度。弘一法师目击当时的一切，大大感动，可是还不就想出家，仅皈依三宝，拜老和尚了悟法师为皈依师。演音的名，弘一的号，就是那时取定的。假期满后仍回到学校里来。

从此以后，他茹素了，有念珠了，看佛经了，室中供佛像了。宋元理学书偶然仍看，道家书似已疏远。他对我说明一切经过及未来志愿，说出家有种种难处，以后打算暂以居士资格修行，在虎跑寺寄住，暑假后不再担任教师职务。我当时非常难堪，平素所敬爱的这样的好友将弃我遁入空门去了，不胜寂寞之感。在这七年之中，他想离开杭州一师有三四次之多，有时是因为对于学校当局有不快，有时是因为别处来请他，他几次要走，都是经我苦劝而作罢的。甚至于有一时期，南京高师苦苦求他任课，他已接受聘书了，因我恳留他，他不忍拂我之意，于是杭州南京两处跑，一个月中要坐夜车奔波好几次。他的爱我，可谓已超出寻常友谊之外，眼看这样的好友因信仰的变化要离我而去，而且信仰上的事不比寻常名利关系，可以迁就。料想这次恐已无法留得他住，深悔从前不该留他。他若早离开杭州，也许不会遇到这样复杂的因缘的。暑假渐近，我的苦闷也愈加甚。他虽常用佛法好言安慰我，我总熬不住苦闷。有一次，我对他说过这样的一番狂言：

"这样做居士究竟不彻底。索性作了和尚，倒爽快！"

我这话原是愤激之谈，因为心里难过得熬不住了，不觉脱口而出。说出以后，自己也就后悔。他却是仍是笑颜对我，毫不介意。

暑假到了，他把一切书籍字画衣服等等分赠朋友学生及校工们——我所得到的是他历年所写的字，他所有折扇及金表等——自己带到虎跑寺去的只是些布衣及几件日常用品。我送他出校门，他不许再送了，约期后会，黯然而别。暑假后，我就想去看他，忽然我父亲病了，到半个月以后才到虎跑寺去。相见时我吃了一惊，他已剃去短须，头皮光光，着起海青，赫然是个和尚了！他笑说：

"昨天受剃度的。日子很好，恰巧是大势至菩萨生日。"

"不是说暂时做居士，在这里住住修行，不出家的吗？"我问。

"这也是你的意思，你说索性作了和尚……"

我无话可说，心中真是感慨万分。他问过我父亲的病况，留我小坐，说要写一幅字叫我带回去，作他出家的纪念。他回进房去写字，半小时后才出来，写的是楞严大势至念佛圆通章，且加跋语，详记当时因缘，末有"愿他年同生安养共圆种智"的话。临别时我和他作约，尽力护法，吃素一年。他含笑点头，念一句"阿弥陀佛"。

自从他出家以后，我已不敢再谤毁佛法，可是对于佛法见闻不多，对于他的出家，最初总由俗人的见地，感到一种责任：以为如果我不苦留他在杭州，如果我不提出断食的话头，也许不会有虎跑寺马先生彭先生等因缘，他不会出家。如果最后我不因惜别而发狂言，他即使要出家，也许不会那么快速。我一向为这责任之感所苦，尤其在见到他作苦修行或听到他有疾病的时候。近几年以来，我因他的督励，也常亲近佛典，略识因缘之不可思议，知道像他那样的人，是于过去无量数劫种了善根的。他的出家，他的弘法度生，都是凤愿使然，而且都是稀有的福德，正应代她欢喜，代众生欢喜，觉得以前地对他不安，对他负责任，不但是自寻烦恼，而且是一种僭妄了。

佳作赏析：

夏丏尊（1886—1946），浙江上虞人。现代作家。著有《平屋随笔》《人间爱晚晴》等。

这是一篇怀念李叔同先生（弘一法师）的文章。作者回顾了自己与李叔同共事期间的交往经过以及李叔同出家的相关情况。李叔同以书画音乐闻名于世，他在学校也是主教音乐绘画等科目，很受学生敬重。后来因缘际会，出家为僧。通过这篇文章我们可以发现，李叔同先生最大的特点和优点就是认真。教书认真；看了关于断食的书籍，亲自认真实践；认真修行，初做居士，后来出家为僧，了断尘缘。这种精神值得后人学习。

文章语言质朴，文风稳重，字里行间透着浓浓的书卷气和学者的严谨之风。

我所景仰的蔡先生之风格

□ [中国] 傅斯年

有几位北大同学鼓励我在日本特刊中写一篇蔡先生的小传。我以为能给蔡先生写传，无论为长久或为一时，都是我辈最荣幸的事。不过，我不知我有无此一能力。且目下毫无资料，无从著笔，而特刊又急待付印，所以我今天只能写此一短文。至于编辑传记的资料，是我的志愿，而不是今天便能贡献给读者的。

凡认识蔡先生的，总知道蔡先生宽以容众，受教久的，更知道蔡先生的脾气，不特不严责人，并且不滥奖人，不像有一种人的脾气，称扬则上天，贬责则入地。但少人知道，蔡先生有时也很严词责人。我以受师训备僚属有二十五年之长久，颇见到蔡先生生气责人的事。他人的事我不敢说，说和我有关的。

（一）蔡先生到北大的第一年中，有一个同学，长成一副小官僚的面孔，又做些不满人意的事，于是同学某某在西斋（寄宿舍之一）壁上贴了一张"讨伐"的告示。两天之内，满墙上出了无穷的匿名文件，把这个同学骂了个"不亦乐乎"。其中也有我的一件，因为我也极讨厌此人，而我的匿名揭帖之中，表面上都是替此君抱不平，深的语意，却是挖苦他。为同学们赏识，在其上浓圈密点，批评狼藉。这是一时学校中的大笑话。过了几天，蔡先生在一大会中演说，最后说到此事，大意是说：

> 诸位在墙壁上攻击某某君的事，是不合做人的道理的。诸君对某君有不满，可以规劝，这是同学的友谊。若以为不可规劝，尽可对学校当局说。这才是正当的办法。至于匿名揭帖，受之者纵有过，也决不易改悔，而施之者则为丧失品性之开端。凡做此事者，以后都要痛改前非，否则这种行动，必是品性沉沦之渐。

这一篇话，在我心中生了一个大摆动。我小时，有一位先生教我"正心""诚意""不欺暗室"，虽然《大学》念得滚熟，却与和尚念经一样，毫无知觉。受了此番教训，方才大彻大悟，从此做事，决不匿名，决不推自己责任。大家听蔡先生这一段话之后印象如何我不得知，北大的匿名"壁报文学"从此减少，几至绝了迹。

（二）蔡先生第二次游德国时，大约是在民国十三年吧，那时候我也是在柏林。蔡先生到后，我们几个同学自告奋勇照料先生，凡在我的一份中，无事不办了一个稀糟。我自己自然觉得非常惭愧，但蔡先生从无一毫责备。有一次，一个同学给蔡先生一个电报，说是要从莱比锡来看蔡先生。这个同学出名的性情荒谬，一面痛骂，一面要钱，我以为他此行必是来要钱，而蔡先生正是穷得不得了，所以与三四同学主张去电谢绝他，以此意陈告先生。先生沉吟一下说："《论语》上有几句话，'与其进也，不与其退也，唯何甚？人洁己以进，与其洁也，不保其往也'，你说他无聊，但这样拒人于千里之外，他能改了他的无聊吗？"

于是我又知道读《论语》是要这样读的。

（三）北伐胜利之后，我们的兴致很高。有一天在先生家中吃饭，有几个同学都喝醉了酒，蔡先生喝的更多，不记得如何说起，说到后来我便肆口乱说了。我说："我们国家整好了，不特要灭了日本小鬼，就是西洋鬼子，也要把他赶出苏黎世运河以西，自北冰洋至南冰洋，除印度、波斯、土耳其以外，都要'郡县之'。"蔡先生听到这里，不耐烦了，说："这除非你做大将。"

此外如此类者尚多，或牵连他人，或言之太长，姑不提。即此三事，已足证先生责人之态度是如何诚恳而严肃的，如何词近而旨远的。

蔡先生之接物，有人以为滥，这全不是事实，是他在一种高深的理想上，与众不同。大凡中国人以及若干人，在法律之应用上，是先假定一个人有罪，除非证明其无罪；西洋近代之法律是先假定一人无罪，除非证明其有罪。蔡先生不特在法律上如此，一切待人接物，无不如此。他先假定一个人是善人，除非事实证明其不然。凡有人以一说进，先假定其意诚，其动机善，除非事实证明其相反。如此办法，自然要上当，但这正是孟子所谓"君子可欺以其方，难罔以非其道"了。

若以为蔡先生能恕而不能严，便是大错了，蔡先生在大事上是丝毫不苟的。有人若做了他以为大不可之事，他虽不说，心中却完全当数。至于临艰危而不惧，有大难而不惑之处，只有古之大宗教家可比，虽然他是不重视宗教的。关于这一类的事，我只举一个远例。

在"五四"前若干时，北京的空气，已为北大师生的作品动荡得很了。北洋政府很觉得不安，对蔡先生大施压力与恫吓，至于侦探之跟随，是极小的事了。有一天晚上，蔡先生在他当时的一个"谋客"家中谈起此事，还有一个谋客也在。当时蔡先生有此两谋客，专商量如何对付北洋政府的，其中的那个老谋客说了无穷的话，劝蔡先生解陈独秀先生之聘，并要约制胡适之先生一下，其理由无非是要保存机关，保存北方读书人，一类似是而非之谈。蔡先生一直不说一句话。直到他们说了几个钟头以后，蔡先生站起来说："这些事我都不怕，我忍辱至此，皆为学校，但忍辱是有止境的。北京大学一切的事，都在我蔡元培一人身上，与这些人毫不相干。"这话在现在听来或不感觉如何，但试想当年的情景，北京城中，只是此北洋军匪、安福贼徒、袁氏遗孽，具人形之识字者，寥寥可数。蔡先生一人在那里办北大，为国家种下读书爱国革命的种子，是何等大无畏的行事！

蔡先生实在代表两种伟大的文化，一是中国传统圣贤之修养，一是法兰西革命中标揭自由平等博爱之理想，此两种伟大文化，具其一已难，兼备尤不可。先生殁后，此两种文化在中国之气象已亡矣！至于复古之论，欧化之谈，皆皮毛渣滓，不足论也。

佳作赏析：

傅斯年（1896—1950），字孟真，山东聊城人，诗人、学者、教授。著有《傅孟真先生集》。

蔡元培先生是我国著名的教育家，曾任北京大学校长一职。作者曾在北大学习、工作多年，与蔡先生有过许多交往。文章记述了蔡元培在工作、生活中的一些事情，从中我们可以体会其伟大的人格、杰出的品质。蔡元培教育北大师生们明人不做暗事，接人待物一直以诚待人，在当时政治高压的恐怖氛围下挺身保护北大教师，其精神可贵、勇气可嘉。正如傅斯年所讲，蔡元培代表着两种文化：圣贤之修养，自由平等博爱之理想。

中国学术界的大损失

□ ［中国］朱自清

一

闻一多先生在昆明惨遭暗杀，激起全国的悲愤。这是民主运动的大损失，又是中国学术的大损失。关于后一方面，作者知道的比较多，现在且说个大概，来追悼这一位多年敬佩的老朋友。

大家都知道闻先生是一位诗人。他的《红烛》，尤其他的《死水》，读过的人很多。这些集子的特色之一，是那些爱国诗。在抗战以前有也许是唯一的爱国新诗人。这里可以看出他对文学的态度。新文学运动以来，许多作者都认识了文学的政治性和社会性而有所表现，可是闻先生认识得特别亲切，表现得特别强调。他在过去的诗人中最敬爱杜甫，就因为杜诗政治性和社会性最浓厚。后来他更进一步，注意原始人的歌舞：这是集团的艺术，也是与生活打成一片的艺术。他要的是热情，是力量，是火一样的生命。

但是他并不忽略语言的技巧，大家都记得他是提倡诗的新格律的人，也是创造诗的新格律的人。他创造自己的诗的语言，并且创造自己的散文的语言。诗大家都知道，不必细说；散文如《唐诗杂论》，可惜只有五篇，那经济的字句，那完密而短小的篇幅，简直是诗。我听他近来的演说，有两三回也是这么精悍，字字句句好似称量而出，却又那么自然流畅。他因此也特别能够体会古代语言的曲折处。当然，以上这些都是得靠学力，但是更得靠才气，也就是想象。但就读古书而论，固然得先通文字声韵之学，可是还不够，要没有活泼的想象力，就只能做出点滴的饾饤的工作，决不能融会贯通的。这里需要细心，更需要大胆。闻先生能够体会到古代语言的表现方式，他的校勘古书，有些地方胆大得吓人，但却是细心吟味所得，平心静气读下去，不由人不信。校书本有死校活校之分，他自然是活校，而因为知识和技术的一般进步，他的成就骎骎乎驾活校的高邮王氏父子而上之。

他研究中国古代，可是他要使局部化了石的古代复活在现代人的心目中。因为这古代与现代究竟属于一个社会，一个国家，而历史是连贯的。我们要客观地认识古代，可是，是"我们"在客观的认识古代，现代的我们要能够在心目中想象古代的生活，要能够在心目中分享古代的生活，才能认识那活的古代，也许才是那真的古代——这也才是客观的认识古代。闻先生研究伏羲的故事或神话，是将这神话跟人们的生活打成一片。神话不是空想，不是娱乐，而是人民的生命欲和生活力的表现。这是死活存亡的消息，是人与自然斗争的纪录，非同小可。他研究《楚辞》的神话，也是一样的态度。他看屈原，也将他放在整个时代整个社会里看。他承认屈原是伟大的天才，但天才是活人，不是偶像，只有这么看，屈原的真面目也许才能再现在我们心中。他研究《周易》里的故事，也是先有一整个社会的影像在心里。研究《诗经》也如此，他看出那些情诗里不少歌咏性生活的句子。他常说笑话，说他研究《诗经》，越来越"行而下"了——其实这正表现着生命的力量。

他是有幽默感的人，他的认识古代，有时也靠着这种幽默感。看《匡斋尺牍》里《狼跋》一篇，便知道他能够体会到别人从不曾体会到的古人的幽默感。而所谓"匡斋"本于匡衡说诗解人颐那句话，正是幽默的意思。他的

《死水》里《闻一多先生的书桌》，也是一首难得的幽默的诗。他有着强大的生命力，常跟我们说要活到八十岁，现在还不满四十八岁，竟惨死在那卑鄙恶毒的枪下！有个学生曾瞻仰他的遗体，见他"遍身血迹，双手抱头，全身痉挛"。唉！他是不甘心的，我们也是不甘心的！

二

闻先生的惨死尤其是中国文学方面一个不容易补偿的损失。

闻先生的专门研究是《周易》《诗经》《庄子》《楚辞》、唐诗。许多人都知道，他的研究工作至少有了二十年，发表的文字虽然不算太多，但积存的稿子却很多。这些并非零散的稿子，大都是成篇的，而且他亲手抄写得很工整。只是他总觉得还不够完密，要再加些工夫才愿意编篇成书。这可见他对于学术忠实而谨慎的态度。

他最初在唐诗上多用力量。那时已见出他是个考据家，并已见出他的考据的本领。他注重诗人的年代和诗的年代。关于唐诗的许多错误的解释与错误的批评，都由于错误的年代。他曾将唐代一部分诗人生卒年代可考者制成一幅图表，谁看了都会一目了然。他是学过图案画的，这帮助他在考据上发现了一种新技术。这技术是值得发展的。但如一般所知，他又是个诗人，并且是个在领导地位的新诗人，他亲自经过创作的甘苦，所以更能欣赏诗人与诗。他的《唐诗杂论》虽然只有五篇，但都是精彩逼人之作。这些不但将欣赏和考据融化得恰到好处，并且创造了一种诗样精粹的风格，读起来句句耐人寻味。

后来他在《诗经》《楚辞》上多用力量。我们知道要了解古代文学，必须从语言下手，就是从文字声韵下手。但必须能够活用文字声韵的种种条例，才能有所创获。闻先生最佩服王念孙父子，常将《读书杂志》《经义述闻》当作消闲的书读着。他在古书通读上有许多惊人而确切的发明。对于甲骨文和金文，也往往有独到之见。他研究《诗经》，注重那时代的风俗和信仰等等，这几年更利用弗洛伊德以及人类学的理论得到一些深入的解释。他对《楚辞》的兴趣似乎更大，而尤集中于其中的神话。他的研究神话，实在给我们学术界开辟了一条新的大路。关于伏羲的故事，他曾将许多神话综合起来，头头是道，创见最多，关系极大。曾听他谈过大概，可惜写出来的还只是一小部分。他研究《周易》，是爱其中的片段的故事，注重的是社会生活经济生活的表现。近三四年他又专力研究《庄子》，探求原始道教的面目，并发见庄子一派政治上不合作的态度。以上种种都跟传统的研究不同：眼光扩大了，深入了，技术也更进步了，更周密了。所以贡献特别多，特别大。近年他又注意整个的中国文学史，打算根据经济史观去研究一番，可惜还没有动手就殉了道。

这真是我们一个不容易补偿的损失啊！

佳作赏析：

朱自清（1898—1948），浙江绍兴人，散文家、学者。有散文集《背影》《欧游杂记》，长诗《毁灭》。学术论著《经典常谈》《诗言志辨》等。

闻一多是著名的民主战士，在1946年被枪杀。同时他也是一位著名的诗人、学者，所以他的死不仅对于中国的民主事业是一个大损失，对中国学术界也是一个大损失。作者在文中详细记录了闻一多在文学尤其是诗歌、历史考据等方面做出的巨大贡献，取得的巨大成就。文章夹叙夹议，文字看似平淡，实则饱含激情，我们从中能够体会到作者对闻一多逝世的痛和惋惜。

我所见的叶圣陶

□ [中国] 朱自清

　　我第一次与圣陶见面是在民国十年的秋天。那时刘延陵兄介绍我到吴淞炮台湾中国公学教书。到了那边他就和我说："叶圣陶也在这儿。"我们都念过圣陶的小说，所以他这样告我。我好奇地问道："怎样一个人？"出乎我的意外，他回答我："一位老先生哩。"但是延陵和我去访问圣陶的时候，我觉得他的年纪并不老，只那朴实的服色和沉默的风度与我们平日所想象的苏州少年文人叶圣陶不甚符合罢了。

　　记得见面的那一天是一个阴天。我见了生人照例说不出话，圣陶似乎也如此。我们只谈了几句关于作品的泛泛的意见，便告辞了。延陵告诉我每星期六圣陶总回角直去，他很爱他的家。他在校时常邀延陵出去散步，我因与他不熟，只独自坐在屋里。不久，中国公学忽然起了风潮。我向延陵说起一个强硬的办法——实在是一个笨而无聊的办法——我说只怕叶圣陶未必赞成。但是出乎我的意外，他居然赞成了！后来细想他许是有意优容我们吧，这真是老大哥的态度呢。我们的办法天然是失败了，风潮延宕下去，于是大家都住到上海来。我和圣陶差不多天天见面，同时又认识了西谛、予同诸兄。这样经过了一个月。这一个月实在是我的很好的日子。

我看出圣陶始终是个寡言的人。大家聚谈的时候，他总是坐在那里听着。他却并不是喜欢孤独，他似乎老是那么有味地听着。至于与人独对的时候，自然多少要说些话，但辩论是不来的。他觉得辩论要开始了，往往微笑着说："这个弄不大清楚了。"这样就过去了。他又是个极和易的人，轻易看不见他的怒色。他辛辛苦苦保存着《晨报》副张，上面有他自己的文字的，特地从家里捎来给我看，让我随便放在一个书架上，给散失了。当他和我同时发现这件事时，他只略露惋惜的颜色，随即说："由他去末哉，由他去末哉！"我是至今惭愧着，因为我知道他作文是不留稿的。他的和易出于天性，并非阅历世故、矫揉造作而成。他对于世间妥协的精神是极厌恨的。在这一月中，我看见他发过一次怒——始终我只看见他发过这一次怒——那便是对于风潮的妥协论者的蔑视。

风潮结束了，我到杭州教书。那边学校当局要我约圣陶去。圣陶来信说："我们要痛痛快快游西湖，不管这是冬天。"他来了，叫我上车站去接。我知道他到了车站这一类地方，是会觉得寂寞的。他的家实在太好了，他的衣着，一向都是家里管。我常想，他好像一个小孩子；像小孩子的天真，也像小孩子的离不开家里人。必须离开这里时，他也得找些熟朋友伴着，孤独在他简直是有些可怕的。所以他到校时，本来是独住一屋的，却愿意将那间屋做我们两人的卧室，而将我那间做书室，这样可以常常相伴。我自然也乐意。我们不时到西湖边去，有时下湖，有时只喝喝酒。在校时各据一桌，我只预备功课，他却老是写小说和童话。初到时，学校当局来看过他。第二天，我问他："要不要去看看他们？"他皱眉道："一定要去么？等一天罢。"后来始终没有去。他是最反对形式主义的。

那时他小说的材料，是旧日的储积，童话的材料有时却是片刻的感兴。如《稻草人》中《大喉咙》一篇便是。那天早上，我们都醒在床上，听见工厂的汽笛，他便说："今天又有一篇了，我已经想好了，来得真快呵。"那篇的艺术很巧，谁想他只是片刻的构思呢！他写文字时，往往拈笔伸纸，便手不停挥地写下去。开始及中间，停笔踌躇时绝少。他的稿子极清楚，每页至多只有三五个涂改的字。他说他从来是这样的。每篇写毕，我自然先睹为快。他往往称述结尾的适宜，他说对于结尾是有些把握的。看完，他立即封寄《小说月报》，照例用平信寄。我总劝他挂号，但他说："我老是这样的。"他在杭州不过两个月，写的真不少，教人羡慕不已。《火灾》里从《饭》起到《风潮》这七篇还有《稻草人》中一部分，都是那时我亲眼看他写的。

在杭州待了两个月，放寒假前，他便匆匆地回去了。他实在离不开家，临去时让我告诉学校当局，无论如何不回来了。但他却到北平住了半年，也是朋友拉去的。我前些日子偶翻十一年的《晨报副刊》，看见他那时途中思家的小诗，重念了两遍，觉得怪有意思。北平回去不久，便入了商务印书馆编译部，家也搬到上海。从此在上海待下去，直到现在——中间又被朋友拉到福州一次，有一篇《将离》抒写那回的别恨，是缠绵悱恻的文字。这些日子，我在浙江乱跑，有时到上海小住，他常请了假和我各处玩儿或喝酒。有一回，我便住在他家，但我到上海，总爱出门，因此他老说没有能畅谈。他写信给我，老说这回来要畅谈几天才行。

十六年一月，我接眷北来，路过上海，许多熟朋友和我饯行，圣陶也在。那晚我们痛快地喝酒，发议论，他是照例地默着。酒喝完了，又去乱走，他也跟着。到了一处，朋友们和他开了个小玩笑，他脸上略露窘意，但仍微笑地默着。圣陶不是个浪漫的人，在一种意义上，他正是延陵所说的"老先生"。但他能了解别人，能谅解别人，他自己也能"作达"，所以仍然——也许格外——是可亲的。那晚快夜半了，走过爱多亚路，他向我诵周美成的词："酒已都醒，如何消夜永！"我没有说什么，那时的心情，大约也不能说什么的。我们到一品香又消磨了半夜。这一回特别对不起圣陶，他是不能少睡觉的人。他家虽住在上海，而起居还依着乡居的日子，早七点起，晚九点睡。有一回我九点十分去，他家已熄了灯，关好门了。这种自然的，有秩序的生活是对的。那晚上伯祥说："圣兄明天要不舒服了。"想起来真是不知要怎样感谢才好。

第二天我便上船走了，一眨眼三年半，没有上南方去。信也很少，却全是我的懒。我只能从圣陶的小说里看出他心境的迁变，这个我要留在另一文中说。圣陶这几年里似乎到十字街头走过一趟，但现在怎么样呢？我却不甚了然。他从前晚饭时总喝点酒，"以半醺为度"，近来不大能喝酒了，却学了吹笛——前些日子说已会一出《八阳》，现在该又会了别的了吧。他本来喜欢看看电影，现在又喜欢听听昆曲了。但这些都不是"厌世"，如或人所说的，圣陶是不会厌世的，我知道。又，他虽会喝酒，加上吹笛，却不会抽什么"上等的纸烟"，也不曾住过什么"小小别墅"，如或人所想的，这个我也知道。

佳作赏析：

一个名家眼中的另一个名家会是什么样子呢？我们不妨读读这篇文章。同为中国文坛的巨擘，朱叶二人结下了深厚的友谊。在朱自清看来，"他的和易出于天性，并非阅历世故，矫揉造作而成"。

在描写上，朱自清没有去追求俗套的夸人式的写法，没有一点儿"高大全"的意味，他通过一件件小事表现了叶圣陶的与众不同。在描写的这些日常琐事中，一个鲜活的叶圣陶便呈现在我们的面前了，而他们之间的友谊也在描写中自然而然地流露出来了。

再会

□ [中国] 许地山

　　靠窗棂坐着那位老人家是一位航海者，刚从海外归来的。他和萧老太太是少年时代的朋友，彼此虽别离了那么些年，然而他们会面时，直像忘了当中经过的日子。现在他们正谈起少年时代的旧话。

　　"蔚明哥，你不是二十岁的时候出海的么？"她屈着自己的指头，数了一数，才用那双被阅历染浊了的眼睛看着她的朋友说："呀，四十五年就像我现在数着指头一样地过去了！"

　　老人家把手捋一捋胡子，很得意地说："可不是！……记得我到你家辞行那一天，你正在园里饲你那只小鹿，我站在你身边一棵正开着花的枇杷树下，花香和你头上的油香杂窜入我的鼻中。当时，我的别绪也不晓得要从哪里说起，但你只低头抚着小鹿。我想你那时也不能多说什么，你竟然先问一句：'要等到什么时候我们再能相见呢？'我就慢答道：'无须多少时候。'那时，你……"

　　老太太接着说："那时候的光景我也记得很清楚。当你说这句的时候，我不是说：'要等再相见时，除非是黑墨有洗得白的时节。'哈哈！你去时，那缕漆黑的头发现在岂不是已被海水洗白了么？"

老人家摩摩自己的头顶，说："对啦！这也算应验哪！可惜我总不（见）着芳哥，他过去多少年了？""唉，久了！你看我已经抱过四个孙儿了。"她说时，看着窗外几个孩子在瓜棚下玩，就指着那最高的孩子说："你看鼎儿已经十二岁了，他公公就在他弥月后去世的。"

他们谈话时，丫头端了一盘牡蛎煎饼来。老太太举手嚷着蔚明哥说："我定知道你的嗜好还没有改变，所以特地为你做这东西。"

"你记得我们少时，你母亲有一天做这样的饼给我们吃。你拿一块，吃完了才嫌饼里的牡蛎少，助料也不如我的多，闹着要把我的饼抢去。当时，你母亲说了一句话，教我常常忆起，就是：'好孩子，算了罢。助料都是搁在一起渗匀的。做的时候，谁有工夫把分量细细去分配呢？这自然是免不了有些多，有些少的；只要饼的气味好就够了。你所吃的原不定就是为你做的，可是你已经吃过，就不能再要了。'蔚明哥，你说末了这话多么感动我呢！拿这个来比我们的境遇罢，境遇虽然一个一个排列在面前，容我们有机会选择，有人选得好，有人选得歹，可是选定以后，就不能再选了。"

老人家拿起饼来吃，慢慢地说："对啦！你看我这一生净在海面生活，生活极其简单，不像你这么繁复，然而我还是像当时吃那饼一样——也就饱了。""我想我老是多得便宜。我的境遇的饼虽然多一些助料，也许好吃一些，但是我的饱足是和你一样的。"

谈旧事是多么开心的事！看这光景，他们像要把少年时代的事迹一一回溯一遍似的。但外面的孩子们不晓得因什么事闹起来，老太太先出去做判官，这里留着一位矍铄的航海者静静地坐着吃他的饼。

佳作赏析：

许地山（1893—1941），福建龙溪人，作家、学者。著有散文集《空山灵雨》，小说集《缀网劳蛛》，学术论著《中国道教史》等。

这篇精美的小品文讲述了一位海外归来的航海者和萧老太太，这两个年少时代的好朋友，在经历岁月的沧桑与磨砺之后，虽然一生经历各不相同，但最终他们回忆起年少往事时，还是那样的兴奋与快乐。这些触动灵魂的优美文字，源自文学大师的心灵深处，在岁月的长河中，如宝石般熠熠生辉，陪伴着我们一路远行。

生活就是这样，不论经历如何，最终还是要回归生命的原点。"我想我老是多得便宜。我的境遇的饼虽然多一些助料，也许好吃一些，但是我的饱足是和你一样的。"这就是生命的意义。

给庐隐

□ 〔中国〕石评梅

《灵海潮汐致梅姊》和《寄燕北诸故人》我都读过了。读过后感觉到你就是我自己，多少难以描画笔述的心境你都替我说了，我不能再说什么了。

一个人感到别人是自己的时候，这是多么不易得的而值得欣慰的事，然而，庐隐，我已经得到了。假使我们的世界能这样常此空寂，冷寂中我们又这样彼此透彻地看见了自己，人世虽冷酷无情，我只愿恋这一点灵海深处的认识，不再希冀追求什么了。

在你这几封信中，我才得到了人间所谓的同情，这同情是极其圣洁纯真，并不是有所希冀有所猎获才施与的同情，廿余年来在人间受尽了畸零，忍痛含泪挣扎着，虽弄得遍体鳞伤，鲜血淋淋，仍紧嚼着牙齿作勉强的微笑！我希望在颠沛流离中求一星星同情和安慰以鼓舞我在这人世间战斗的勇气，然而得到的只是些冷讽热笑，每次都跌落在人心的冷森阴险中而饮泣！此后我禁受不住这无情的箭镞，才想逃避远离开这冷酷的世界和人类。因之我脱离了学校生活，踏入了世界的黑洞后，我往昔天真烂漫的童心，都改换成冷枯孤傲的性情。一年一年送去可爱的青春，一步一步陷落在满是荆棘的深洞，嘲笑讪讽包围了我，同情安慰远离着我，我才诅咒世界，厌恶人类，怨我的希望欺骗了自己。想不到遥远的海滨，扰攘的人群中，你寄来这深厚的安慰和同情，我是如何的欣喜呵！惊颤地揭起了心幕收容她，收容她在我心的深处。我怕她也许不久会消失或者飞去！这并不是我神经过敏，朋友！我也曾几度发现过这样的同情，结果不是赝鼎便是雪杯，不久便认识了真伪而消灭。

这种同情便是我上边所说有所希冀猎获而施与的，自然我不能与人以希冀猎获时，同情安慰也是终于要遗弃我的。朋友！写到这里我不能再写下去了，你百战的勇士，也许曾经有过这样的创伤！

自从得到了你充满热诚和同情的信后，我每每在静寂的冷月寒林下徘徊，虽然我只看见是枯干的枝丫，但是也能看见她含苞的嫩芽，和春来时碧意迷漫的天地。我知所忏悔了，朋友！以后我不再因自己的失意而诅咒世界的得意，因为自己未曾得到而怨恨人间未曾有了。如今漠漠干枯的寒林，安知不是将来如云如盖的绿荫呢！人生是时时在追求挣扎中，虽明知是幻象虚影，然终于不能不前去追求，明知是深涧悬崖，然终于不能不勉强挣扎。你我是这样，许多众生也是这样，然而谁也不能逃此网罗以自救拔。大概也是因此吧！才有许多伟大反抗的志士英雄，在辗转颠沛中，演出些惊人心魂的悲剧，在一套陈古的历史上，滴着鲜明的血痕和泪迹。朋友！追求挣扎着向前去吧！我们生命之痕用我们的血泪画写在历史之一页上，我们弱小的灵魂，所滴沥下的血泪何尝不能惊人心魂，这惊人心魂的血泪之痕又何尝不能得到人类伟大的同情。命运是我们手中的泥，一切生命的铸塑也如手中的泥，朋友！我们怎样把我们自己铸塑呢？只在乎我们自己。

说得太乐观了，你要笑我吧？怕我们才是命运手中的泥呢！我也觉这许多年中只是命运铸塑了我，我何尝敢铸塑命运。真是梦呓，你也许要讥我是放荡不羁的天马了。其实我真愿做个奔逸如狂飙似的骏马，把我的生命都载在小小鞍上，去践踏翻这世界的地轴，去飞扬起这宇宙的尘沙，使整个世界在我的足下动摇，整个宇宙在我铁蹄下毁灭！然而朋友！我终于是不能真的做天马，大概也是因为我终于不是天马，每当我束装备鞍，驰驱赴敌时，总有人间的牵系束缚我，令我毁装长叹！至如今依然蜷伏槽下咀嚼这食厌了的草芥，仍然整天回旋在这死城而不能走出一步。不知是环境制止我，还是自己的不长进，我终于是四年如一日的过去。朋友！你也许为我的抑郁而太息，我不仅不能做一件痛快点不管毁灭不管建设的事业，怕连个直截了当极迅速极痛快的死也不能，唉！谁使我这样抑郁而生抑郁而死呢！是社会，还是我自己？我不能解答，怕你也不能解答吧！因之，我有许多事要告诉你，结果却只是默无一语，"多少事欲说还休"，所以我望着"征鸿过尽，万千心事难寄！"

我默无一语的，总是背着行囊，整天整夜地向前走，也不知何处是我的归处？是我走到的地方？只是每天从日升直到日落，走着，走着，无论怎样风雨疾病，艰险困难，未曾停息过；自然，也不允许我停息，假使我未走到我要去的地方，那永远停息之处。我每天每夜足迹踏过的地方，虽然都让尘沙掩埋，或者被别人的足踪踏乱已找不到痕迹，然而心中恍惚的追忆是和生命永存的，而我的生命之痕便是这些足迹。朋友！谁也是这样，想不到我们来到世界只是为了踏几个足印，我们留给世界的也是几个模糊零碎不可辨的足印。

我们如今是走着走着，同时还留心足底下践踏下的痕迹，欣慰因此，悲愁因此。假使我们如庸愚人们的走路，一直走去，遇见歧路不彷徨，逢见艰险不惊悸，过去了不回顾，踏下去不踟蹰，那我们一样也是浑浑噩噩从生到死，绝没有像我们这样容易动感，踏了一只蚂蚁也会流泪的。朋友！太脆弱了，太聪明了，太顾忌了，太徘徊了，才使我们有今日，这也欣慰也悲凄的今日。

庐隐！我满贮着一腔有情的热血，我是愿意把冷酷无情的世界，浸在我热血中；知道终于无力时，才抱着这怆痛之心归来，经过几次后，不仅不能温暖了世界，连自己都冷凝了。我今年日记里有这样一段记述：

　　　我只是在空寂中生活着，我一腔热血，四周环以泥泽的冰块，使我的心感到凄寒，感到无情。我的心哀哀地哭了！我为了寒冷之气候也病了。

　　这几天离开了纷扰的环境，独自睡在这静寂的斗室中，默望着窗外的积雪，忽然想到人生的究竟，我真不能解答，除了死。火炉中熊熊发光的火花，我看着它烧成一堆灰烬，它曾给予我的温热是和灰烬一样逝去；朝阳照上窗纱，我看着西沉到夜幕下，它曾给予我的光明是和落日一样逝去。人们呢，劳动着，奔忙着，从起来一直睡下，由梦中醒来又入了梦中，由少年到老年，由生到死……人生的究竟不知是什么？我病了，病中觉得什么都令人起了怀疑。

　　青年人的养料唯一是爱，然而我第一便怀疑爱，我更讪笑人们口头笔尖那些诱人昏醉的麻剂。我都见过了，甜蜜，失恋，海誓山盟，生死同命；怀疑的结果，我觉得这一套都是骗，自然不仅骗别人连自己的灵魂也在内。宇宙一大骗局。或者也许是为了骗吧，人间才有一时的幸福和刹那的欣欢，而不是永久悲苦和悲惨！我的心应该信仰什么呢？宇宙没有一件永久不变的东西。我只好求之于空寂。因为空寂是永久不变的，永久可以在幻望中安慰你自己的。

我是在空寂中生活着，我的心付给了空寂。庐隐！伫视在悲风惨日的新坟之旁，含泪仰视着碧澄的天空，即人人有此境，而人人未必有此心。然而朋友呵！我不是为了倚坟而空寂，我是为了空寂而倚坟。知此，即我心自可寓于不言中。我更相信只有空寂能给予我安慰和同情，和人生战斗的勇气！

　　黄昏时候，新月初升，我常向残阳落处而挥泪！"望断斜阳人不见，满袖啼红。"这时凄怆悲绪，怕天涯只有君知！

　　北京落了三尺深的大雪，我喜欢极了，不论日晚地在雪里跑，雪里玩，连灵魂都涤洗得像雪一样清冷洁白了。朋友！假使你要在北京，不知将怎样的欣慰呢！当一座灰城化成了白玉宫殿水晶楼台的时候，一切都遮掩涤洗尽了的时候，到如今雪尚未消，真是冰天雪地，北地苦寒，尖利的朔风彻骨刺心一般吹到脸上时，我咽着泪在挣扎抖颤。这几夜月色和雪光辉映着，美丽凄凉中我似乎可以得不少的安慰，似乎可以听见你的心音的哀唱。

间接的听人说你快来京了。我有点愁呢，不知去车站接你好呢，还是躲起来不见你好，我真的听见你来了我反而怕见你，怕见了你我那不堪描画的心境要向你面前粉碎！你呢，一天一天，一步一步走近了这灰城时，你心抖颤吗？哀泣吗？

我不敢想下去了。好吧！我静等着见你。

十六年一月二十三日北京

佳作赏析：

石评梅（1902—1928），山西平定人，现代作家。著有《偶然草》《涛语》等。

石评梅和庐隐是同在五四时期步入文坛的女作家，两人是情谊甚深的挚友，两人都不幸过早离开人世，但在年轻而短暂的生命中都拥有美好而炽热的恋情。

感伤、抑郁是石评梅的散文基调，而清丽的文笔、浓郁的抒情则是她的写作风格。信中，作者一边感叹人生的不如意，一边又在做"乐观"的挣扎，只是所失去的爱情使她变得痛苦而又无助，面对高君宇的坟墓，她只能发出感叹："我在空寂里生活，我的心付给了空寂。"爱人已去，生活在空寂中，美景也是悲凉的，城市也是灰暗的，这就是作者当时的感情世界。

寄海滨故人

□ [中国] 石评梅

一

　　这时候我的心流沸腾的像红炉里的红焰，一支一支怒射着，我仿佛要烧毁了这宇宙似的；推门站在寒风里吹了一会，抬头看见冷月畔的孤星，我忽然想到给你写这封信。

　　露沙！你听见我这样喊你时，不知你是惊奇还是抖颤！假如你在我面前，听了我这样喊你的声音，你一定要扑到我怀中痛哭的。世界上爱你的母亲和涵都死了，知道你同情你可怜你，看你由畸零而走到幸福，由幸福又走到畸零的却是我。露沙！我是盼望着我们最近能见面，我握住你的手，由你饱经忧患的面容上，细认你逝去的生命和啼痕呢！

　　半年来，我们音信的沉寂，是我有意的隔绝，在这狂风恶浪中挣扎的你，在这痛哭哀泣中辗转的你，我是希望这时你不要想到我，我也勉强要忘记你的。我愿你掩着泪痕望着你这一段生命火焰，由残余而化为灰烬，再从凭吊悼亡这灰烬的哀思里，埋伏另一火种，爆发你将来生命的火焰。这工作不是我能帮助你，也不是一切人所能帮助你，是要你自己在深更闭门暗自鸣咽时去沉思，是要你自己在人情炎凉世事幻变中去觉醒，是要你自己披刈荆棘跋涉山川时去寻觅。如今，谢谢上帝，你已经有了新的信念，你已经有了新的生命的火焰，你已经有了新的发现。我除了为你庆慰外，便是一种自私的欣喜，我总觉如今的你可以和我携手了，我们偕行着去走完这生的路程，希望在沿途把我们心胸中的热血烈火尽量地挥洒，尽量地燃烧，"焚毁世界一切不幸者的手铐足镣，扫尽人间一切愁惨的阴霾"。假使不能如意，也愿让热血烈火淹沉烧枯了我们自己。这才不辜负我们认识一场，和这几年我所鼓励你希望你的心，两年前我寄给你信里曾这样说过：

> 你我无端邂逅，无端缔交，上帝的安排，有时原觉多事。我于是常奢望你在锦帷绣幕之中，较量柴米油盐之外，要承继着你从前的希望，努力去作未竟的事业，因之不惮烦厌，在你香梦正酣时，我常督促你的惊醒。不过相信一个人，由青山碧水，到了崎岖荆棘的山路，由崎岖荆棘中又到了柳暗花明的村庄，已感到人世的疲倦，在这期内彻悟了的自然又是一种人生。

> 在学校时我看见你激昂慷慨的态度，我曾和婉说你是女儿英雄，有时我逢见你和莹坐在公园茅亭中大嚼时，我曾和婉说你是名士风流。想到《扶桑余影》，当你握着利如宝剑的笔锋，铺着云霞天样的素纸，立在万崖峰头；俯望着千仞飞瀑的华严泷，凝视神往时，原也曾独立苍茫，对着眼底的河山，吹弹出雄壮的悲歌；曾几何时，栉风沐雨的苍松，化作了醺醉阳光的蔷薇。

原谅我，露沙！那时我真不满意你，所以我常要劝你不要消沉，湮灭了你文学的天才和神妙的灵思。不过，你那时不甘雌伏的雄志，已被柔情万缕来纠结，我也常叹息你实有不得已的苦衷。涵的噩耗传来时，我自然为了你可怜的遭遇而痛心,对你此后畸零漂泊的身世更同情,想你经此重创一定能造成一个不可限量的女作家,只要你自己肯努力。但是这仅仅是远方故人对你在心头未灰的一星火烬,奢望你能由悲痛颓丧中自拔超脱,以你自己所受的创痛,所体验的人生,替多少有苦说不出来的朋友们泄泄怨恨,也是我们自己借此忏悔借此寄托的一件善事。万想不到露沙,你已经驰驱赴敌,荷枪实弹地立在阵前了。我真喜欢,你说:

> 朋友,我现在已另找到途径了,我要收纳宇宙间所有的悲哀之泪泉,使注入我的灵海,方能兴风作浪,并且以我灵海中深渊不尽的百流填满这宇宙无底的缺陷。吾友!我所望的太奢吗?但是我绝不以此灰心,只要我能作的时候,总要这样作,就是我的躯壳成灰,倘我的一灵不泯,必不停止的继续我的工作。

我不知你现在心情到底怎样?不过,我相信你心是冷寂宁静的,况且上帝又特赐你那样幽雅辽阔的境地,正宜于一个饱经征战的勇士,退休隐息。

你仔细去追忆那似真似梦的人生吧,你沉思也好,你低泣也好,你对着睡了的萱儿微笑也好,我想这样美妙的缺陷,未尝不是宇宙间一种艺术。露沙!原谅我这话说得过分的残忍冷酷吧!

暑假前我和俊因、文菊常常念着你,为了减少你的悲绪,我们都盼望你能北来。不过露沙!那时候的北京和现在一样,是一座伟大的死城,里边乌烟瘴气,呼吸紧促,一点生气都没有,街市上只看见些活骷髅和迷人眉目的沙尘。教育界更穷苦,更无耻,说起来都令人掩鼻。在现在我们无力建设合理的新社会新环境之前,只好退一步求暂时的维持,你既觉在沪尚好,那你不来这死城里呼吸自然是我最庆欣的事。

这两年来,我在北京看见不少惊心动魄的事,我才知道世界原来是罪恶之薮,置身此中,常常恍非人间,咽下去的眼泪和愤慨不知有多少了,我自然不能具体地告诉你:不过你也许可以体会到吧,这人为刀俎,我为鱼肉的生活。

二

如今，说到我自己了。说到我自己时，真觉羞愧，也觉悲凄。除了日浸于愁城恨海之外，我依然故我，毫无寸进可述。对家庭对社会，我都是个流浪漂泊的闲人。读了《蔷薇》中《涛语》，你已经知道了。值得令你释念的，便是我已经由积沙岩石的漩涡中，流入了坦平的海道，我只是这样寂然无语的从生之泉流到了死之海；我已不是先前那样呜咽哀号，颓丧沉沦，我如今是沉默深刻，容忍含蓄人间一切的哀痛，努力去寻求真实生命的战士。对于一切的过去，我仍不愿抛弃，不能忘记，我仍想在波涛落处，沙痕灭处，我独自踟蹰徘徊凭吊那逝去的生命，像一个受伤的战士，在月下醒来，望着零乱烬余，人马倒毙的战场而沉思一样。

玉薇说她常愿读到我的信，因为我信中有"人生真实的眼泪"，其实，我是一个不幸的使者，我是一个死的石像，一手执着红滟的酒杯，一手执着锐利的宝剑，这酒杯沉醉了自己又沉醉了别人，这宝剑刺伤了自己又刺伤了别人。

这双锋的剑永远插在我心上，鲜血也永远是流在我身边的。不过，露沙！有时我卧在血泊中抚着插在心上的剑柄会微笑的，因为我似乎觉得骄傲！

露沙！让我再说说我们过去的梦吧！

入你心海最深的大概是梅寞吧，那时是柴门半掩，茅草满屋顶的一间荒斋。那里有我们不少浪漫的遗痕，狂笑，高歌，长啸低泣，酒杯伴着诗集。想起来真不像个女孩儿家的行径。你呢，还可加个名士文人自来放浪不羁的头衔；我呢，本来就没有那种豪爽的气魄，但是我随着你亦步亦趋的也学着喝酒吟诗。有一次秋天，我们在白屋中约好去梅寞吃菊花面，你和晶清两个人，吃了我四盆白菊花。她的冷香洁质都由你们的樱唇咽到心底，我私自为伴我一月的白菊庆欣，她能不受风霜的欺凌摧残，而以你们温暖的心房，作埋香殡骨之地。露沙！那时距今已有两年余，不知你心深处的冷香洁质是否还依然存在?

自从搬出梅窠后,我连那条胡同都未敢进去过,听人说已不是往年残颓凄凉的荒斋,如今是朱漆门金扣环的高楼大厦了。从前我们的遗痕豪兴都被压埋在土底,像一个古旧无人知的僵尸或骨殖一样。只有我们在天涯一样漂泊,一样畸零的三个女孩儿,偶然间还可忆起那幅残颓凄凉的旧景,而惊叹已经葬送了的幻梦之无凭。

前几天飞雪中,我在公园社稷台上想起《海滨故人》中,你们有一次在月光下跳舞的记述。你想我想到什么呢?我忽然想到由美国归来,在中途卧病,沉尸在大海中的瑜,她不是也曾在海滨故人中当过一角吗?这消息传到北京许久了,你大概早已在一星那里知道这件惨剧了。她是多么聪慧伶俐可爱的女郎,然而上帝不愿她在这污浊的人间久滞留,把她由苍碧的海中接引了去。露沙!我不知你如今有没有勇气再读《海滨故人》?真怅惘,那里边多是些不堪回首的往事。

有时我很盼能忘记了这些系人心魂的往事,不过我为了生活,还不能抛弃了我每天驻息的白屋,不能抛弃,自然便有许多触目伤心的事来袭击我,尤其是你那瘦肩双耸、愁眉深锁的印影,常常在我凝神沉思时涌现到我的眼底。自从得到涵的噩耗后,每次我在深夜醒来,便想到抱着萱儿偷偷流泪的你,也许你的泪都流到萱儿可爱的玫瑰小脸上。可怜她,她不知道在母亲怀里睡眠时,母亲是如何的悲苦凄伤,在她柔嫩的桃腮上便沾染了母亲心碎的泪痕!

露沙!我常常这样想到你,也想到如今唯一能寄托你母爱的薇萱。如今,多少朋友都沉尸海底,埋骨荒丘!他们遗留在人间的不知是什么?他们由人间带走的也不知是什么?只要我们尚有灵思,还能忆起梅窠旧梦。你能远道寄来海滨的消息,安慰我这"踞石崖而参禅"的老僧,我该如何的感谢呢!

三

《寄天涯一孤鸿》我已读过了。你是成功了,"读后竟为之流泪,而至于痛哭！"那天是很黯淡的阴天，我在灰尘的十字街头逢见女师大的仪君，她告我《小说月报》最近期有你寄给我的一封信，我问什么题目，她告诉我后我已知道内容了。我心海深处忽然汹涌起惊涛骇浪，令我整个的心身受其播动而晕绝！那时已近黄昏，雇了车在一种恍惚迷惘中到了商务印书馆。一只手我按着搏跳的心，一只手抖颤着接过那本书，我翻见了"寄天涯一孤鸿"六字后，才抱着怆痛的心走出来。这时天幕上罩了黑的影，一重一重地迫近像一个黑色的巨兽；我不能在车上读，只好把你这纸上的心情，握在我抖颤的手中温存着。车过顺治门桥梁时，我看着护城河两堤的枯柳，一口一口把我的凄哀咽下去。到了家在灯光下含着泪看完，我又欣慰又伤感，欣慰的是我在这冷酷的人间居然能找到这样热烈的同情，伤感的是我不幸我何幸也能劳你濡泪滴血的笔锋，来替我宣泄积闷。

那一夜我是又回复到去年此日的心境。我在灯光下把你寄我的信反复再读，我真不知泪从何来，把你那四页纸都染遍了湿痕。露沙！露沙！你一个字一个字上边都有我碎心落泪的遗迹。你该胜利的一笑吧！为了你这封在别人视为平淡在我视为箭镞的信，我一年来勉强挣扎起来的心灵身躯，都被你一字一字打倒，我又躺在床上掩被痛哭！一直哭到窗外风停云霁，朝霞照临，我才换上笑靥走出这冷森的小屋，又混入那可怕的人间。露沙！从那天直到如今，我心里总是深画着怆痛，我愿把这凄痛寄在这封信里，愿你接受了去，伴你孤清时的怀忆。

许久未痛哭了，今年暑假由山城离开母亲重登漂泊之途时，我在石家庄正太饭店曾睡在梅隐的怀里痛哭了一场。因为我不能而且不忍把我的悲哀露了，重伤我年高双亲的心，所以我不能把眼泪流在他们面前，我走到中途停息时才能尽量的大哭。梅隐她也是漂泊归来又去漂泊的人，自然也尝了不少的人世滋味，那夜我俩相伴着哭到天明。不幸到北京时，我就病了。半年来我这是第二次痛哭，读完你《寄天涯一孤鸿》的信。

我总想这一瞥如梦的人生，能笑时便笑，想哭时便哭，我们在坎坷的人生道上，大概可哭的事比可笑的事多，所以我们的泪泉不会枯干。你来信说自涵死你痛哭后，未曾再哭，我不知怎样有这个奢望，我觉你读了我这封信时你不能全忘情吧！

这些话可以说都是前尘了，现在我心又回到死寂冷静，对一切不易兴感，很想合着眼摸索一条坦平大道，卜卜我将来的命运呢！你释念吧，露沙！我如今不令过分的凄哀伤及我身体的。

晶清或将在最近期内赴沪，我告她到沪时去看你，你见了她梅窠中相逢的故人，也和见了我一样；而且她的受伤，她的畸零，也同我们一样。请你好好抚慰她那跋涉崎岖惊颤之心，我在京漂泊详状她可告你。这或者是你欢迎的好消息吧！

这又是一个冬夜，狂风在窗外怒吼，卷着尘沙扑着我的窗纱像一个猛兽的来袭，我惊惧着执了破笔写这沥血滴泪的心痕给你。露沙！你呢？也许是在睁着枯眼遥望银河畔的孤星而咽泪，也许是拥抱着可爱的萱儿在沉睡。这时候呵！露沙！是我写信的时候。

一九二六年十二月二十五日，圣诞节夜

佳作赏析：

这是石评梅写给海滨故人中其中一位——露莎的信。

露莎是庐隐的小说《海滨故人》的主角，在石评梅的文章里，露莎实际指的就是庐隐。深藏着悲痛的石评梅反身安慰和她一样处在不幸中的庐隐，"我已不是先前那样呜咽哀号，颓丧沉沦，我如今是沉默深刻，容忍含蓄人间一切的哀痛，努力去寻求真实生命的战士"。从悲伤中走出来的石评梅以自己的经历来鼓励露莎不要放弃生活，要勇敢，要做一个新式的女性。

作者向友人公开着自己的秘密，倾诉着内心的苦闷，同时，她又深深地同情、慰藉着他人的痛苦与不幸。

怀念赵元任先生

□[中国] 王了一

　　去年（1981）5月17日，赵元任先生从美国回到北京。这是他在新中国成立后第二次回北京。第一次在1973年春天，周恩来总理会见了他。这次回来，邓小平副主席会见了他，中国社会科学院宴请了他，北京大学聘他为名誉教授。他的女儿赵如兰教授说，元任先生最满意的一件事是去年夏天他同女儿、女婿回国来了。的确是这样，他的高兴的心情我看得出来，所以我两次劝他回国定居。他说他在美国还有事情要处理，他回去再来。去年12月，清华大学打电话告诉我，元任先生已决定回国定居，我高兴极了。不料今年3月他就离开了我们。

　　在去年6月10日北京大学授予赵元任先生名誉教授称号的盛会上，我致了颂词。我勉励我的学生向元任先生学习，学习他的博学多能，学习他的由博返约，学习他先当哲学家、文学家、物理学家、数学家、音乐家，最后成为世界闻名的语言学家。

　　我在1926年考进清华大学研究院，当时我们有四位名教授：梁启超、王国维、赵元任、陈寅恪。我们同班的 32 位同学只有我一个人跟元任先生学习语言学，所以我和元任先生的关系特别密切。我常常到元任先生家里看他。有时候正碰上他吃午饭，赵师母笑着对我说："我们边吃边谈吧，不怕你嘴馋。"有一次我看见元任先生正在弹钢琴，弹的是他自己谱写的歌曲。耳濡目染，我更喜爱元任先生的学问了。

我跟随元任先生虽只有短短的一年，但是我在学术方法上受元任先生的影响很深。后来我在《中国现代语法》自序上说，元任先生在我的研究生论文上所批的"说有易，说无难" 6 个字，至今成为我的座右铭。事情是这样的：我在研究生论文《中国古文法》里讲到"反照句""纲目句"的时候，加上一个（附言）说："反照句、纲目句，在西文罕见。"元任先生批云："删附言！未熟通某文，断不可定其无某文法。言有易，言无难！"这是对我的当头棒喝。但是我还没有接受教训，就在这一年，我写了另一篇论文《两粤音说》。承蒙元任先生介绍发表在《清华学报》上。这篇文章说两粤没有撮口呼。1928 年元任先生去广州调查方言，他写信告诉当时在巴黎的我说，广州话里就有撮口呼，并举"雪"字为例。这件事使我深感惭愧。我检查我犯错误的原因，第一，我的论文题目本身就是错误的。调查方言只能一个一个地点去调查，决不能两粤作为一个整体来调查。其次，我不应该由我的家乡博白话没有撮口呼来推断两粤没有撮口呼，这在逻辑推理上是错误的。由于我在《两粤音说》上所犯的错误，我更懂得元任先生"说有易，说无难"的道理。

我 1927 年在清华研究院毕业后，想去法国留学，元任先生鼓励我，说法国有著名的语言学家，我可以去法国学习语言学。从此以后，我和元任先生很少见面了。但是，元任先生始终没有忘记我。1928 年夏天，他把他的新著《现代吴语的研究》寄去巴黎给我，在扉页上用法文写着"avec compliments de Y. R. Chao"（"赵元任向你问好"）。1939 年 6 月 14 日，他从檀香山寄给我一本法文书《时间与动词》，在扉页上用中文写着"给了一兄看"。1975 年，他从美国加州寄给我一本用英文写的《早年自传》，在扉页上写着"送给了一兄存"。我至今珍藏着这 3 本书。元任先生每 10 年写一封"绿色的信"，印寄不常见面的亲戚朋友，我收到他的第 2 封和第 5 封。

我常常对我的学生说，元任先生之所以能有那么大的成就，就是因为基础打得好。1918 年他在哈佛大学取得了哲学博士学位，那时他才 26 岁。1919 年他回到他的母校康乃尔大学当物理学讲师。1921 年，英国哲学家罗素来中国讲学，元任先生当翻译。在他的《自传》里可以看出，他是以此为荣的。1922 年，他翻译了《阿丽思漫游奇境记》。1925 年，他从欧洲归国后，在清华大学教数学，次年才当上研究院教授。在 20 年代，元任先生谱写了许多歌曲，如《叫我如何不想他》等，撰写了一些有关乐理的论文，如《中国派和声的几个小试验》等。哲学、文学、音乐、物理、数学，都是和语言学有密切关系的科学，这些基础打好了，搞起语言学来自然根深叶茂，取得卓越的成果。他写的《现代吴语的研究》《南京音系》《广西瑶歌记音》《钟祥方言记》《湖北方言调查（主编）》《广州话入门》《北京话入门》《中国话的文法》《语言问题》等，都是不朽的著作。我们向元任先生学习，不但要学习他的著作，还要学习他的治学经验和学术方法。

元任先生是中国的学者，可惜他在中国居住的时间太少了。据他的《自传》所载，他 1910—1919 在美国住了十年，1920—1921 在中国，1921—1924 在美国，1924—1925 在欧洲，1925—1932 在中国，1932—1933 在美国，1933—1938 在中国，1938—1982 在美国居住四十四年（1973，1981 回国两次）。假使他长期住在中国，当能对中国文化做出更大的贡献。据我所知，中华人民共和国成立以来，我们的政府一直争取元任先生返国。最后将近实现了，而元任先生却与世长辞。这不但使我们当弟子的深感哀痛，我国语言学界也同声叹惜。最后，我把我的挽诗一首写在下面，来表示我的悼念之情：

> 离朱子野逊聪明，旷世奇才绝代英。
>
> 提要钩玄探古韵，鼓琴吹笛谱新声。
>
> 剧怜山水千重隔，不厌辎轩万里行。
>
> 今后更无青鸟使，望洋遥奠倍伤情！

王了一（1900—1986），原名王力，广西博白县人，语言学家。著有《中国现代语法》《中国音韵学》《汉语史稿》《古代汉语》《龙虫并雕斋琐语》等。

这是一篇学生怀念老师的文章。文章重点讲了赵元任先生的几件事：对子女回国感到高兴，自己也要回国定居；作为学生去老师家吃饭；老师对自己在学业、学术上的批评；几十年来师生互相通信。文章虽然不长，但通过这几件看似普通的小事，把赵元任先生的热爱祖国、平易近人、严格要求学生、看重师生情谊等优秀品质和作风都完整表现了出来，同时也展现了赵元任先生的多才多艺。文章语言平实，感情真挚，真切感人。

林琴南先生

□〔中国〕苏雪林

　　当林琴南先生在世时，我从不曾当面领过他的教，不曾写过一封问候他起居的信，他的道貌虽曾瞻仰过一次，也只好像古人所说的"半面之识"。所以假如有人要我替他撰什么传记之类，不问而知是缺少这项资格的。

　　不过，在文字上我和琴南先生的关系却很深。读他的作品我知道了他的家世，行事；明了了他的性情，思想，癖好，甚至他整个的人格。读他的作品，我因之而了解文义，而能提笔写文章，他是我十五年前最佩服的一个文士，又是我最初的国父导师。

　　这话说来长了，只为出世早了几年，没有现在一般女孩子自由求学的福气和机会。在私塾混了二年，认识了一二千字，家长们便不许我再上进了。只好把西游封神一类的东西，当课本自己研读。民国初年大哥从上海带回几本那时正在风行的林译小说，像什么茶花女遗事，迦茵小传，橡湖仙影，红礁画桨禄等等，使我于中国旧小说之外，又发现了一个新天地。后来父亲又买了一部商务印馆出版的完全的林译计有一百五六十种之多，于是我更像贫儿暴富，废寝忘食日夜披阅。渐渐地我明白了之乎者也的用法，渐渐地能够用文言写一段写景或记事小文。并且模拟林译笔调居然很像。由读他的译文又发生读他创作的热望。当时出版的什么畏庐文集，继集，三集，还有笔记小说如技击余闻，畏庐琐记，京华碧血录，甚至他的山水画集之类，无一不勤加搜求。可惜十余年来东西奔佚得一本都不存了，不然我可以成立一个"林琴南文库"呢。

民国八年升学北京女子高等师范。林先生的寓所就在学校附近的绒线胡同，一天，我正打从他门口过，看见一位鬓发苍然的老者送客出来，面貌宛似《畏庐文集》所载"畏庐六十小影"。我知道这就是我私淑多年的国文老师了。当他转身入内时，很想跟进去与他谈谈，兼致我一片渴慕和感谢之意。但彼此究竟年轻胆小，又恐以无人介绍的缘故不能得他的款待，所以只好快快地走开了。后来虽常从林寓门口往来，却再无碰见他的机会。在五四前，我完全是一个林琴南的崇拜和模仿者，到北京后才知道他所译小说十九出于西洋第二流作家之手。而且他又不懂原文，工作靠朋友帮忙，所以译错的地方很不少。不过我终觉得琴南先生对于中国文学里的"阴柔"之美，似乎曾下过一番研究功夫，古文的造诣也有独到处。其译笔或哀感顽艳、沁人心脾，或质朴古健、逼似史汉，与原文虽略有出入，却很能传出原文的精神。这好像中国的山水画说是取法自然，其实能够超越自然。我们批评时也不可拘拘以迹象求，而以其神韵的流动和气韵的清高为贵。现在许多逐字逐句的翻译，似西非西似中非中，读之满口槎桠者似乎还比它不上。要是肯离开翻译这一点来批评，那更能显出它的价值了。他翻译西洋文学作品时，有时文法上很不注意，致被人撷拾为攻击之资；他又好拿自己的主观，乱作评注，都有失翻译家严正的态度。不过这些原属小节，我们也不必过于求全责备。"五四"前的十九年，他译品的势力极其伟大，当时人下笔为文几乎都要受他几分影响。青年作家之极力揣摩他的口吻，更不必说。近代史料有关系的文献如革命先烈林觉民遗妻书，岑春萱遗蜀父老书笔调都逼肖林译。苏曼殊小说取林译笔调而变化之，遂能卓然自立一派。礼拜六一派滥恶文字也渊源于它，其流毒至今未已。有人引为林氏之过，我则以为不必。"学我者病，来者方多"，谁叫丑女人强效捧心的西子呢？

在他创作里，我知道他姓林名纾，字琴南，号畏庐，福建籍。天性挚厚，事太夫人极孝，笃于家人骨肉的情谊。读他先母行述女雪墓志一类文字常使我幼稚心灵受到极大感动。他忠君，清朝亡后，居然做了遗老。前后谒德宗崇陵十余次。至陵前，必伏地哭失声，引得守陵的侍卫们眙愕相顾。他在学校授课时总勉励学生做一个爱国志士，说到恳切之际，每每声泪俱下。他以卫道者自居，"五四"运动起时，他干了许多堂吉诃德先生的可笑举动，因之失去了青年的信仰。他多才多艺，文字以外画画也著名，他死时寿约七十余岁。

琴南先生在前清不过中过一名举人，并没有做过什么大官，受过皇家什么深恩厚泽，居然这样忠于清室。我起初也很引为奇怪，阅世渐深，人情物理参详亦渐透，对于他这类行为的动机才有几分了解。第一，一个人生在世上不能没有一个信仰。这信仰就是他思想的重心，就是他一生立身行事标准。旧时代读书人以忠孝为一生大节。帝制推翻后，一般读书人信仰起了动摇，换言之便是失去了安身立命之地，他们的精神哪能不感到空虚和苦闷？如果有了新的信仰可以代替，他们也未曾不可以在新时代再做一次人。民国初建立时，一时气象很是发皇，似乎中国可以从此雄飞世界。琴南先生当时也曾对她表示过热烈的爱和希望。我恍惚记得他在某篇文字的序里曾说过"天福我民国"的话。但是这新时代后来怎样？袁世凯想帝制自为了，内战一年一年不断了。什么寡廉鲜耻，狗苟蝇营，覆雨翻云，朝秦暮楚的丑态，都淋漓尽致地表演出来了。他们不知道这是新旧递嬗之际不可避免的现象，只觉得新时代太丑恶，他们不能接受，不如还是钻进旧信仰的破庐里安度余生为妙。在新旧时代有最会投机取巧的人，也有最顽固守旧的人，个中消息难道不可以猜测一二？第二，我们读史常见当风俗最混乱，道德最衰敝的时候，反往往有独立特行之士出于其间。譬如举世皆欲帝秦而有宁蹈东海的鲁仲连；旷达成风的东晋，而有槁饿牖下不仕刘宋的陶渊明；满朝愿为异族臣妾的南宋，而有孤军奋斗的文天祥；只知内阋其墙不知外御其侮的明末，而有力战淮阳的史可法，都可为例。我觉得他们这种行事如其用疾风知劲草、岁寒见松柏的话来解释，不如说这是一种反动，一种有机而为的心理表现。他们眼见同辈卑污龌龊的情形，心里必痛愤之极，由痛愤而转一念：你们以为好人是这样难做吗？我就做一个给你们看？你们以为人格果然可由利禄兑换吗？正义果然可由强权压倒吗？真理果然可由黑暗永远蒙蔽吗？决不！决不！为了要证明这句话，他们不惜艰苦卓绝去争斗，不惜流血，不惜一身死亡，九族覆灭！历史上还有许多讲德行讲到不近人情地步的故事好像凿坏洗耳式的逃名，纳肝割股式的愚忠愚孝，饮水投钱临去留犊式的清廉，犯齐弹妻纵姿劾师式的公正，如其不是出于沽名的卑劣动机，就是矫枉过正的结果。

　　还有一个原因比上述两点更重要的，就是林琴南先生想维持中国旧文化的苦心了。中国文化之高，固不能称为世界第一，经过了四五千年长久时间，也自有他的精深宏大，沈博绝丽之处，可以叫人惊喜赞叹，眩惑迷恋。所谓三纲五常的礼教，所谓孝悌忠信礼义廉耻的道德信条，所谓先王圣人的微言大义，所谓诸子百家思想的精髓，所谓曲章文物的灿备，所谓文学艺术的典丽高华，无论如何抹不煞他们的价值。况且法国吕滂说过，我们一切行事都要由死鬼来做主。因为死鬼的数目，超过活人万万倍，支配我们意识的力量也超过活人万万倍。文化不过一个空洞的名词，它的体系却由过去无数圣贤明哲，英雄名士的心思劳力一点一滴抟造成功。这些可爱的灵魂，都在古书里生活着。翻开书卷，他们的声音笑貌，思想感情，也都栩栩如生，历历宛在。我们同他们周旋已久，就发生亲切的友谊，性情举止一切都与他们同化。对于他们遗留的创造物，即有缺点也不大看得出来。并且还要当作家传至宝，誓死卫护。我们不大读古书的人，不大受死鬼的影响，所以对于旧文化还没有什么眷恋不舍之意；至于像琴南先生这类终日在故纸堆里讨生活的人，自然不能和我们相提并论了。他把尊君思想当作旧文化的象征。不顾举世的讥嘲讪笑抱着这五千年僵尸同入墟墓。那情绪的凄凉悲壮，我觉得很值得我们同情的。辜鸿铭说他之忠于清室，乃忠于中国之政教，即系忠于中国的文明——见林语堂先生的"辜鸿铭"——王国维先生之跳昆明湖也是一样。如其说他殉情，不如说他殉中国旧文化。

总之，林琴南先生可谓过去人物了。我个人对他尊敬钦慕之心并不因此而改。他是一个典型的中国读书人，一个有品有行的文士，一个木强固执的老头子，但又是一个有血性、有骨气、有操守的老头子！

佳作赏析：

苏雪林（1897—1999），生于浙江瑞安，原籍安徽太平，女作家、学者。著有散文集《绿天》《青鸟集》，学术论著《唐诗概论》《中国文学史》等。

这是一篇追忆林琴南先生的文章。林琴南作为当时著名的文学家、翻译家，算是知名度比较高的"公众人物"，但作者并没有泛泛而谈，而是重点从林琴南对自己文学上的影响以及林琴南的思想特点两个方面展开论述，具有浓郁的个人印象色彩。从苏雪林的记叙来看，林琴南的作品对她的影响是相当大的，甚至算得上是国学启蒙老师。尽管如此，作者并没有"为尊者讳"，对于林琴南翻译中存在的问题也如实道出。而对于林琴南在思想上的保守作者虽不赞同，但却认为事出有因，情有可原。这种不为尊者讳、不因观点不同而贬低他人的客观写作精神值得后人学习。

一

家宝逝世后，我给李玉茹、万方发了个电报："请不要悲痛，家宝并没有去，他永远活在观众和读者的心中！"话很平常，不能表达我的痛苦，我想多说一点，可颤抖的手捏不住小小的笔，许许多多的话和着眼泪咽进了肚里。

躺在病床上，我经常想起家宝。六十几年的往事历历在目。

北平三座门大街 14 号南屋，故事是从这里开始。靳以把家宝的一部稿子交给我看，那时家宝还是清华大学的一个学生。在南屋客厅旁那间蓝红糊壁的阴暗小屋里，我一口气读完了数百页的原稿。一幕人生的大悲剧在我面前展开，我被深深地震动了！就像从前看托尔斯泰的小说《复活》一样，剧本抓住了我的灵魂，我为它落了泪。我曾这样描述过我当时的心情："不错，我流过泪，但是落泪之后我感到一阵舒畅，而且我还感到一种渴望，一种力量在身内产生了，我想做一件事情，一件帮助人的事情，我想找个机会不自私地献出我的精力。《雷雨》是这样地感动过我。"然而，这却是我从靳以手里接过《雷雨》手稿时所未曾料到的。我由衷佩服家宝，他有大的才华，我马上把我的看法告诉靳以，让他分享我的喜悦。《文学季刊》破例一期全文刊载了《雷雨》，引起广大读者的注意。第二年，我旅居日本，在东京看了由中国留学生演出的《雷雨》，那时候，《雷雨》已经轰动。我连着看了3天戏，我为家宝高兴。

1936年靳以在上海创刊《文学季刊》，家宝在上面连载四幕剧《日出》，同样引起轰动。1937年靳以创办《文丛》，家宝发表了《原野》。我和家宝一起在上海看了《原野》的演出，这时，抗战爆发了。家宝在南京教书，我在上海文化生活出版社，这以后，我们失去了联系。但是我仍然有机会把他的一本本新作编入《文学丛刊》介绍给读者。

1940年，我从上海到昆明，知道家宝的学校已经迁至江安，我可以去看他了。我在江安待了6天，住在家宝家的小楼里。那地方真清静，晚上7点后街上就一片黑暗。我常常和家宝一起聊天，我们隔了一张写字台对面坐着。谈了许多事情，交出了彼此的心。那时他处在创作旺盛时期，接连写出了《蜕变》《北京人》，我们谈起正在上海上演的《家》（由吴天改编，上海剧艺社演出），他表示他也想改编。我鼓励他试一试。他有他的"家"，他有他个人的情感，他完全可以写一部他的《家》。1942年，在泊在重庆附近的一条江轮上，家宝开始写他的《家》。整整一个夏天，他写出了他所有的爱和痛苦。那些充满激情的优美的台词，是从他心底深处流淌出来的，那里面有他的爱，有他的恨，有他的眼泪，有他的灵魂的呼号。他为自己的真实感情奋斗。我在桂林读完他的手稿，不能不赞叹他的才华，他是一位真正的艺术家！我当时就想写封信给他，希望他把心灵的宝贝都掏出来，可这封信一拖就是很多年，直到1978年，我才把我心里想说的话告诉他。但这时他已经满身创伤，我也伤痕遍体了。

二

1966年夏天，我们参加了亚非作家北京紧急会议。那时"文革"已经爆发。一连两个多月，我和家宝在一起工作，我们去唐山，去武汉，去杭州，最后大会在上海闭幕。送走了外宾，我们的心情并没有轻松，家宝马上要回北京参加运动，我也得回机关学习，我们都不清楚等待我们的将是什么。分手时，两人心里都有很多话，可是却没有机会说出来。这之后不久，我们便都进了"牛棚"。等到我们再见面，已是12年后了。我失去了萧珊，他失去了方瑞，两个多么善良的人！

在难熬的痛苦的长夜，我也想念过家宝，不知他怎么挨过这段艰难的日子，听说他靠安眠药度日，我很为他担心。我们终于还是挺过来了。相见时没有大悲大喜，几句简简单单的话说尽了千言万语。我们都想向前看，甚至来不及抚平身上的伤痛，就急着要把失去的时间追回来。我有不少东西准备写，他也有许多创作计划。当时他已完成了《王昭君》，我希望他把《桥》写完。《桥》是他在抗战胜利前不久写的，只写了两幕，后来他去美国讲学就搁下了。他也打算续写《桥》，以后几次来上海收集材料。那段时候，我们谈得很多。他时常报怨，不能做自己想做的事情。我劝他少些顾虑，少开会，少写表态文章，多给后人留一点东西。我至今怀念那些日子：我们两人一起游豫园，走累了便在湖心亭喝茶，到老板店吃"糟钵头"；我们在北京逛东风市场，买几根棒冰，边走边吃，随心所欲地闲聊。那时我们头上还没有这么多头衔，身也少有干扰，脚步似乎还算轻松，我们总认为我们还能做许多事情，那感觉就好像又回到了30年代北平三座门大街。

但是，我们毕竟老了。被损坏的肌体不可能再回复到原貌。眼看着精力一点一点从我们身上消失，病魔又缠住了我们，笔在我们手里一天天重起来，那些美好的计划越来越遥远，最终成了不可触摸的梦。我住进了医院，不久，家宝也离不开医院了。起初我们还有机会住在同一家医院，每天一起在走廊上散步，在病房里倾谈往事。我说话有气无力，他耳朵更加聋了，我用力大声说，他还是听不明白，结果常常是各说各的。但就是这样，我们仍然了解彼此的心。

我的身体越来越差，他的病情也加重了。我去不了北京，他无法来上海，见面成了奢望，我们只能靠通信互相问好。1993年，一些热心的朋友想创造条件让我们在杭州会面，我期待着这次聚会，结果因医生不同意，家宝没能成行。这年的中秋之夜，我在杭州和他通了电话，我清清楚楚地听到他的声音，还是那么响亮，中气十足。我说："我们共有一个月亮。"他说："我们共吃一个月饼。"这是我最后一次听到他的声音。

三

我和家宝都在与疾病斗争。我相信我们还有时间。家宝小我6岁，他会活得比我长久。我太自信了。我心里的一些话，本来都可以讲出来，他不能到杭州，我可以争取去北京，可以和他见一面，和他话别。

消息来得太突然。一屋子严肃的面容，让我透不过气。我无法思索，无法开口，大家说了很多安慰的话，可我脑子里却是一片片空白。我不能接受这个事实，前些天北京来的友人还告诉我，家宝健康有好转，他写了发言稿，准备出席第六次文代会的开幕式。仅仅只过了几天！李玉茹在电话里说，家宝走得很安详，是在睡梦中平静地离去了。那么他是真的走了。

十多年前家宝在给我的一封信中，写了这样的话："我要死在你的面前，让痛苦留给你……"我想，他把痛苦留给了他的朋友，留给了所有爱他的人，带走了他心灵中的宝贝，他真能走得那样安详吗？

巴金（1904—2005），四川成都人，作家、翻译家。有长篇小说《激流三部曲》，散文集《海行杂记》《随想录》等。

曹禺和巴金同为我国著名的作家，在文艺界声誉很高，他们的友谊也很长远。巴金在这篇文章中在表达对曹禺逝世悲痛之情的同时，也回顾了两个人从相识、相熟、相知的主要过程。两位作家因作品而相识，后来成为朋友，无话不谈，这种友谊一直持续了几十年。到了晚年，虽都身体不好，还互相鼓励，尽量多出作品。直到两个人都长期住院，仍互通电话，互相关心。文章感情真挚，字里行间流露着对失去知己朋友的悲痛之情。

悼念俞平伯先生

□〔中国〕张中行

　　看报，知道俞平伯先生于 10 月 15 日过午病逝。到此，我上大学时候的老师就一个也不剩了，真是逝者如斯夫！我心里当然有些不平静。先涌上心头的是悲伤。记得去年年初，应某刊纪念"五四"之约，曾著文写俞先生，不久之后，以"俞平伯先生"为题，发表于《读书》1989 年 5 月号。那篇文章末尾说："现在他老了，九十高龄，有憾也罢，无憾也罢，既然笔耕大片土地已经不适宜，那就颐养于春在之堂，做做诗，填填词，唱唱'则为你如花美眷，似水流年'吧。"俞先生自 70 年代晚期患轻度中风，身体不好，我知道，但推想，他不久前还往香港，仍讲《红楼梦》，总当还可以维持几年吧？想不到这样快就走了。

　　继悲伤而来的是遗憾。依常情，尊师重道，我应该多去问候，可是七八十年代相加，才去了两次。先一次在建国门外的学部宿舍，他走路不灵便，可是未扶仗；后一次在钓鱼台东侧的南沙沟，竟是扶案始能举步了。其后我不是不想去，可是想到会给他添麻烦，就沉吟之后作罢。就这样，断了音问，以致应该有的最后一面也竟化为空无。这是遗憾之一。还有其二，是那篇拙作中谈到他的散文，曾说了这样的话："他尊苦雨斋为师，可是散文的风格与苦雨斋不同。苦雨斋平实冲淡，他曲折跳动，像是有意求奇求文。这一半是来于有才，一半是来于使才。"我这样写，心里是有高下之分的。"吾爱吾师，吾更爱真理"，人各有见，推想俞先生是会谅解的。可是一时胡思乱想，以为他看到，也许要说"小子何知"，也就没给他看。不给他看，成为背后喊喊喳喳，这是有违尊师之道的。

时间不能倒流，人死盖棺，应该再说些定论和纪念的话。俞先生生于清光绪己亥腊八，其时已是公历 1900 年 1 月 15 日，在世 90 年零 9 个月，以"人生七十古来稀"衡之，可算作高寿。成就也配得上年岁，散文，诗，词，都成家；多年教学，在古典文学方面，博不稀奇，稀奇的是见得深，因为他既有才，又能作，知道其中底蕴。这方面，有他的多种著作（旧版新版）为证，我那篇拙作也谈了不少，不宜于再费辞。

还有什么可说的呢？像是还可以说说另一个方面，一般人或者会看作小节的，是个人的生活之道。道，难言也，更重大的是难评也，因为，虽然如《庄子》所说，可以"在屡溺"，可是可以推演为理论，那就会牵涉到意识，以至于立脚点云云。这里只好大事化小，说说我的关于俞先生的一点点的看法。先要说说他的家世资本。他曾祖父俞曲园（樾）是清朝晚年的大学者，父亲俞阶青（陛云）是光绪戊戌科的探花，也善于诗词。因为有这样的门第，所以能够娶仕宦之家仁和许家的小姐许莹环（宝驯）为妻。也就因为这资本向下延续，他就可以住人间天上的清华园，过教、写、唱的生活。这样说，是他的家世资本使他有大成就吗？又不尽然，因为有这样的资本，也可以去斗鸡走狗。俞先生的可取之处就在于他善于用其才。还是只谈减去学业的生活之道，我的看法，他的道，用古语说是"率性之谓道"。我自 1931 年与俞先生相识，听他的课，读他的著作，后来还有些交往，深知俞先生是诗人气质。因为是诗人气质，所以喜欢做诗，尤其喜欢做词。不是像有些文人附庸风雅，无病呻吟地做，而是写走入诗境的心。还记得词里有这样一句："闻道同衾仍隔梦。"南宋吴文英及其后的追随者,总在辞藻上翻筋斗,是写不出来的。他讲诗词也是这样,不像现在许多人,站在外面赏析,而是走进去,谈个人感受。诗人通常还有个习惯,是把现实生活"认作"戏,所以俞先生喜欢唱昆曲,恰好许夫人更精于此道,于是有时他们就来一两折《牡丹亭》,大概就如杜丽娘与柳梦梅,真入了梦境吧? 这已经不是生活里有诗,而是生活变成诗了。也就是由于有这样的希求和感受,俞先生于40年代写了长诗《遥夜闺思引》,70年代写了长诗《重圆花烛歌》。俞先生是大学教授、研究员,竟至学温、韦之流,像是有些怪。其实并不怪,因为他是诗人气质,写这些正是率性。

我的体会,研究《红楼梦》也是这样。他不是泛泛地研究小说,像孙楷第先生那样,有书必看,有闻必录。俞先生全力治《红楼梦》,不问《金瓶梅》,因为前者近于诗,后者近于柴米油盐。也是由于诗的浸润,也许是干扰? 他在这梦中多看人生,因而看到空,而没有看到社会,以及进步与退步等等。诗人,如苏东坡,不合时宜。俞先生也是这样,因为不合时宜而受到批判。但诗人都是生性痴迷的,因而左批右批之后,他还认为"曹雪芹未必比我进步多少"。俞先生也许胜利了。1982 年,比他年长 4 岁的许夫人先走了,他成为半空,现在他也走了,成为全空。这就可以说是以身证实了自己的信念吧?

我得消息晚,未能恭送八宝山,悲伤自不能免。但仔细想想,又感到安慰。人生不过是这么回事,秦皇、汉武也不免一死,所求不过是在生者记忆中的不朽。俞先生著作等身,而且很像样,不朽做到了。还有一样,是一般人很少做到的,是在诗境中过了一生,世间还有什么获得比这更贵重呢? 所以我想引康德的最后一句话:"够了。"那么,就从许夫人于地下,安息吧!

佳作赏析:

张中行(1909—2006),河北香河人。著有《文言常识》《佛教与中国文学》

《禅外说禅》等。

　　俞平伯先生是我国著名的红学家。在这篇悼念和怀念俞平伯的文章中，作者回顾了自己与俞平伯先生的学习和交往经历，重点介绍了俞平伯的家庭出身、生活态度和对红学的研究。俞平伯出身名门，生活优越，但他没有就此消沉，而是刻苦学习，终于成才。俞平伯在生活上率性而为，在学术上对红学的研究专注深入，取得举世瞩目的成就。俞平伯对待学习、工作、学术的态度值得学习。文章语言洗练，作者虽然悲痛却心胸豁达，字里行间洋溢着看透生死的禅意。

回忆鲁迅先生（节选）

□ ［中国］萧红

鲁迅先生的笑声是明朗的，是从心里的欢喜。若有人说了什么可笑的话，鲁迅先生笑得连烟卷都拿不住了，常常是笑得咳嗽起来。

鲁迅先生走路很轻捷，尤其使人记得清楚的，是他刚抓起帽子来往头上一扣，同时左腿就伸出去了，仿佛不顾一切地走去。

鲁迅先生不大注意人的衣裳，他说："谁穿什么衣裳我看不见的……"

鲁迅先生生病，刚好了一点，窗子开着，他坐在躺椅上，抽着烟，那天我穿着新奇的火红的上衣，很宽的袖子。

鲁迅先生说："这天气闷热起来，这就是梅雨天。"他把他装在象牙烟嘴上的香烟，又用手装得紧一点，往下又说了别的。

许先生忙着家务跑来跑去，也没有对我的衣裳加以鉴赏。

于是我说："周先生，我的衣裳漂亮不漂亮？"

鲁迅先生从上往下看了一眼："不大漂亮。"

过了一会又加着说："你的裙子配的颜色不对，并不是红上衣不好看，各种颜色都是好看的，红上衣要配红裙子，不然就是黑裙子，咖啡色的就不行了，这两种颜色放在一起很混浊……你没看到外国人在街上走的吗？绝没有下边穿一件绿裙子，上边穿一件紫上衣，也没有穿一件红裙子而后穿一件白上衣的……"

鲁迅先生就在躺椅上看着我："你这裙子是咖啡色的，还带格子，颜色混浊得很，所以把红衣裳也弄得不漂亮了。"

"……人瘦不要穿黑衣裳，人胖不要穿白衣裳；脚长的女人一定要穿黑鞋子，脚短就一定要穿白鞋子；方格子的衣裳胖人不能穿，但比横格子的还好；横格子的，胖人穿上，就把胖子更往两边裂着，更横宽了，胖子要穿竖条子的，竖的把人显得长，横的把人显得宽……"

那天鲁迅先生很有兴致，把我一双短统靴子也略略批评一下，说我的短靴是军人穿的，因为靴子的前后都有一条线织的拉手，这拉手据鲁迅先生说是放在裤子下边的……

我说："周先生，为什么那靴子我穿了多久了而不告诉我，怎么现在才想起来呢？现在不是不穿了吗？我穿的这不是另外的鞋吗？"

"你不穿我才说的，你穿的时候，一说你该不穿了。"

那天下午要赴一个宴会去，我要许先生给我找一点布条或绸条束一束头发。许先生拿了来米色的绿色的还有桃红色的。经我和许先生共同选定的是米色的。为着取笑，把那桃红色的，许先生举起来放在我的头发上，并且许先生很开心地说着：

"好看吧！多漂亮！"

我也非常得意，很规矩又顽皮地在等着鲁迅先生往这边看我们。

鲁迅先生这一看，他就生气了，他的眼皮往下一放向我们这边看着：

"不要那样装她……"

许先生有点窘了。

我也安静下来。

鲁迅先生在北平教书时，从不发脾气，但常常好用这种眼光看人，许先生常跟我讲，她在女师大读书时，周先生在课堂上，一生气就用眼睛往下一掠，看着她们。这种眼光鲁迅先生在记范爱农先生的文字里曾自己述说过，而谁曾接触过这种眼光的人就会感到一个旷代的全智者的催逼。

我开始问："周先生怎么也晓得女人穿衣裳的这些事情呢？"

"看过书的，关于美学的。"

"什么时候看的……"

"大概是在日本读书的时候……"

"买的书吗？"

"不一定是买的，也许是从什么地方抓到就看的……"

"看了有趣味吗？"

"随便看看……"

"周先生看这书做什么？"

"……"没有回答。好像很难以回答。

许先生在旁说："周先生什么书都看的。"

在鲁迅先生家里做客人，刚开始是从法租界来到虹口，搭电车也要差不多一个钟头的工夫，所以那时候来的次数比较少，还记得有一次谈到半夜了，一过十二点电车就没有的，但那天不知讲了些什么，讲到一个段落就看看旁边小长桌上的圆钟，十一点半了，十一点四十五分了，电车没有了。

"反正已十二点，电车已没有，那么再坐一会。"许先生如此劝着。

鲁迅先生好像听了所讲的什么引起了幻想，安顿地举着象牙烟嘴在沉思着。

一点钟以后，送我（还有别的朋友）出来的是许先生。外边下着蒙蒙的小雨，弄堂里灯光全然灭掉了，鲁迅先生嘱咐许先生一定让坐小汽车回去，并且一定嘱咐许先生付钱。

以后也住到北四川路来，就每夜饭后必到大陆新村来了，刮风的天，下雨的天，几乎没有间断的时候。

鲁迅先生很喜欢北方饭。还喜欢吃油炸的东西，喜欢吃硬的东西，就是后来生病的时候，也不大喝牛奶。鸡汤端到旁边用调羹舀了一二下就算了事。

有一天约好我去包饺子吃，那还是住在法租界，所以带了外国酸菜和用绞肉机绞成的牛肉。就和许先生站在客厅后边的方桌边包起来，海婴公子围着闹得起劲，一会把按成圆饼的面拿去了，他说做了一只船来，送在我们的眼前，我们不看它，转身他又做了一只小鸡，许先生和我都不去看它，对他竭力避免加以赞美，若一赞美起来，怕他更做得起劲。

客厅后没到黄昏就先黑了，背上感到些微的寒凉，知道衣裳不够了，但为着忙，没有加衣裳去。等把饺子包完了看看那数目并不多，这才知道许先生我们谈话谈得太多，误了工作。许先生怎样离开家的，怎样到天津读书的，在女师大读书时怎样做了家庭教师，她去考家庭教师的那一段描写，非常有趣，只取一名，可是考了好几十名，她之能够当选算是难的了。指望对于学费有一点补足，冬天来了，北平又冷，那家离学校又远，每月除了车子钱之外，若伤风感冒还得自己拿出买阿司匹林的钱来，每月薪金十元要从西城跑到东城……

饺子煮好，一上楼梯，就听到楼上明朗的鲁迅先生的笑声冲下楼梯来，原来有几个朋友在楼上也正谈得热闹。那一天吃的是很好的。

以后我们又做过韭菜合子，又做过合叶饼，我一提议鲁迅先生必然赞成，而我做得又不好，可是鲁迅先生还是在饭桌上举着筷子问许先生："我再吃几个吗？"

因为鲁迅先生的胃不大好，每饭后必吃"脾自美"胃药丸一二粒。

有一天下午鲁迅先生正在校对着一本别人的著作，我一走进卧室去，从那圆转椅上鲁迅先生转过来了，向着我，还微微站起了一点。

"好久不见，好久不见。"一边说着一边向我点头。

刚刚我不是来过了吗？怎么会好久不见？就是上午我来的那次周先生忘

记了，可是我也每天来呀……怎么都忘记了吗？

周先生转身坐在躺椅上才自己笑起来，他是在开着玩笑。

梅雨季，很少有晴天，一天的上午刚一放晴，我高兴极了，就到鲁迅先生家去了，跑得上楼还喘着，鲁迅先生说："来啦！"我说："来啦！"

我喘着连茶也喝不下。

鲁迅先生就问我：

"有什么事吗？"

我说："天晴啦，太阳出来啦。"

许先生和鲁迅先生都笑着，一种对于冲破忧郁心境的展然的会心的笑。

海婴一看到我非拉我到院子里和他一道玩不可，拉我的头发或拉我的衣裳。

为什么他不拉别人呢？据周先生说："他看你梳着辫子，和他差不多，别人在他眼里都是大人，就看你小。"

许先生问着海婴："你为什么喜欢她呢？不喜欢别人？"

"她有小辫子。"说着就来拉我的头发。

鲁迅先生家里生客人很少，几乎没有，尤其是住在他家里的人更没有。一个礼拜六的晚上，在二楼上鲁迅先生的卧室里摆好了晚饭，围着桌子坐满了人。每逢礼拜六晚上都是这样的，周建人先生带着全家来拜访的。在桌子边坐着一个很瘦的很高的穿着中国小背心的人，鲁迅先生介绍说："这是一位同乡，是商人。"

初看似乎对的，穿着中国裤子，头发剃得很短。当吃饭时他还让别人酒，也给我倒一盅，态度很活泼，不大像个商人；等吃完了饭，又谈到《伪自由书》及《二心集》。这个商人，开明得很，在中国不常见。没有见过的，就总不大放心。

下一次是在楼下客厅后的方桌上吃晚饭，那天很晴，一阵阵地刮着热风，虽然黄昏了，客厅后还不昏黑。鲁迅先生是新剪的头发，还能记得桌上有一碗黄花鱼，大概是顺着鲁迅先生的口味，是用油煎的。鲁迅先生前面摆着一碗酒，酒碗是扁扁的，好像用做吃饭的饭碗。那位商人先生也能喝酒，酒瓶手就站在他的旁边。他说蒙古人什么样，苗人什么样，从西藏经过时，那西藏女人见了男人追她，她就如何如何。

这商人可真怪，怎么专门走地方，而不做买卖？并且鲁迅先生的书他也全读过，一开口这个，一开口那个。并且海婴叫他×先生，我一听那×字就明白他是谁了。×先生常常回来得很迟，从鲁迅先生家里出来，在弄堂里遇到了几次。

有一天晚上×先生从三楼下来，手里提着小箱子，身上穿着长袍子，站在鲁迅先生的面前，他说他要搬了。他告了辞，许先生送他下楼去了。这时候周先生在地板上绕了两个圈子，问我说：

"你看他到底是商人吗？"

"是的。"我说。

鲁迅先生很有意思地在地板上走几步，而后向我说："他是贩卖私货的商人，是贩卖精神上的……"

×先生走过二万五千里回来的。

青年人写信，写得太草率，鲁迅先生是深恶痛绝之的。

"字不一定要写得好，但必须得使人一看了就认识，青年人现在都太忙了……他自己赶快胡乱写完了事，别人看了三遍五遍看不明白，这费了多少工夫，他不管。反正这费的工夫不是他的。这存心是不太好的。"

但他还是展读着每封由不同角落里投来的青年的信，眼睛不济时，便戴起眼镜来看，常常看到夜里很深的时光。

珂勒惠支的画，鲁迅先生最佩服，同时也很佩服她的做人。珂勒惠支受希特勒的压迫，不准她做教授，不准她画画，鲁迅先生常讲到她。

史沫特莱，鲁迅先生也讲到，她是美国女子，帮助印度独立运动，现在又在援助中国。

鲁迅先生介绍给人去看的电影：《夏伯阳》《复仇艳遇》……其余的如《人猿泰山》……或者非洲的怪兽这一类的影片，也常介绍给人的。鲁迅先生说："电影没有什么好看的，看看鸟兽之类倒可以增加些对于动物的知识。"

鲁迅先生不游公园，住在上海十年，兆丰公园没有进过，虹口公园这么近也没有进过。春天一到了，我常告诉周先生，我说公园里的土松软了，公园里的风多么柔和，周先生答应选个晴好的天气，选个礼拜日，海婴休假日，好一道去，坐一乘小汽车一直开到兆丰公园，也算是短途旅行，但这只是想着而未有做到，并且把公园给下了定义，鲁迅先生说："公园的样子我知道的……一进门分做两条路，一条通左边，一条通右边，沿着路种着点柳树什么的，树下摆着几张长椅子，再远一点有个水池子。"

我是去过兆丰公园，也去过虹口公园或是法国公园的，仿佛这个定义适用在任何国度的公园设计者。

鲁迅先生不戴手套，不围围巾，冬天穿着黑石蓝的棉布袍子，头上戴着灰色毡帽，脚穿黑帆布胶皮底鞋。

胶皮底鞋夏天特别热，冬天又凉又湿，鲁迅先生的身体不算好，大家都提议把这鞋子换掉。鲁迅先生不肯，他说胶皮底鞋子走路方便。

"周先生一天走多少路呢？也不就——转弯到××书店走一趟吗？"

鲁迅先生笑而不答。

"周先生不是很好伤风吗？不围巾子，风一吹不就伤风了吗？"

鲁迅先生这些个都不习惯，他说：

"从小就没戴过手套围巾，戴不惯。"

鲁迅先生一推开门从家里出来时，两只手露在外边，很宽的袖口冲着风就向前走，腋下挟着个黑绸子印花的包袱，里边包着书或者是信，到老靶子路书店去了。

那包袱每天出去必带出去，回来必带回来，出去时带着回给青年们的信，回来又从书店带来新的信和青年请鲁迅先生看的稿子。

鲁迅先生抱着印花包袱从外边回来，还提着一把伞，一进门客厅里早坐着客人，把伞挂在衣架上就陪客人谈起话来。谈了很久了，伞上的水滴顺着伞杆在地板上已经聚了一堆水。

鲁迅先生上楼去拿香烟，抱着印花包袱，而那把伞也没有忘记，顺手也带到楼上去。

鲁迅先生的记忆力非常之强，他的东西从不随便散置在任何地方。

鲁迅先生很喜欢北方口味。许先生想请一个北方厨子，鲁迅先生以为开销太大，请不得的，男佣人，至少要十五元钱的工钱。

所以买米买炭都是许先生下手，我问许先生为什么用两个女佣人都是年老的，都是六七十岁的？许先生说她们做惯了，海婴的保姆，海婴几个月时就在这里。

正说着那矮胖胖的保姆走下楼梯来了，和我们打了个迎面。

"先生，没吃茶吗？"她赶快拿了杯子去倒茶，那刚刚下楼时气喘的声音还在喉管里咕噜咕噜的，她确是年老了。

来了客人，许先生没有不下厨房的，菜食很丰富，鱼，肉……都是用大碗装着，起码四五碗，多则七八碗。可是平常就只三碗菜：一碗素炒豌豆苗，一碗笋炒咸菜，再一碗黄花鱼。

这菜简单到极点。

鲁迅先生的原稿，在拉都路一家炸油条的那里用着包油条，我得到了一张，是译《死魂灵》的原稿，写信告诉了鲁迅先生，鲁迅先生不以为稀奇。许先生倒很生气。

佳作赏析：

萧红（1911—1942），黑龙江呼兰人。现代女作家。代表作品有《生死场》《呼兰河传》等。

鲁迅作为我国著名的文学家、思想家，一直为人所熟知。但生活中的他又是什么样呢？女作家萧红的这篇文章给我们提供了答案。萧红作为鲁迅家的常客，对于鲁迅的衣食住行、待客接物、为人处世都很了解，而记述也颇为详尽。穿衣服不讲究、喜欢北方菜、不戴手套、不围围巾、不游公园，送客人出门嘱咐坐小汽车而且垫付车费，这些生活中的琐碎事情作者都娓娓道来，让我们看到了鲁迅生活中温情而又有些古怪的另一面。而透过这些细节，我们也能感受到萧红与鲁迅之间深厚的友谊。

怀鲁迅

□〔中国〕郁达夫

真是晴天的霹雳，在南台的宴会席上，忽而听到了鲁迅的死！

发出了几通电报，荟萃了一夜行李，第二天我就匆匆跳上了开往上海的轮船。

二十二日上午十时船靠了岸，到家洗了一个澡，吞了两口饭，跑到胶州路万国殡仪馆去，遇见的只是真诚的脸，热烈的脸，悲愤的脸，和千千万万将要破裂似的青年男女的心肺与紧捏的拳头。

这不是寻常的丧事，这也不是沉郁的悲哀，这正像是大地震要来，或黎时将到时充塞在天地之间的一瞬间的寂静。

生死，肉体，灵魂，眼泪，悲叹，这些问题与感觉，在此地似乎太渺小了，在鲁迅的死的彼岸，还照耀着一道更伟大、更猛烈的寂光。

没有伟大的人物出现的民族，是世界上最可怜的生物之群；有了伟大的人物，而不知拥护、爱戴、崇仰的国家，是没有希望的奴隶之邦。因鲁迅的一死，使人自觉出了民族的尚可以有为；也因鲁迅之一死，使人家看出了中国还是奴隶性很浓厚的半绝望的国家。

鲁迅的灵柩，在夜阴里被埋入浅土中去了，西天角却出现了一片微红的新月。

一九三六年十月二十四日在上海

佳作赏析：

郁达夫（1896—1945），浙江富阳人，作家。有短篇小说集《茑萝集》，中篇小说《她是一个弱女子》，散文集《闲书》《屐痕处处》《达夫日记》等。

这篇文章记录了诗人郁达夫在得到鲁迅逝世的消息后，内心真实的感受。文章一开头就用了"真是晴天霹雳"，使得感情紧张激烈，接着，先是发出"几通电报""第二天我就匆匆跳上了开往上海的轮船"……从这一系列急促的行动中，看出作者对鲁迅逝世的震惊，和与鲁迅深厚的感情。

文章到了后面，作者怀着激奋的心情，借鲁迅之死，对社会现象进行抨击，"没有伟大的人物出现的民族，是世界上最可怜的生物之群；有了伟大的人物，而不知拥护、爱戴、崇仰的国家，是没有希望的奴隶之邦"。这种忧国忧民的态度，也正是那一代知识分子的真实面貌。最后一句有着很深的意象，寓示着新世界的到来。

鲁迅与王国维

□〔中国〕郭沫若

　　在近代学人中我最钦佩的是鲁迅与王国维。但我很抱歉，在两位先生生前我都不曾见过面，在他们的死后，我才认识了他们的卓越贡献。毫无疑问，我是一位后知后觉的人。

　　我第一次接触鲁迅先生的著作是在 1920 年《时事新报·学灯》的《双十节增刊》上。文艺栏里面收了四篇东西，第一篇是周作人译的日本小说，作者和作品的题目都不记得了。第二篇是鲁迅的《头发的故事》。第三篇是我的《棠棣之花》（第一幕）。第四篇是沈雁冰（那时候雁冰先生还没有茅盾的笔名）译的爱尔兰作家的独幕剧。《头发的故事》给予我的铭感很深。那时候我是日本九州帝国大学的医联二年生，我还不知道鲁迅是谁，我只是为作品抱了不平。为什么好的创作反屈居在日本小说的译文的次位去了？那时候编《学灯》栏的是李石岑，我为此曾写信给他，说创作是处女，应该尊重，翻译是媒婆，应该客气一点。这信在他所主编的《民铎杂志》发表了。我却没有料到，这几句话反而惹起了鲁迅先生和其他朋友们的不愉快，屡次被引用来作为我乃至创造社同仁们藐视翻译的罪状。其实我写那封信的时候，创造社根本还没有成形的。

有好些文坛上的纠纷，大体上就是由这些小小的误会引起来了。但我自己也委实傲慢，我对于鲁迅的作品一向很少阅读。记得《呐喊》初出版时，我只读了三分之一的光景便搁置了。一直到鲁迅死后，那时我还在日本亡命，才由友人的帮助，把所能搜集到的单行本，搜集了来饱读了一遍。像《中国小说史略》一书，我只读过增田涉的日译本，一直到现在还没有读过原文。自己实在有点后悔，不该增上傲慢，和这样一位值得请教的大师，在生前竟失掉了见面的机会。

事实上我们是有过一次可以见面的机会的。那是在大革命失败后的1927年年底，鲁迅已经辞卸广州中山大学教务主任回到了上海，我也从汕头、香港逃回到上海来了。在这时，经由郑伯奇、蒋光慈诸兄的中介曾经酝酿过一次切实的合作。我们打算恢复《创造周报》，适应着当时的革命挫折期，想以青年为对象，培植并维系青年们的革命信仰。我们邀请鲁迅合作，竟获得了同意，并曾经在报上登出过《周报》复刊的广告。鲁迅先生列第一名，我以麦克昂的假名列在第二，其次是仿吾、光慈、伯奇诸人。那时本来可以和鲁迅见面的，但因为我是失掉了自由的人，怕惹出意外的牵累，不免有些踌躇。而正在我这踌躇的时候，后期创造社的几位朋友回国了，他们以新进气锐的姿态加入阵线，首先便不同意我那种"退撄"的办法，认为《创造周报》的使命已经过去了，没有恢复的必要，要重新另起炉灶。结果我退让了。接着又生了一场大病，几乎死掉。病后我亡命到日本，创造社的事情以后我就没有积极过问了。和鲁迅的合作，就这样不仅半途而废，而且不幸的是更引起了猛烈的论战，几乎弄得来不及收拾。这些往事，我今天来重提，只是表明我自己的遗憾。我与鲁迅的见面，真真可以说是失诸交臂。

关于王国维的著作，我在1921年的夏天，读过他的《宋元戏曲史》。那是商务印书馆出版的一种小本子。我那时住在泰东书局的编辑所里面，为了换取食宿费，答应了书局的要求，着手编印《西厢》。就因为有这样的必要，我参考过《宋元戏曲史》。读后，认为是有价值的一部好书。但我也并没有更进一步去追求王国维的其他著作，甚至王国维究竟是什么人，我也没有十分过问。那时候王国维在担任哈同办的仓圣明智大学的教授，大约他就住在哈同花园里面的吧。而我自己在哈同路的民厚南里也住过一些时候，可以说居处近在咫尺。但这些都是后来才知道的。假使当年我知道了王国维在担任那个大学的教授，说不定我从心里便把他鄙弃了。我住在民厚南里的时候，哈同花园的本身在我便是一个憎恨。连那什么"仓圣明智"等字样只觉得是可以令人作呕的狗粪上的微菌。

真正认识了王国维，也是在我亡命日本的时候。那是1928年的下半年，我已经开始作中国古代社会的研究，和甲骨文、金文发生了接触。就在这时候，我在东京的一个私人图书馆东洋文库里面，才读到了《观堂集林》，王国维自己编订的第一个全集（《王国维全集》一共有三种）。他在史学上的划时代的成就使我震惊了。然而这已经是王国维去世后一年多的事。

这两位大师，鲁迅和王国维，在生前都有可能见面的机会，而我没有见到，而在死后却同样以他们的遗著吸引了我的几乎全部的注意。就因为这样，我每每总要把他们两位的名字和业绩联想起来。我时常这样作想：假使能够有人细心地把这两位大师作比较研究，考核他们的精神发展的路径和成就上的异同，那应该不会是无益的工作。可惜我对于两位的生前都不曾接近，著作以外的生活态度，思想历程，及一切的客观环境，我都缺乏直接的亲炙。因此我对于这项工作虽然感觉兴趣，而要让我来做，却自认为甚不适当。6年前，在鲁迅逝世第四周年纪念会上，我在重庆曾经作过一次讲演，简单地把两位先生作过一番比较。我的意思是想引起更适当的人来从事研究，但6年以来，影响却依然是沉寂的。有一次许寿裳先生问过我，我那一次的讲演，究竟有没有底稿。可见许先生对于这事很注意。底稿我是没有的，我倒感觉着：假使让许先生来写这样的题目，那必然是更适当了。许先生是鲁迅的挚友，关于鲁迅的一切知道得很详，而同王国维想来也必定相认，他们在北京城的学术氛围里同处了五年，以许先生的学力和衡鉴必然更能够对王国维作正确的批判，但我不知道许先生自己有没有这样的兴趣。

首先我所感觉着的，是王国维和鲁迅相同的地方太多。王国维生于1877年，长鲁迅5岁，死于1927年，比鲁迅早死9年，他们可以说是同时代的人。王国维生于浙江海宁，鲁迅生于浙江绍兴，自然要算是同乡。他们两人幼年时家况都很不好。王国维经过上海的东文学社，以1901年赴日本留学，进过东京的物理学校。鲁迅则经过南京的水师学堂、路矿学堂，以1902年赴日本留学，进过东京的弘文学院，两年后又进过仙台的医学专门学校。王国维研究物理学只有一年，没有继续，而鲁迅研究医学也只有一年。两位都是受过相当严格的科学训练的。两位都喜欢文艺和哲学，而尤其有趣的是都曾醉心过尼采。这理由是容易说明的，因为在本世纪初期，尼采思想乃至德意志哲学，在日本学术界是磅礴着的。两位回国后都曾从事于教育工作。王国维以1903年曾任南通师范学堂教习，讲授心理、伦理、哲学，1904年转任苏州师范学堂教习，除心理、伦理、哲学之外，更曾担任过社会学的讲座。鲁迅则以1909年担任浙江两级师范学堂的生理和化学的教员，第二年曾经短期担任过绍兴中学的教员兼监学，又第二年即辛亥革命的1911年，担任了绍兴师范学校的校长。就这样在同样担任过师范教育之后，更有趣的是，复同样进了教育部，参加了教育行政工作。王国维是以1906年在当时的学部（即后来的教育部）总务司行走，其后改充京师图书馆的编译，旋复充任名词馆的协调。都是属于学部的，任职至辛亥革命而止。鲁迅则以1912年任南京临时政府教育部的部员，初任社会教育司第一科科长，后迁北京，又改为佥事，任职直至1926年。而到晚年来，又同样从事大学教育，王国维担任过北京大学的通信导师，清华大学研究院教授，鲁迅则担任过北大、北京师大、北京女子师大、厦门大学、中山大学等的讲师或教授。

两位的履历，就这样，相似到实在可以令人惊异的地步。而两位的思想历程和治学的方法及态度，也差不多有同样令人惊异的相似。他们两位都处在新旧交替的时代，对于旧学都在幼年已经储备了相当的积蓄，而又同受了相当严格的科学训练。他们想要成为物理学家或医学家的志望虽然没有达到，但他们用科学的方法来回治旧学或创作，却同样获得了辉煌的成就。王国维的《宋元戏曲史》和鲁迅的《中国小说史略》，毫无疑问，是中国文艺史研究上的双璧。不仅是拓荒的工作，前无古人，而且是权威的成就，一直领导着百万的后学。王国维的力量后来多多用在史学研究方面去了，他的甲骨文字的研究，殷周金文的研究，汉晋竹简和封泥等的研究，是划时代的工作。西北地理和蒙古史料的研究也有些惊人的成绩。鲁迅对于先秦古物虽然不大致力，而对于秦以后的金石铭刻，尤其北朝的造像与隋唐的墓志等，听说都有丰富的搜罗，但可惜关于这方面的成绩，我们在《全集》中不能够见到。大抵两位在研究国故上，除运用科学方法之外，都同样承继了清代乾嘉学派的遗烈。他们爱搜罗古物，辑录逸书，校订典集，严格地遵守着实事求是的态度。鲁迅的力量则多多用在文艺创作方面，在这方面的伟大的成就差不多掩盖了他的学术研究方面的业绩，一般人所了解的鲁迅大抵是这一方面。就和王国维是新史学的开山一样，鲁迅是新文艺的开山。但王国维初年也同样是对于文学感觉兴趣的人。他曾经介绍过歌德的《浮士德》，根据叔本华的美学思想写过《红楼梦评论》，尽力赞美《元曲》，而在词曲的意境中提倡"不隔"的理论。（"不隔"是直观自然，不假修饰。）自己对于诗词的写作，尤其词，很有自信，而且曾经有过这样的志愿，想写戏曲。据这些看来，30岁以前，王国维分明是一位文学家。假如这个志趣不中断，照着他的理论和素养发展下去，他在文学上的建树必然更有可观，而且说不定也能打破旧的窠臼，而成为新时代的一位前驱者的。

两位都富于理性，养成了科学的头脑，这很容易得到公认。但他们的生活也并不偏枯，他们是厚于感情，而特别是笃于友谊的。和王国维"相识将近30年"的殷南先生所写的《我所知道的王静安先生》里面有这样的一节话："他平生的交游很少，而且沉默寡言，见了不甚相熟的朋友是不愿意多说话的，所以有许多的人都以为他是个孤僻冷酷的人。但是其实不然，他对于熟人很爱谈天，不但是谈学问，尤其爱谈国内外的时事。他对于质疑问难的人是知无不言，言无不尽。偶尔遇到辩难的时候，他也不坚持他的主观的见解，有时也可以抛弃他的主张。真不失真正学者的态度。"（见述学社《国学月报·王静安先生专号》，1927 年 10 月 31 日出版。）这样的态度，据我从鲁迅的亲近者所得来的认识，似乎和鲁迅的态度也很类似。据说鲁迅对于不甚相熟的朋友也不愿意多说话，因此有好些人也似乎以为鲁迅是一位孤僻冷酷的人。但他对于熟人或质疑问难的人，却一样是知无不言，言无不尽的。两位都获得了许多青年的爱戴，即此也可以证明，他们的性格是博爱容众的。

但在这相同的种种迹象之外，却有不能混淆的断然不同的大节所在之处。那便是鲁迅随着时代的进展而进展，并且领导了时代的前进；而王国维却中止在了一个阶段上，竟成为了时代的牺牲。王国维很不幸地早生了几年，做了几年清朝的官，到了 1923 年更不幸地受了废帝溥仪的征召，任清宫南书房行走，食五品俸。这样的一个菲薄的蜘蛛网，却把他紧紧套着了。在 1927 年的夏间，国民革命军在河南打败了张作霖，一部分人正在兴高采烈的时候，而他却在 6 月 2 日（农历五月三日）跳进颐和园的湖水里面淹死了。在表面上看来，他的一生好像很眷念着旧朝，入了民国之后虽然已经 16 年，而他始终不曾剪去发辫，俨然以清室遗臣自居。这是和鲁迅迥然不同的地方，而且也是一件很稀奇的事。他是很有科学头脑的人，做学问是实事求是，丝毫不为成见所囿，并且异常胆大，能发前人所未能发，言腐儒所不敢言，而独于在这生活实践上却呈出了极大的矛盾。清朝的遗老们在王国维死了之后，曾谥之为忠悫公，这谥号与其说在尊敬他，毋宁是在骂他。忠而悫，不是骂他是愚忠吗？真正受了清朝的深恩厚泽的大遗老们，在清朝灭亡时不曾有人死节，就连身居太师太傅之职的徐世昌，后来不是都做过民国的总统吗？而一个小小的亡国后的五品官，到了民国 16 年却还要"殉节"，不真是愚而不可救吗？遗老们在下意识中实在流露了对于他的嘲悯。不过问题有点蹊跷，知道底里的人能够为王国维辩白。据说他并不是忠于前朝，而是别有死因的。他临死前写好了的遗书，重要的几句是"50 之年，只欠一死，经此世变，义无再辱"。没有一字一句提到了前朝或者逊帝来。这样要说他是"殉节"，实在是有点说不过去。况且当时时局即使危迫，而逊帝溥仪还安然无恙。他假如真是一位愚忠，也应该等溥仪有了三长两短之后，再来死难不迟。他为什么要那样着急？所以他的自杀，我倒也同意不能把它作为"殉节"看待。据说他的死，实际上是受了罗振玉的逼迫。详细的情形虽然不十分知道，大体的经过是这样的。罗在天津开书店，王氏之子参与其事，大折其本。罗竟大不满于王，王之媳乃罗之女，竟因而大归。这很伤了王国维的情谊，所以逼得他竟走上了自杀的路。前举殷南先生的文字里面也有这样的话："偏偏去年秋天，既有长子之丧，又遭挚友之绝，愤世嫉俗，而有今日之自杀。"所谓"挚友之绝"，所指的应该就是这件事。伪君子罗振玉，后来出仕伪满，可以说已经沦为了真小人，我们今天丝毫也没有替他隐的必要了。我很希望深知王国维的身世的人，把这一段隐事更详细地表露出来，替王国维洗冤，并彰明罗振玉的罪恶。

但我在这儿，主要的目的是想提说一项重要的关系，就是朋友或者师友。这项关系在古时也很知道重视，把它作为五伦之一，而要在今天看来，它的重要性更是有增无已了。这也就是一种重要的社会关系，在一个人的成就上，是一个极其重要的因数。王国维和鲁迅的主要不同处，差不多就判别在他们所有的这个朋友关系上面。王国维之所以划然止步，甚至遭到牺牲，主要的也就是朋友害了他。而鲁迅之所以始终前进，一直在时代的前头，未始也不是得到了朋友的帮助。且让我更就两位的这一项关系来叙述一下吧。

罗振玉对于王国维的一生最关系最密切的一个人，王国维受了他不少的帮助是事实，然而也受了他不少的束缚更是难移的铁案。王国维少年时代是很贫寒的。22岁时到上海入东文学社的时候，是半工半读的性质，在那个时候为罗振玉所赏识，便一直受到了他的帮助。后来他们两个人差不多始终没有分离过。罗振玉办《农学报》，办《教育世界》，都靠着王国维帮忙，王国维进学部做官也是出于罗的引荐。辛亥革命以后，罗到日本亡命，王也跟着他。罗是一位收藏家，所藏的古器物、拓本、书籍，甚为丰富。在亡命生活中，让王得到了静心研究的机会，于是便规范了30以后的学术的成就。王对于罗似乎始终是感恩怀德的。他为了要报答他，竟不惜把自己的精心研究都奉献了给罗，而使罗坐享盛名。例如《殷墟书契考释》一书，实际上是王的著作，而署的却是罗振玉的名字。这本是学界周知的秘密。单只这一事也足证罗之卑劣无耻，而王是怎样的克己无私，报人以德了。同样的事情尚有《戬寿堂所藏殷墟文字》和《重辑仓颉篇》等书，都本是王所编次的，而书上却署的是姬觉弥的名字。这也和鲁迅辑成的《会稽郡故书杂集》，而用乃弟周作人名字印行的相仿佛。就因为这样的关系，王更得与一批遗老或准遗老沈曾植、柯绍忞之伦相识，更因缘而被征召入清宫，一层层封建的网便把王封锁着了。厚于情谊的王国维不能自拔，便逐渐逐渐地被强迫成为了一位"遗臣"。我想他自己不一定是心甘情愿的。罗振玉是一位极端的伪君子，他以假古董骗日本人的钱，日本人类能言之。他的自充遗老，其实也是一片虚伪，聊借此以沽誉钓名而已。王国维的一生受了这样一位伪君子的束缚，实在是莫大的遗憾。假使王国维初年所遇到的不是这样一位落伍的虚伪者，又或者这位虚伪者比王国维早死若干年，王的晚年或许不会落到那样悲剧的结局吧。王的自杀，无疑是学术界的一个损失。

鲁迅的朋友关系便幸运得多。鲁迅在留学日本的期中便师事过章太炎。章太炎的晚年虽然不一定为鲁迅所悦服，但早年的革命精神和治学态度，无疑是给了鲁迅以深厚的影响的。在章太炎之外，影响到鲁迅生活颇深的人应该推数蔡元培吧？这位有名的自由主义者，对于中国的文化教育界的贡献相当大，而他对于鲁迅始终是刮目相看的。鲁迅的进教育部乃至进入北京教育界都是由于蔡元培的援引。一直到鲁迅的病殁，蔡元培是尽了没世不渝的友谊的。蔡、鲁之间的关系，在我看来差不多有点像罗、王之间的关系。或许不正确吧？然而他们相互间的影响却恰恰相反。鲁迅此外的朋友，年辈相同的如许寿裳、钱玄同，年轻一些的如瞿秋白、茅盾，以及成为了终身伴侣的许广平，这些先生们在接受了鲁迅的影响之一面，应该对于鲁迅也发生了回报的影响。就连有一个时期曾经和鲁迅笔战过的后期创造社的几位朋友，鲁迅也明明说过是被他们逼着阅读了好些关于唯物辩证法的文艺理论的书籍的。我这样说，但请读者不要误会，以为我有意抹杀鲁迅的主观上的努力。我丝毫也没有那样的意思。我认为朋友的关系是相互的，这是一种社会关系，同时也就是一种阶级关系，我们固然谁也不能够脱离这种关系的影响，然而单靠这种关系，也不一定会收获到如愿的成就。例如岂明老人的环境和社会关系应该和鲁迅的是大同小异的吧，然而成就却相反。这也就足以证明主观努力是断然不能抹杀的了。

准上所述，王国维和鲁迅的精神发展过程，确实是有很多地方相同，然而在很多重要的地方也确实是有很大的相异。在大体上两位在幼年乃至少年时代都受过封建社会的影响。他们从这里蜕变了出来，不可忽视地，两位都曾经经历过一段浪漫主义的时期。王国维喜欢德国浪漫派的哲学和文艺，鲁迅也喜欢尼采，尼采根本就是一位浪漫派。鲁迅的早年译著都浓厚地带着浪漫派的风味。这层我们不要忽略。经过了这个阶段之后，两位都走了写实主义的道路，虽然发展的方向各有不同，一位偏重于学术研究，一位偏重于文艺创作，然而方法和态度却是相同的。到这儿，两位所经历的是同样的过程，但从这儿以往便生出了悬隔。王国维停顿在旧写实主义的阶段上，受着重重束缚不能自拔，最后只好以死来解决自己的苦闷，事实上是成了苦闷的俘虏。鲁迅则从此骎骎日进了。他从旧写实主义突进到新现实主义的阶段，解脱了一切旧时代的桎梏，而认定了为人民大众服务的神圣任务。他扫荡了敌人，也扫荡了苦闷。虽然他是为肺结核的亢进而终止了战斗，事实上他是克服了死而大踏步地前进了。

就这样，对于王国维的死我们至今感觉着惋惜，而对于鲁迅的死我们却始终感觉着庄严。王国维好像还是一个伟大的未成品，而鲁迅则是一个伟大的完成。

我要再说一遍，两位都是我所钦佩的，他们的影响都会永垂不朽。在这儿我倒可以负责推荐，并补充一项两位完全相同的地方，那便是他们都有很好的《全集》传世。《王国维遗书全集》（商务版，其中包括《观堂集林》）和《鲁迅全集》这两部书，倒真是"虽与日月争光可也"的一对现代文化上的金字塔呵！

但我有点惶恐，我目前写着这篇小论时，两个《全集》都不在我的手边，而我仅凭着一本《国学月报》和《王静安先生专号》和许广平先生借给我的一份《鲁迅先生年谱》的校样；因此我只能写出这么一点白描式的轮廓，我是应该向读者告罪的。

再还有一点余波也让它在这儿摇曳一下吧。我听说两位都喜欢吸香烟，而且都是连珠炮式的吸法。两位也都患着肺结核，然而他们的精神却没有被这种痼疾所征服。特别是这后一项，对于不幸而患了同样病症的朋友，或许不失为一种精神上的安慰和鼓励吧。

佳作赏析：

郭沫若（1892—1978），四川乐山人，作家、学者。有诗集《女神》，历史剧《屈原》，学术论著《中国古代社会研究》《甲骨文研究》等。

这是一篇略带学术性质的散文。作者先回顾了自己与鲁迅、王国维这两位文学、学术大师的交集，对于未能与两位大师见面感到遗憾。接着，作者将两个人放在一起进行横向比较，分别从人生履历、思想历程、治学方法与态度几个方面论证了两个人身上的相同或相近之处。而对于两个人的不同作者也作了梳理：鲁迅随着时代的进展而进展，并且领导了时代的前进；而王国维却中止在了一个阶段上，竟成为了时代的牺牲。并且着重分析了造成这种差异的原因。文章立论鲜明，论证严密，作者在表达自己对这两位大师的敬佩、怀念之情的同时，对于两个人的成就、影响、异同也做了分析，值得借鉴。

怀李叔同先生

□〔中国〕丰子恺

距今二十九年前，我十七岁的时候，最初在杭州的浙江省立第一师范学校里见到李叔同先生，即后来的弘一法师。那时我是预科生，他是我们的音乐教师。我们上他的音乐课时，有一种特殊的感觉：严肃。摇过预备铃，我们走向音乐教室，推进门去，先吃一惊：李先生早已端坐在讲台上。以为先生总要迟到而嘴里随便唱着、喊着，或笑着、骂着而推门进去的同学，吃惊更是不小。他们的唱声、喊声、笑声、骂声以门槛为界限而忽然消灭。接着是低着头、红着脸，去端坐在自己的位子里。端坐在自己的位子里偷偷地仰起头来看看，看见李先生的高高的瘦削的上半身穿着整洁的黑布马褂，露出在讲桌上，宽广得可以走马的前额，细长的凤眼，隆正的鼻梁，形成威严的表情。扁平而阔的嘴唇两端常有深涡，显示和蔼的表情。这副相貌，用"温而厉"三个字来描写，大概差不多了。讲桌上放着点名簿、讲义，以及他的教课笔记簿、粉笔。钢琴衣解开着，琴盖开着，谱表摆着，琴头上又放着一只时表，闪闪的金光直射到我们的眼中。黑板（是上下两块可以推动的）上早已清楚地写好本课内所应写的东西（两块都写好，上块盖着下块，用下块时把上块推开）。在这样布置的讲台上，李先生端坐着。坐到上课铃响出（后来我们知道他这脾气，上音乐课必早到。故上课铃响时，同学早已到齐），他站起身来，深深地一鞠躬，课就开始了。这样地上课，空气严肃得很。

有一个人上音乐课时不唱歌而看别的书，有一个人上音乐时吐痰在地板上，以为李先生不看见的，其实他都知道。但他不立刻责备，等到下课后，他用很轻而严肃的声音郑重地说："某某等一等出去。"于是这位某某同学只得站着。等到别的同学都出去了，他又用轻而严肃的声音向这某某同学和气地说："下次上课时不要看别的书。"或者："下次痰不要吐在地板上。"说过之后他微微一鞠躬，表示"你出去罢"。出来的人大都脸上发红。又有一次下音乐课，最后出去的人无心把门一拉，碰得太重，发出很大的声音。他走了数十步之后，李先生走出门来，满面和气地叫他转来。等他到了，李先生又叫他进教室来。进了教室，李先生用很轻而严肃的声音向他和气地说："下次走出教室，轻轻地关门。"就对他一鞠躬，送他出门，自己轻轻地把门关了。最不易忘却的，是有一次上弹琴课的时候。我们是师范生，每人都要学弹琴，全校有五六十架风琴及两架钢琴。风琴每室两架，给学生练习用；钢琴一架放在唱歌教室里，一架放在弹琴教室里。上弹琴课时，十数人为一组，环立在琴旁，看李先生范奏。有一次正在范奏的时候，有一个同学放一个屁，没有声音，却是很臭。钢琴及李先生十数同学全部沉浸在亚莫尼亚气体中。同学大都掩鼻或发出讨厌的声音。李先生眉头一皱，管自弹琴（我想他一定屏息着）。弹到后来，亚莫尼亚气散光了，他的眉头方才舒展。教完以后，下课铃响了。李先生立起来一鞠躬，表示散课。散课以后，同学还未出门，李先生又郑重地宣告："大家等一等去，还有一句话。"大家又肃立了。李先生又用很轻而严肃的声音和气地说："以后放屁，到门外去，不要放在室内。"接着又一鞠躬，表示叫我们出去。同学都忍着笑，一出门来，大家快跑，跑到远处去大笑一顿。

李先生用这样的态度来教我们音乐，因此我们上音乐课时，觉得比上其他一切课更严肃。同时对于音乐教师李叔同先生，比对其他教师更敬仰。那时的学校，首重的是所谓"英、国、算"，即英文、国文和算学。在别的学校里，这三门功课的教师最有权威；而在我们这师范学校里，音乐教师最有权威，因为他是李叔同先生的缘故。

李叔同先生为什么能有这种权威呢？不仅为了他学问好，不仅为了他音乐好，主要的还是为了他态度认真。李先生一生的最大特点是"认真"。他对于一件事，不做则已，要做就非做得彻底不可。

他出身于富裕之家，他的父亲是天津有名的银行家。他是第五位姨太太所生。他父亲生他时，年已七十二岁。他堕地后就遭父丧，又逢家庭之变，青年时就陪了他的生母南迁上海。在上海南洋公学读书奉母时，他是一个翩翩公子。当时上海文坛有著名的沪学会，李先生应沪学会征文，名字屡列第一。从此他就为沪上名人所器重，而交游日广，终以"才子"驰名于当时的上海。所以后来他母亲死了，他赴日本留学的时候，作一首《金缕曲》，词曰："披发佯狂走。莽中原暮鸦啼彻，几株衰柳。破碎河山谁收拾，零落西风依旧。便惹得离人消瘦。行矣临流重太息，说相思刻骨双红豆。愁黯黯，浓于酒。漾情不断淞波溜。恨年年絮飘萍泊，遮难回首。二十文章惊海内，毕竟空谈何有！听匣底苍龙狂吼。长夜西风眠不得，度群生那惜心肝剖。是祖国，忍孤负？"读这首词，可想见他当时豪气满胸，爱国热情炽盛。他出家时把过去的照片统统送我，我曾在照片中看见过当时在上海的他：丝绒碗帽，正中缀一方白玉，曲襟背心，花缎袍子，后面挂着胖辫子，底下缀带扎脚管，双梁厚底鞋子，头抬得很高，英俊之气，流露于眉目间。真是当时上海一等的翩翩公子。这是最初表示他的特性：凡事认真。他立意要做翩翩公子，就彻底地做一个翩翩公子。

后来他到日本，看见明治维新的文化，就渴慕西洋文明。他立刻放弃了翩翩公子的态度，改做一个留学生。他入东京美术学校，同时又入音乐学校。这些学校都是模仿西洋的，所教的都是西洋画和西洋音乐。李先生在南洋公学时英文学得很好，到了日本，就买了许多西洋文学书。他出家时曾送我一部残缺的原本《莎士比亚全集》，他对我说："这书我从前细读过，有许多笔记在上面，虽然不全，也是纪念物。"由此可想见他在日本时，对于西洋艺术全面进攻，绘画、音乐、文学、戏剧都研究。后来他在日本创办春柳剧社，纠集留学同志，共演当时西洋著名的悲剧《茶花女》(小仲马著)。他自己把腰束小，扮作茶花女，粉墨登场。这照片，他出家时也送给我，一向归我保藏，直到抗战时为兵火所毁。现在我还记得这照片：卷发，白的上衣，白的长裙拖着地面，腰身小到一把，两手举起托着后头，头向右歪侧，眉峰紧蹙，眼波斜睇，正是茶花女自伤命薄的神情。另外还有许多演剧的照片，不可胜记。这春柳剧社后来迁回中国，李先生就脱出，由另一班人去办，便是中国最初的"话剧"社。由此可以想见，李先生在日本时，是彻头彻尾的一个留学生。我见过他当时的照片：高帽子、硬领、硬袖、燕尾服、史的克、尖头皮鞋，加之长身、高鼻，没有脚的眼镜夹在鼻梁上，竟活像一个西洋人。这是第二次表示他的特性：凡事认真。学一样，像一样。要做留学生，就彻底地做一个留学生。

他回国后，在上海太平洋报社当编辑。不久，就被南京高等师范请去教图画、音乐。后来又应杭州师范之聘，同时兼任两个学校的课，每月中半个月住南京，半个月住杭州。两校都请助教，他不在时由助教代课。我就是杭州师范的学生。这时候，李先生已由留学生变为"教师"。这一变，变得真彻底：漂亮的洋装不穿了，却换上灰色粗布袍子、黑布马褂、布底鞋子。金丝边眼镜也换了黑的钢丝边眼镜。他是一个修养很深的美术家。所以对于仪表很讲究。虽然布衣，却很称身，常常整洁。他穿布衣，全无穷相，而另具一种朴素的美。你可想见，他是扮过茶花女的，身材生得非常窈。穿了布衣，仍是一个美男子。"淡妆浓抹总相宜"，这诗句原是描写西子的，但拿来形容我们的李先生的仪表，也很适用。今人侈谈"生活艺术化"，大都好奇立异，非艺术的。李先生的服装，才真可称为生活的艺术化。他一时代的服装，表出着一时代的思想与生活。各时代的思想与生活判然不同，各时代的服装也判然不同。布衣布鞋的李先生，与洋装时代的李先生、曲襟背心时代的李先生，判若三人。这是第三次表示他的特性：认真。

我二年级时，图画归李先生教。他教我们木炭石膏模型写生。同学一向描惯临画，起初无从着手。四十余人中，竟没有一个人描得像样的。后来他范画给我们看。画毕把范画挂在黑板上。同学们大都看着黑板临摹。只有我和少数同学，依他的方法从石膏模型写生。我对于写生，从这时候开始发生兴味。我到此时，恍然大悟：那些粉本原是别人看了实物而写生出来的。我们也应该直接从实物写生入手，何必临摹他人，依样画葫芦呢？于是我的画进步起来。此后李先生与我接近的机会更多。因为我常去请他教画，又教日本文。以后的李先生的生活，我所知道的较为详细。他本来常读理性的书，后来忽然信了道教。案头常常放着道藏。那时我还是一个毛头青年，谈不到宗教。李先生除绘事外，并不对我谈道。但我发现他的生活日渐收敛起来，仿佛一个人就要动身赴远方时的模样。他常把自己不用的东西送给我。他的朋友日本画家大野隆德、河合新藏、三宅克己等到西湖来写生时，他带了我去请他们吃一次饭，以后就把这些日本人交给我，叫我引导他们（我当时已能讲普通应酬的日本话）。他自己就关起房门来研究道学。有一天，他决定入大慈山去断食，我有课事，不能陪去，由校工闻玉陪去。数日之后，我去望他。见他躺在床上，面容消瘦，但精神很好，对我讲话，同平时差不多。他断食共十七日，由闻玉扶起来，摄一个影，影片上端由闻玉题字："李息翁先生断食后之像，侍子闻玉题。"这照片后来制成明信片分送朋友。像的下面用铅字排印着："某年月日，入大慈山断食十七日，身心灵化，欢乐康强——欣欣道人记。"李先生这时候已由"教师"一变而为"道人"了。学道就断食十七日，也是他凡事"认真"的表示。

但他学道的时候很短。断食以后，不久他就学佛。他自己对我说，他的学佛是受马一浮先生指示的。出家前数日，他同我到西湖玉泉去看一位程中和先生。这程先生原来是当军人的，现在退伍，住在玉泉，正想出家为僧。李先生同他谈得很久。此后不久，我陪大野隆德到玉泉去投宿，看见一个和尚坐着，正是这位程先生。我想称他"程先生"，觉得不合。想称他法师，又不知道他的法名（后来知道是弘伞）。一时周章得很。我回去对李先生讲了，李先生告诉我，他不久也要出家为僧，就做弘伞的师弟。我愕然不知所对。过了几天，他果然辞职，要去出家。出家的前晚，他叫我和同学叶天瑞、李增庸三人到他的房间里，把房间里所有的东西送给我们三人。第二天，我们三人送他到虎跑。我们回来分得了他的"遗产"，再去看望他时，他已光着头皮，穿着僧衣，俨然一位清癯的法师了。我从此改口，称他为"法师"。法师的僧腊二十四年。这二十四年中，我颠沛流离，他一贯到底，而且修行功夫愈进愈深。当初修净土宗，后来又修律宗，律宗是讲究戒律的。一举一动，都有规律，严肃认真之极。这是佛门中最难修的一宗。数百年来，传统断绝，直到弘一法师方才复兴，所以佛门中称他为"重兴南山律宗第十一代祖师"。他的生活非常认真。举一例说：有一次我寄一卷宣纸去，请弘一法师写佛号。宣纸多了些，他就来信问我，余多的宣纸如何处置？又有一次，我寄回件邮票去，多了几分。他把多的几分寄还我。以后我寄纸或邮票，就预先声明：余多的送与法师。有一次他到我家。我请他藤椅子里坐。他把藤椅子轻轻摇动，然后慢慢地坐下去。起先我不敢问。后来看他每次都如此，我就启问。法师回答我说："这椅子里头，两根藤之间，也许有小虫伏着。突然坐下去，要把它们压死，所以先摇动一下，慢慢地坐下去，好让它们走避。"读者听到这话，也许要笑。但这正是做人极度认真的表示。

如上所述，弘一法师由翩翩公子一变而为留学生，又变而为教师，三变而为道人，四变而为和尚。每做一种人，都做得十分像样。好比全能的优伶：起青衣像个青衣，起老生像个老生，起大面又像个大面……都是"认真"的缘故。

现在弘一法师在福建泉州圆寂了。噩耗传到贵州遵义的时候，我正在束装，将迁居重庆。我发愿到重庆后替法师画像一百帧，分送各地信善，刻石供养。现在画像已经如愿了。我和李先生在世间的师弟尘缘已经结束，然而他的遗训——认真——永远铭刻在我心头。

丰子恺（1898—1975），浙江崇德人，作家、画家、翻译家。有画集《子恺漫画》，散文《缘缘堂随笔》，译作《源氏物语》《猎人笔记》等。

和夏丏尊先生的《李叔同》一文相同，丰子恺先生的这篇文章也突出了李叔同先生的最大特点：认真。与夏文不同的是，这篇文章里记叙的事情更具体生动，文风也更活泼一些。文章先以学生的身份记叙作为教师的李叔同"严而厉"的一面，接着介绍李叔同的家庭出身、学习生涯、留学经历，突出了"翩翩公子"的形象，最后写了李叔同学道断食、学佛出家。正如作者所言：李叔同不论做哪种人都极其认真，做得十分像样。作者与李叔同有数十年的师生情谊，李叔同出家时赠作者物品、圆寂后作者画法师像百帧，都体现了这浓浓的师生之情。

梦苇的死

□〔中国〕朱湘

　　我踏进病室，抬头观看的时候，不觉吃了一惊，在那弥漫着药水气味的空气中间，枕上伏着一个头。头发乱蓬蓬的，唇边已经长了很深的胡须，两腮都瘦下去了，只剩着一个很尖的下巴；黧黑的脸上，一双眼睛特别显得大。怎么半月不见，就变到了这种田地？梦苇是一个翩翩年少的诗人，他的相貌与他的诗歌一样，纯是一片秀气。怎么这病榻上的就是他吗？

　　他用呆滞的目光，注视了一些时，向我点头之后，我的惊疑始定。我在榻旁坐下，问他的病况。他说，已经有三天不曾进食了。这病房又是医院里最便宜的房间，吵闹不过。乱得他夜间都睡不着。我们另外又闲谈了些别的话。

　　说话之间，他指着旁边的一张空床道，就是昨天在那张床上，死去了一个福州人，是在衙门里当一个小差事的。昨天临危，医院里把他家属叫来了，只有一个妻子，一个小女孩子。孩子很可爱的，母亲也不过三十岁。病人断气之后，母亲哭得九死一生，她对墙上撞了过去，想寻短见，幸亏被人救了。

就是这样，人家把他从那张床上抬了出去。医院里的人，照旧工作；病房同住的人，照常说笑，他的一生，便这样淡淡的结束了。

我听完了他的这一段半对我说、半对自己说的话之后，抬起头来，看见窗外的一棵洋槐树。嫩绿的槐叶，有一半露在阳光之下，照得同透明一般。

偶尔有无声的轻风偷进枝间，槐叶便跟着摇曳起来。病房里有些人正在吃饭，房外甬道中有皮鞋声音响过地板上。邻近的街巷中，时有汽车的按号声。是的，淡淡的结束了。谁说这办事员，说不定是书记，他的一生不是淡淡的结束、平凡的终止呢。那年轻的妻子，幼稚的女儿，知道她们未来的命运是个什么样子！我们这最高的文化，自有汽车、大礼帽、枪炮的以及一切别的大事业等着它去制造，哪有闲工夫来过问这种平凡的琐事呢！

混人的命运，比起一班平凡的人来，自然强些。肥皂泡般的虚名，说起来总比没有好。但是要问现在有几个人知道刘梦苇，再等个五十年，或者一百年，在每个家庭之中，夏天在星光萤火之下，凉风微拂的夜来香花气中，或者会有一群孩童，脚踏着拍子唱：

　　　室内盆栽的蔷薇，
　　　窗外飞舞的蝴蝶，
　　　我俩的爱隔着玻璃，
　　　能相望却不能相接。

冬天在熊熊的炉火旁，充满了颤动的阴影的小屋中，北风敲打着门户，破窗纸力竭声嘶的时候，或者会有一个年老的女伶低低读着：

　　　我的心似一只孤鸿，
　　　歌唱在沉寂的人间。
　　　心哟，放情的歌唱罢，
　　　不妨壮烈，也不妨缠绵，

歌唱那死之伤，

歌唱那生之恋。

咳，薄命的诗人！你对生有何可恋呢？它不曾给你名，它不曾给你爱，它不曾给你任何什么！

你或者能相信将来，或者能相信你的诗终究有被社会正式承认的一日，那样你临终时的痛苦与失望，或者可以借此减轻一点！但是，谁敢这样说呢？谁敢说这许多年拂逆的命运，不曾将你的信心一齐压迫净尽了呢？临终时的失望，永恒的失望，可怕的永恒的失望，我不敢再往下想了。

我还记得：当时你那细得如线的声音，只剩皮包着的真正像柴的骨架。临终的前一天，我第三次去看你，那时我已从看护妇处，听到你下了一次血块，是无救的了。我带了我的祭子惠的诗去给你瞧，想让你看过之后，能把久郁的情感，借此发泄一下，并且在精神上能得到一种慰安，在临终之时，能够恍然大悟出我所以给你看这篇诗的意思，是我替子惠做过的事，我也要替你做的。我还记得，你当时自半意识状态转到全意识状态时的兴奋，以及诗稿在你手中微抖的声息，以及你的泪。我怕你太伤心了不好，想温和的从你手中将诗取回，但是你孩子霸食般地说："不，不，我要！"我抬头一望，墙上正悬着一个镜框，框上有一十字架，框中是画着耶稣被钉的故事，我不觉得也热泪夺眶而出，与你一同伤心。

一个人独病在医院之内，只有看护人照例的料理一切，没有一个亲人在旁。在这最需要情感的安慰的时候，给予你以精神的药草，用一重温和柔软的银色之雾，在你眼前遮起，使你朦胧的看不见渐渐走近的死神的可怖手爪，只是呆呆地躺着。让憧憧的魔影自由地继续地来往于你丰富的幻想之中，或是面对面地望着一个无底深坑里面有许多不敢见阳光的丑物蠕动着。恶臭时时向你扑来，你却被缚在那里，一毫也动不得，并且有肉体的苦痛，时时抽过四肢，逼榨出短促的呻吟，抽挛起脸部的筋肉：这便是社会对你这诗人的酬报。

记得头一次与你相会，是在南京的清凉山上杏院之内。半年后，我去上海，又一年，我来北京，不料复见你于此地。我们的神交便开始于这时。就是那冬天，你的吐血，旧病复发，厉害得很。幸亏有丘君元武无日无夜地看护你，病渐渐地退了。你病中曾经有信给我，说你看看就要不济事了，这世界是我们健全者的世界，你不能再在这里多留恋了。夏天我从你那处听到子惠去世的消息，哪知不到几天你自己也病了下来。你的害病，我们真是看得惯了。夏天又是最易感冒之时，并且冬天的大病，你都平安地度了过来，所以我当时并不在意。谁知道天下竟有巧到这样的事？子惠去世还不过一月，你也跟着不在了呢！

你死后我才从你的老相好处，听到说你过去的生活，你过去的浪漫的生活。你的安葬，也是他们当中的两个：龚君业光与周君容料理的。一个可以说是无家的孩子，如无根之蓬般地漂流，有时陪着生意人在深山野谷中行旅，可以整天的不见人烟，只有青的山色、绿的树色笼绕在四周，驮货的驴子项间有铜铃节奏地响着。远方时时有山泉或河流的琤琮随风送来，各色的山鸟有些叫得舒缓而悠远，有些叫得高亢而圆润，自烟雾的早晨经过流汗的正午，到柔软的黄昏，一直在你的耳边和鸣着。也有时你随船户从急流中淌下船来。两岸是高峻的山岩，倾斜得如同就要倒塌下来一般。山径上偶尔有樵夫背着柴担夷然地唱着山歌，走过河里，是急迫的桨声，应和着波浪舐船舷与石岸的声响。你在船舱里跟着船身左右地颠簸，那时你不过十来岁，已经单身上路，押领着一船的货物在大鱼般的船上，鸟翼般的篷下，过这种漂泊的生活了。临终的时候，在渐退渐远的意识中，你的灵魂总该是脱离了丑恶的城市，险诈的社会，飘飘地化入了山野的芬芳空气中，或是挟着水雾吹过的河风之内了罢？

在那时候，你的眼前，一定也闪过你长沙城内学校生活的幻影，那时的与黄金的夕云一般灿烂缥缈的青春之梦，那时的与自祖母的磁罐内偷出的糕饼一般鲜美的少年之快乐，那时的与夏天绿树枝头的雨阵一般的来得骤去得快。只是在枝叶上添加了一重鲜色，在空气中勾起了一片清味的少年之悲哀。

还有那沸腾的热血、激烈的言辞、危险的受戒、炸弹的摩挲，也都随了回忆在忽明的眼珠中，骤然的面庞上，与渐退的血潮，慢慢地淹没入迷瞀之海了。

我不知道你在临终的时候，可反悔作诗不？

你幽灵般自长沙飘来北京，又去上海，又去宁波，又去南京，又来北京；来无声息，去无声息，孤鸿般的在寥廓的天空内，任了北风摆布，只是对着在你身边漂过的白云哀啼数声，或是白荷般的自污浊的人间逃出，躲入诗歌的池沼，一声不响地低头自顾幽影。或是仰望高天，对着月亮，悄然落晶莹的眼泪，看天河边坠下了一颗流星，你的灵魂已经滑入了那乳白色的乐土与李贺、济慈同住了。

> 巢父掉头不肯住，
> 东将入海随烟雾。
> 诗卷长留天地间，
> 钓竿欲拂珊瑚树。

你的诗卷中间有歌与我俩的诗卷，无疑地要长留在天地间，她像一个带病的女郎，无论她会瘦到哪一种地步，她那天生的娟秀，总在那里。你在新诗的音节上，有不可埋没的功绩。现在你是已经吹着笙飞上了天，只剩着也许玄思的诗人与我两个在地上了，我们能不更加自奋吗？

佳作赏析：

朱湘（1904—1933），安徽太湖人，诗人、散文家。著有诗集《夏天》《草莽集》《石门集》《永言集》，散文集《中书集》等。

朱湘在这篇文章中，记录了诗人梦苇去世前的情况。梦苇生前作者多次去医院探望，诗人在病中悲惨的生活情景，诗人对诗歌的热爱之情，与自己真挚的友情，都在文中都作了生动的描写。同样作为诗人的作者，感叹生命的不易，悲叹青春的早逝，在这样悲怆的情绪中和往事的回忆里，作者把一个鲜活的诗人形象和思想凸显在读者面前。面对梦苇的早逝，作者以此鞭策自己，"现在你是已经吹着笙飞上了天，只剩着也许玄思的诗人与我两个在地上了，我们能不更加自奋吗？"使整篇文章在悲痛中露出了亮色。

悼夏丏尊先生

□ ［中国］郑振铎

　　夏丏尊先生死了，我们再也听不到他的叹息，他的悲愤的语声了。但静静地想着时，我们仿佛还都听见他的叹息，他的悲愤的语声。他住在沦陷区里，生活紧张而困苦，没有一天不在愁叹着。是悲天？是悯人？

　　胜利到来的时候，他曾经很天真的高兴了几天。我们相见时，大家都说道："好了，好了！"个个人的脸上似乎都泯没了愁闷，耀着一层光彩。他也同样的说道："好了，好了！"然而很快的，便又陷入愁闷之中。他比我们敏感，他似乎失望，愁闷得更迅快些。

　　他曾经很高兴地写过几篇文章，很提出些正面的主张出来。但过了一会，便又沉默下去，一半是为了身体逐渐衰弱的关系。

　　他是一个自由主义者，反对一切的压迫和统制。他最富于正义感，看不惯一切的腐败、贪污的现象。他自己曾经说道："自恨自己怯弱，没有直视苦难的能力，却又具有着对于苦难的敏感。"又道："记得自己幼时，逢大雷雨躲入床内；得知家里要杀鸡就立刻逃避；看戏时遇到《翠屏山》《杀嫂》等戏，要当场出彩，预先俯下头去；以及妻每次产时，不敢走入产房，只在别室中闷闷地听着妻的呻吟声，默祷她安全的光景。"（均见《平屋杂文》）

这便是他的性格。他表面上很恬淡，其实心是热的，他仿佛无所褒贬，其实，心里是泾渭分得极清的。在他淡淡的谈话里，往往包含着深刻的意义。

他反对中国人传统的调和与折中的心理。他常常说，自己是一个早衰者，不仅在身体上，在精神上也是如此。他有一篇《中年人的寂寞》：

> 我已是一个中年的人。一到中年，就有许多不愉快的现象，眼睛昏花了，记忆力减退了，头发开始秃脱而且变白了，意兴、体力什么都不如年轻的时候，常不禁会感觉得难以名言的寂寞的情味。尤其觉得难堪的是知友的逐渐减少和疏远，缺乏交际上的温暖的慰藉。

在《早老者的忏悔》里，他又说道：

> 我今年五十，在朋友中原比较老大。可是自己觉得体力减退，已好多年了。三十五六岁以后，我就感到身体一年不如一年，工作起不得劲，只得是恹恹地勉强挨，几乎无时不觉到疲劳，什么都觉得厌倦，这情形一直到如今。十年以前，我还只四十岁，不知道我年龄的，都以我是五十岁光景的人，近来居然有许多人叫我"老先生"。论年龄，五十岁的人应该还大有可为，古今中外，尽有活到了七十八十，元气很盛的。可是我却已经老了，而且早已老了。

这是他的悲哀，但他的并不因此而消极，正和他的不因寂寞而厌世一样。他常常愤慨，常常叹息，常常悲愁。他的愤慨、叹息、悲愁，正是他的入世处。他爱世、爱人，尤爱"执著"的有所为的人，和狷介的有所不为的人。

他爱年轻人；他讨厌权威，讨厌做作、虚伪的人。他没有心机，表里如一。他藏不住话，有什么便说什么，所以大家都称他"老孩子"。他的天真无邪之处，的确够得上称为一个"孩子"的。

他从来不提防什么人。他爱护一切的朋友，常常担心他们的安全与困苦。

我在抗战时逃避在外，他见了面，便问道："没有什么么？"我在卖书过活，他又异常关切地问道："不太穷困么？卖掉了可以过一个时期吧。""又要卖书了么？"他见我在抄书目时问道。我点点头，向来不做乞怜相，装作满不在乎的神气，有点倔强，也有点傲然。但见到他的皱着眉头，同情的叹气时，我几乎也要叹出气来。

他很远地挤上了电车到办公的地方来，从来不肯坐头等，总是挤在拖车里。我告诉他，拖车太颠太挤，何妨坐头等，他总是不改变态度，天天挤，挤不上，再等下一部，有时等了好几部还挤不上。到了办公的地方，总是叹了一口气后才坐下。

"丏翁老了！"朋友们在背后都这么说。我们有点替他发愁，看他显著的一天天地衰老下去。他的营养是那么坏，家里的饭菜不好，吃米饭的时候很少；到了办公的地方时，也只是以一块面包当作午餐。那时候，我们也都吃着烘山芋、面包、小馒头或羌饼之类做午餐，但总想有点牛肉、鸡蛋之类伴着吃，他却从来没有过；偶然是涂些果酱上去，已经算是很奢侈了。我们有时高兴上小酒馆去喝酒，去邀他，他总是不去。

在沦陷时代，他曾经被敌人的宪兵捉去过。据说，有他的照相，也有关于他的记录。他在宪兵队里，虽没有被打、上电刑或灌水之类，但睡在水门汀上，吃着冷饭，他的身体因此益发坏下去。敌人们大概也为他的天真而恳挚的态度所感动吧，后来，对待他很不坏。比别人自由些，只有半个月便被放了出来。

他说，日本宪兵曾经问起了我："你有见到郑某某吗？"他撒了谎，说道："好久好久不见到他了。"其实，在那时期，我们差不多天天见到的。他是那么爱护着他的朋友！

他回家后，显得更憔悴了；不久，便病倒。我们见到他，他也只是叹气，慢吞吞地说着经过，并不因自己的不幸的遭遇而特别觉得愤怒。他永远是悲天悯人的——连他自己也在内。

在晚年，他有时觉得很起劲，为开明书店计划着出版辞典，同时发愿要译《南藏》。他担任的是《佛本生经》(Jataka)的翻译，已经译成了若干，有一本仿佛已经出版了。我有一部英译本的"Jataka"，他要借去做参考，我答应了他，可惜我不能回家，托人去找，遍找不到。等到我能够回家，而且找到"Jataka"时，他已经用不到这部书了。我见到它，心里便觉得很难过，仿佛做了一件不可补偿的事。

他很耿直，虽然表面上是很随和。他所厌恨的事，隔了多少年，也还不曾忘记。有一次，在一个宴会上遇到了一个他在杭州第一师范学校教书时代的浙江教育厅长，他便有点不耐烦，叨叨地说着从前的故事。我们都觉得窘，但他却一点也不觉得。

他是爱憎分明的！

他从事教育很久，多半在中学里教书。他的对待学生们从来不采取严肃的督责的态度。他只是恳挚的诱导着他们。

……

我入学之后，常听到同学们谈起夏先生的故事，其中有一则我记得最牢，感动得最深的，是说夏先生最初在一师兼任舍监的时候，有些不好的同学，晚上熄灯、点名之后，偷出校门，在外面荒唐到深夜才回来。夏先生查到之后，并不加任何责罚，只是恳切地劝导。如果一次两次仍不见效，于是夏先生第三次就守候着他，无论怎样夜深都守候着他。守候着了，夏先生对他仍旧不加任何责罚，只是苦口婆心，更加恳切地劝导他。一次不成，二次；二次不成，三次……总要使得犯过者真心悔过，彻底觉悟而后已。

他是上海立达学园的创办人之一，立达的几位教师对于学生们所应用的也全是这种恳挚的感化的态度。他在国立暨南大学做过国文系主任，因为不能和学校当局意见相同，不久，便辞职不干。此后，便一直过着编译的生活，有时也教教中学。学生们对于他，印象都非常深刻，都敬爱着他。

他对于语文教学，有湛深的研究。他和刘薰宇合编过一本《文章作法》，和叶绍钧合编过《文章讲话》《阅读与写作》及《文心》，也像做国文教师时的样子，细心而恳切地谈着作文的心诀。他自己作文很小心，一字不肯苟且；阅读别人的文章时，也很小心，很慎重，一字不肯放过。从前，《中学生》杂志有过《文章病院》一栏，批评着时人的文章，有发必中。便是他在那里主持着的，他自己也动笔写了几篇东西。

古人说"文如其人"。我们读他的文章，确有此感。我很喜欢他的散文，每每劝他编成集子。《平屋杂文》一本，便是他的第一个散文集子。他毫不做作，只是淡淡地写来，但是骨子里很丰腴。虽然是很短的一篇文章，不署名的，读了后，也猜得出是他写的。在那里，言之有物，是那么深切的混合着他自己的思想和态度。

他的风格是朴素的，正和他为人的朴素一样。他并不堆砌，只是平平地说着他自己所要说的话。然而，没有一句多余的话、不诚实的话，字斟句酌，决不急就。在文章上讲，是"盛水不漏"、无懈可击的。

他的身体是病态的胖肥，但到了最后的半年，显得瘦了，气色很灰暗。

营养不良，恐怕是他致病的最大原因。心境的忧郁，也有一部分的因素在内。友人们都说他"一肚皮不合时宜"。在这样一团糟的情形之下，"合时宜"的都是些何等人物，可想而知。怎能怪丏尊的牢骚太多呢！

想到这里，便仿佛还听见他的叹息、他的悲愤的语声在耳边响着。他的忧郁的脸、病态的身体，仿佛还在我们的眼前出现。然而他是去了！永远地去了！那悲天悯人的语调是再也听不到了！

如今是，那么需要由叹息、悲愤里站起来干的人，他如不死，可能会站起来干的。这是超出于友情以外的一个更大的损失。

一九四六年六月

郑振铎（1898—1958），原籍福建长乐，生于浙江温州，中国现代作家、文学史家，著有专著《插图本中国文学史》《中国俗文学史》，小说集《家庭的故事》、《桂公塘》，散文集《欧行日记》《山中杂记》《海燕》《蛰居散记》等。

作者这篇文章详细回顾了夏丏尊的为人和为文，写到他是一个自由主义者，反对一切的压迫和统制。他最富于正义感，看不惯一切的腐败、贪污的现象。说他的性格表面恬淡，可骨子里却是热血沸腾；说到他的文章作者更是赞叹有加。他的散文，平实而深刻，"盛水不漏"，无懈可击，同时在语文教学方面也是颇有造诣。这是对夏丏尊一生的概括。

作者不仅仅是出于友谊的关系去感伤与哀叹，而是因为他的死"这是超出于友情以外的一个更大的损失"。

悼许地山先生

□〔中国〕郑振铎

　　许地山先生在抗战中逝世于香港。我那时正在上海蛰居，竟不能说什么话哀悼他。——但心里是那么沉痛凄楚着。我没有一天忘记了这位风趣横逸的好友。他是我学生时代的好友之一，真挚而有益的友谊，继续了二十四五年，直到他的死为止。

　　人到中年便哀多而乐少。想起半生以来的许多友人们的遭遇与死亡，往往悲从中来，怅惘无已。有如雪夜山中，孤寺纸窗，卧听狂风大吼，出世之感，油然而生。而最不能忘的，是许地山先生和谢六逸先生，六逸先生也是在抗战中逝去的。记得二十多年前，我住在宝兴西里，他们俩都和我同住着，

　　我那时还没有结婚，过着刻板似的编辑生活，六逸在教书，地山则新从北方来。每到傍晚，便相聚而谈，或外出喝酒。我那时心绪很恶劣，每每借酒浇愁，酒杯到手便干。常常买了一瓶葡萄酒来，去了瓶塞，一口气咕嘟嘟地全都灌下去。有一天，在外面小餐店里喝得大醉归来，他们俩好不容易地把我扶上电车，扶进家门口。一到门口，我见有一张藤的躺椅放在小院子里，

便不由自主地躺了下去，沉沉入睡。第二天醒来，却睡在床上。原来他们俩好不容易地又设法把我抬上楼，替我脱了衣服鞋子。我自己是一点知觉也没有了。一想起这两位挚友都已辞世，再见不到他们，再也听不到他们的语声，心里便凄楚欲绝。为什么"悲哀"这东西老跟着人跑呢？为什么跑到后来，竟越跟越紧呢？

地山在北平燕京大学念书。他家境不见得好，他的费用是由闽南某一个教会负担的。他曾经在南洋教过几年书，他在我们这一群未经世故人情磨炼的年轻人里，天然是一个老大哥。他对我们说了许多我们从来没有听到过的话。他有好些书，西文的，中文的，满满地排了两个书架。这是我所最为羡慕的。我那时还在省下车钱来买杂志的时代，书是一本也买不起的。我要看书，总是向人借。有一天傍晚，太阳光还晒在西墙，我到地山宿舍里去。在书架上翻出了一本日本翻版的《泰戈尔诗集》，读得很高兴。站在窗边，外面还亮着。窗外是一个水池，池里有些翠绿欲滴的水草，人工的流泉，在淙淙地响着。

"你喜欢泰戈尔的诗么？"

我点点头，这名字我是第一次听到，他的诗，也是第一次读到。

他便和我谈起泰戈尔的生平和他的诗来。他说道："我正在译他的《青檀迦利》呢。"随在抽屉里把他的译稿给我看。他是用古诗译的，很晦涩。

"你喜欢的还是《新月集》吧。"便在书架上拿下一本书来。"这便是《新月集》。"他道，"送给你，你可以选着几首来译。"

我喜悦的带了这本书回家。这是我译泰戈尔诗的开始。后来，我虽然把英文本的《泰戈尔集》，陆续地全都买了来，可是得书时的喜悦，却总没有那时候所感到的深切。

我到了上海，他介绍他的二哥敦谷给我。敦谷是在日本学画的。一位孤芳自赏的画家，与人落落寡合，所以，不很得意。我编《儿童世界》时，便请他为我作插图。第一年的《儿童世界》，所有的插图全出于他的手。后来，我不编这周刊了，他便也辞职不干。他受不住别的人的指挥什么的，他只是为了友情而工作着。

地山有五个兄弟，都是真实的君子人。他曾经告诉过我，他的父亲在台湾做官，在那里有很多的地产。当台湾被日本占去时，曾经宣告过，留在台湾的，仍可以保全财产；但离开了的，却要把财产全部没收。他父亲召集了五个兄弟们来，问他们谁愿意留在台湾，承受那些财产，但他们全都不愿意。

他们一家便这样地舍弃了全部资产，回到了大陆。因此，他们变得很穷，兄弟们都不能不很早的各谋生计。

他父亲是丘逢甲的好友。一位仁人志士，在台湾被占时代，尽了很多的力量，写着不少慷慨激昂的诗。地山后来在北平印出了一本诗集。他有一次游台湾，带了几十本诗集去，预备送给他的好些父执，但在海关上，被日本人全部没收了。他们不允许这诗集流入台湾。

地山结婚得很早。生有一个女孩子后，他的夫人便亡故，她葬在静安寺的坟场里。地山常常一清早便出去，独自到了那坟地上，在她坟前，默默地站着，不时地带着鲜花去。过了很久，他方才续弦，又生了几个儿女。

他在燕大毕业后，他们要叫他到美国去留学，但他却到了牛津。他学的是比较宗教学。在牛津毕业后，他便回到燕大教书。他写了不少关于宗教的著作。他写着一部《道教史》，可惜不曾全部完成。他编过一部《大藏经引得》。这些，都是扛鼎之作，别的人不肯费大力从事的。

茅盾和我编《小说月报》的时候，他写了好些小说，像《换巢鸾凤》之类，风格异常的别致。他又写了一本《无从投递的邮件》，那是真实的一部伟大的书，可惜知道的人不多。

最后，他到香港大学教书，在那里住了好几年，直到他死。他在港大，主持中文讲座，地位很高，是在"绅士"之列的。在法律上有什么中文解释上的争执，都要由他来下判断。他在这时期，帮助了很多朋友们。他提倡中文拉丁化运动，他写了好些论文，这些，都是他从前所不曾从事过的。他得到广大的青年们的拥护。他常常参加座谈会，常常出去讲演。他素来有心脏病，但病状并不显著，他自己也并不留意静养。

有一天，他开会后回家，觉得很疲倦，汗出得很多，体力支持不住，使移到山中休养着。便在午夜，病情太坏，没等到天亮，他便死了。正当祖国最需要他的时候，正当他为祖国努力奋斗的时候，病魔却夺了他去。这损失是属于国家民族的，这悲伤是属于全国国民们的。

他在香港，我个人也受过他不少帮助。我为国家买了很多的善本书，为了上海不安全，便寄到香港去。曾经和别的人商量过，他们都不肯负这责任，不肯收受，但和地山一通信，他却立刻答应了下来。所以，三千多部的元明本书，抄校本书，都是寄到港大图书馆，由他收下的。这些书，是国家的无价之宝，虽然在日本人陷香港时曾被他们全部取走，而现在又在日本发现，全部要取回来，但那时如果仍放在上海，其命运恐怕要更劣于此。——也许要散失了，被抢得无影无踪了。这种勇敢负责的行为，保存民族文化的功绩，不仅我个人感激他而已！

他名赞堃，写小说的时候，常用落花生的笔名。"不见落花生么？花不美丽，但结的实却用处很大，很有益。"当我问他取这笔名之意时，他答道。

他的一生都是有益于人的，见到他便是一种愉快。他胸中没有城府。他喜欢谈话，他的话都是很有风趣的，很愉快的。老舍和他都是健谈的，他们俩曾经站在伦敦的街头，谈个三四个钟点，把别的约会都忘掉。我们聚谈的时候，也往往消磨掉整个黄昏、整个晚上而忘记了时间。

他喜欢做人家所不做的事。他收集了不少小古董，因为他没有多余的钱买珍贵的古物。他在北平时，常常到后门去搜集别人所不注意的东西。他有一尊元朝的木雕像，绝为隽秀，又有元代的壁画碎片几方，古朴有力。他曾经搜罗了不少"压胜钱"，预备做一部压胜钱谱。抗战后，不知这些宝物是否还保存无恙。他要研究中国服装史，这工作到今日还没有人做。为了要知道"纽扣"的起源，他细心的在查古画像、古雕刻和其他许多有关的资料。他买到了不少摊头上鲜有人过问的"喜神像"，还得到很多玻璃的画片。这些，都是与这工作有关的。可惜牵于他故，牵于财力、时力，这伟大的工作，竟不能完成。

我写中国版画史的时候，他很鼓励我。可惜这工作只做了一半，也困于财力而未能完工。我终要将这工作完成的，然而地山却永远见不到它的全部了！

他心境似乎一直很愉快，对人总是很高兴的样子。我没有见他疾言厉色过，即遇怫意的事，他似乎也没有生过气。然而当神圣的抗战一开始，他便挺身出来，献身给祖国，为抗战做着应该做的工作。

抗战使这位在研究室中静静的工作着的学者，变为一位勇猛的斗士。他的死亡，使香港方面的抗战阵容失色了。他没有见到胜利而死，这不幸岂仅是他个人的而已！他如果还健在，他一定会更勇猛地为和平建国、民主自由而工作着的。失去了他，不仅是失去了一位真挚而有益的好友，而且是失去了一位最坚贞、最有见地、最勇敢的同道的人。我的哀悼实在不仅是个人的友情的感伤！

一九四六年七月

佳作赏析：

郑振铎和许地山是学生时代的好友，真挚而有益的友谊，继续了二十四五年，可想而知，得到好友去世的消息，对郑振铎来说是多么沉重的打击。

文章详细记述了两人几十年来交往的点点滴滴，把郁积在心中的块垒释放出来。两人共同喝酒、看书、写作。两人是君子之交，二十多年如一日，在保持纯洁友谊的同时，更是相互支持，相互帮扶。

对于好朋友的去世，作者悲痛不已。"失去了他，不仅是失去了一位真挚而有益的好友，而且是失去了一位最坚贞、最有见地、最勇敢的同道的人。我的哀悼实在不仅是个人的友情的感伤！"这一句突出强调了作者对许地山的怀念，是全文的核心。

私塾师

□ [中国] 陆蠡

　　今年的春天，我在一个中学里教书。学校的所在地是离我的故乡七八十里的山间，然而已是邻县了。这地方的形势好像畚箕的底，三面环山，前一面则是通海口的大路，这里是天然的避难所和游击战的根据地。学校便是为了避免轰炸，从近海的一个城市迁来的。

　　我来这里是太突兀。事前自己并未想到，来校后别人也不知道。虽则这地方离我家乡不远，因为山乡偏僻，从来不曾到过。往常，这一带是盗匪出没的所在，所以如没有什么要事，轻易不会跑到这山窝里来。这次我来这学校，一半是感于办学校的师友的盛意，另一半则是因为出外的路断了，于是我便暂时住下来。

　　这里的居民说着和我们很近似的乡音，房屋建筑形式以及风俗习惯都和家乡相仿。少小离乡的我，住在这边有一种异常的亲切之感。倘使我不是在外间羁绊着许多未了的职务，我真甘愿长住下去。我贪羡这和平的一个角落，目前简直是归隐了，没有访问，没有通信，我过着平淡而寂寞的日子。

有一天，一位同学走进我的房间，说是一位先生要见我。

这使我很惊讶。在这里，除了学校的同事外，我没别的朋友。因为他们还不曾知道我，在这山僻地方有谁来找我呢？我疑惑着。我搜寻我的记忆，摸不着头脑，而这位先生已跨进来了。

他是一位年近六十的老人，一瞥眼我就觉得很熟识，可是一时想不起来。我连忙让座，倒茶，递烟，点火，我借种种动作来延长我思索的时间，我不便请教他的尊姓，因为这对于素悉的人是一种不敬。我仔细分析这太熟识的面貌上的每一条皱纹，我注意他的举止和说话的声音，我苦苦地记忆。忽然我叫起来。

"兰畦先生！"

见我惊讶的样子，他缓慢地说：

"还记得我吧？"

"记得记得。"

我们暂时不说话。这突如的会面使我一时找不出话端，我平素是那么木讷。我呆了好久。

兰畦先生是我幼年的私塾师。正如他的典型的别号所表示，他代表一批"古雅"的人物。他也有着"古雅"的面孔：古铜色的脸，端正的鼻子，整齐的八字胡。他穿了一件宽大的蓝布长衫，外面罩上黑布马褂。头上戴一顶旧皮帽，着一双老布棉鞋。他手里拿了一根长烟管，衣襟上佩着眼镜匣子——眼镜平常是不用的——他的装束，是十足古风的。这种的装束，令人一望而知他是一个山里人，这往往成为轻薄的城里人嘲笑的题材，他们给他一个特别的名称"清朝人"，这便是"遗民"的意思。

他在我家里坐馆，是二十多年前的事。现在我想起私塾的情形，恍如隔了一整个世纪。那时我是一个很小的孩子，父亲把他的希望和他的儿子关在一起，在一座空楼内，叫这位兰畦先生督教。我过的是多么寂寞的日子啊！白天不准下楼，写字读书，读书写字。兰畦先生对我很严厉：破晓起床，不洗脸读书；早饭后背诵，点句，读书，写字；午饭后也是写字，读书；天黑了给我做对仗，填字。夜间温课，熬过两炷香。我读着佶屈聱牙的句子，解说着自己不懂而别人也不懂的字义。兰畦先生有时还无理地责打我，呵斥我，我小小的心中起了反感和憎恨。我恨他的人，恨他的长烟管，恨他的戒尺，但我最恨的是他的朱笔，它玷污了我的书，在书眉上记下日子，有时在书面上记下责罚。于是我便把写上难堪字样的书面揉烂。

自他辞馆后，我立意不再理睬他，不再认他做先生，不想见他的面。真的，当我从外埠的中学念书回来，对于他的严刻还未能加以原谅。

现在，他坐在我的面前，还是那副老样子。二十多年前的老样子。他微笑地望着，望着他从前责打过的孩子。这孩子长大了，而且也做了别人的教师。他在默认我的面貌。

"啊，二十多年了！"终于我说了出来。

"二十多年，你成了大人，我成了老人。"

"身体好么？"

"穷骨头从来不生病。我的父亲还在呢，九十左右了，仍然健步如飞。几时你可以看到他。"他引证他一家人都是有极结实的身体。

"真难得。我祖父在日，也有极健康的老年。"我随把他去世的事情告诉他。

"他是被人敬爱的老人。你的父母都好么？"

"好。"

"姐妹们呢？"

"都好。"

他逐个地问着我家庭中的每一人。这不是应酬敷衍，也不是一种噜苏，是出于一种由衷的关切。他不复是严峻的塾师，倒是极温蔼的老人了。随后我问他怎样会到这里来，怎会知道我，他微笑了。他一一告诉我，他原要到离此十几里的一个山村去，是顺路经过此地的。他说他是无意中从同学口里听到我在这里教书，他想看看隔了二十多年的我是怎个样子，看看我是否认得他。他说他看到我很高兴，又说他立刻就要动身，一面站起来告辞。

"住一两天不行么？"我挽留他。

"下次再有机会，现在我得走。"他伸手去取他的随身提篓。

我望着这提篓，颇有几斤重量，而且去那边的山岭相当陡峻，我说，"送先生去吧。"

"不必，不必。你有功课，我自己去。"他推辞着。他眉宇间却露出一种喜悦，是一种受了别人尊敬感觉到的喜悦。

我坚执要送他。我说好久不追随先生了，送一程觉得很愉快。我说我预备请一点钟假，因为上午我只有一课，随时可补授的。

窗外，站着许多同学，交头接耳地议论些什么，好像是猜测这位老先生和我的关系。

我站起来，大声地向他们介绍，说这位是我的先生，我幼年的教师。他现在要到某村去，我要送他。我预备请一点钟假。

同学中间起了窃窃的语声。看他们的表情，好像说："你有了这样的一位教师，不见得怎么光荣。"

于是我又向他们介绍："这是我的先生。"

我们走了。出校门时，有几位同学故意问我到哪里去，送的是我的什么人，我特地大声回答，我送他到某村去，他是我的先生。

路上，我们有着琐碎的谈话。他问起我：

"你认得×××么？他做了旅长了。"

"不大认得。"

"××呢，他是法政大学毕业的，听说做了县长。"

"和我陌生。我没读过法政。"

"××，你应该认得的。"

"我的记性太坏。"

"××，你的同宗。"

"影像模糊，也许会过面。"

"还有××？"

"只知其名，未识其面。"

"那么你只记得我？"

"是的。记得先生。"

他微嘘一口气。好像得到一种慰藉。他，他知道，他是被人遗忘的一个。很少有人记得他，尊敬他的。他是一个可怜的塾师。

"如果我在家乡住久些，还想请先生教古文呢。从前念的都还给先生了。"我接着带笑说。

"太客气了。现在应该我向你请教了。"

这句并没有过分。真的，他有许多地方是该向我请教了。当他向我诉说他的家境的寒苦，他仍不得不找点口之方。私塾现在是取消了，他不得不去找一个小学教员的位置；他不得不丢开四书五经，拿起国语常识；他不得不丢下红朱笔，拿起粉笔；他不得不离开板凳，站在讲台上；他是太老了，落伍了，他被人家轻视、嘲笑，但他仍不得不忍受这一切；他自己知道不配做儿童教师，他所知道的新知识不见得比儿童来得多，但是他不得不哄他们，骗他们，把自己不知道的东西告诉他们；言下他似不胜感喟。

"现在的课本我真弄不来。有一次说到'咖啡'两字，我不知道这是什么东西。我只就上下文的意义猜说'这是一种饮料'，这对么？"

"对的。咖啡是一种热带植物的果实，可以焙制饮料，味香，有提神的功用。外国人日常喝的，我们在外边也常喝的。还有一种可可，和这差不多，也是一种饮料。"

"还有许多陌生字眼，我不知道怎解释也不知怎么读。例如气字底下做个羊字，或是丢字，金旁做个鸟字或白字，这不知是些什么东西？"

"这是一些化学名词，没读过化学的人，一时也说不清楚，至于读音，顺着半边去读就好了。"

他感慨了。他说到他这般年纪，是应该休息了。他不愿意坑害人家子弟，把错误的东西教给孩子们。他说他宁愿做一个像从前一样的塾师，教点《幼学琼林》或是《书经》《诗经》之类。

"先生是应该教古文而不该教小学的。"我说。

"是的，小学比私塾苦多了。这边的小学，每星期二三十点钟，一年的薪金只有几十块钱，自己吃饭。倒不如坐馆舒服得多！"

我知道这情形。在这山乡间，小学仍不过是私塾的另一个形式。通常一个小学只有一个教师，但也分成好几年级，功课也有许多门：国语、常识、算术、音乐、体操等。大凡进过中学念过洋书的年轻人，都有着远大的梦想，不肯干这苦职业，于是这被人鄙视的位置，只有失去了希望的老塾师们肯就。我的先生自从若干年前私塾制废除后，便在这种"新私塾"里教书了。

"现在你到 ×× 干什么呢？"我还不知道他去那边的目的。

"便是来接洽这里的小学位置哟！"好像十分无奈似的。忽然他指着我头上戴的帽子问：

"像这样的帽子要多少钱一顶？"

"大约五六块钱。"我回答。

"倘使一两块钱能买到便好了。我希望能够有一顶。"

"你头上的皮帽也很合适。"我说。

"天热起来了，还戴得住么？"

说话间我们走了山岭的一半。回头望望，田畴村舍，都在我们的脚下。他于是指着蟠腾起伏的峰岭和点缀在绿色的田野间的像雀巢般的村舍，告诉我那些村庄和山岭的名字。不久，我们踅过了山头。前面，在一簇绿色的树林中显露出几座白垩墙壁。"到了。"他对我说，他有点微喘。我停住脚步，将手中提篮交给他，说我不进去，免得打扰人家。他坚持要我进去吃了午饭走，我固执地要回校。他于是吐出他最后的愿望，要我在假期中千万到他家去玩玩，住一宿，谈一回天，于他是愉快的。他将因我的拜访而觉得骄傲。他把去他家的路径指点给我，并描出他屋前舍后的景物，使我便于找寻，但我的脑里却想着他所说的帽子，我想如何能在冬季前寄给他。它应是如何颜色，如何大小，我把这些问得之后，回身下山走了。

我下山走。我心里有一种矛盾的想头：我想到这位老塾师，又想到他所教的一批孩子。"他没有资格教孩子，但他有生存的权利。"我苦恼了。我又想中国教育的基础，最高学府建筑在不健全的小学上，犹如沙上筑塔——我又联想到许多个人和社会的问题，忽然听到脑后有人喊。

"喂，向左边岔路走呢。"

原来我信步走错了一条路。这路。像个英文的 Y 字母，来时觉得无岔路，去时却是两条。我回头，望见我的先生，仍站在山头上，向我挥手。

"我认识路的，再见，先生。"我重向他挥手。

佳作赏析：

陆蠡（1908—1942），浙江天台人，作家。著有散文集《海星》《竹刀》《囚绿记》等。

自己童年的老师在几十年后不期而遇，许多人都会别有一番感慨。作者的文章将这种感觉淋漓尽致地表达出来。此时的作者已经是一位教师，对于他的私塾师当年的教育方式和方法，他是不赞同的，心理上是厌恶的；但当几十年以后这位老人站在自己面前时，怜悯与同情之心油然而生，心理上也由厌恶转为了尊重。正如作者所言，老人可能没有资格教孩子，但他有生存的权利，而且毕竟当年曾是自己的蒙师，于是作者有了将来去家中探望并买一顶帽子作为礼物的想法。文章以叙事为主，并没有抒情的文字，但作者微妙的心理描写已经将自己对老师复杂的感情流露出来。

伤双栝老人

□［中国］徐志摩

　　看来你的死是无可置疑的了，宗孟先生，虽则你的家人们到今天还没法寻回你的残骸。最初消息来时，我只是不信，那其实是太奇特，太荒唐，太不近情。我曾经几回梦见你生还，叙述你历险的始末，多活现的梦境！但如今在栝树凋尽了青枝的庭院，再不闻"老人"的謦欬；真的没了，四壁的白联仿佛在微风中叹息。这三四十天来，哭你有你的内眷、姊妹、亲戚，悼你的私交；惜你有你的政友与国内无数爱君才调的士夫。志摩是你的一个忘年的小友。我不来敷陈你的事功，不来历叙你的言行，我也不来再加一份涕泪吊你最后的惨变。魂兮归来！此时在一个风满天的深夜握笔，就只两件事闪闪的在我心头：一是你谐趣天成的风怀，一是髫年失怙的诸弟妹。他们，你在时，哪一息不是你的关切，便如今，料想你彷徨的阴魂也常在他们的身畔飘逗。平时相见，我倾倒你的语妙，往往含笑静听，不叫我的笨涩孱杂你的莹澈，但此后，可恨这生死间无情的阻隔，我再没有那样的清福了！只当你是在我跟前，只当是消磨长夜的闲谈，我此时对你说些琐碎，想来你不至厌烦罢。

先说说你的弟妹。你知道我与小孩子们说得来，每回我到你家去，他们一群四五个，连着眼珠最黑的小五，浪一般的拥上我的身来，牵住我的手，攀住我的头，问这样，问那样；我要走时他们就着了忙，抢帽子的，锁门的，嘎着声音苦求的——你也曾见过我的狼狈。自从你的噩耗到后，可怜的孩子们，从不满四岁到十一岁，哪懂得生死的意义，但看了大人们严肃的神情，他们都发了呆，一个个木鸡似的在人前愣着。有一天听说他们私下在商量，想组织一队童子军，冲出山海关去替爸爸报仇！

"栝安"那虚报到的一个早上，我正在你家。忽然间一阵天翻地覆似的闹声从外院陡起，一群孩子拥着一位手拿电纸的大声欢呼着，冲锋似的拥进了上房。果然是大胜利，该得庆祝的："爹爹没有事！""爹爹好好的！"徽那里平安电马上发了去，省她急；福州电也发了去，省他们跋涉。但这欢喜的风景运定活不到三天，又叫接着来的消息给完全煞尽！

当初送你同去的诸君回来，证实了你的死信。那晚，你的骨肉一个个走进你的卧房，各自默恻恻地坐下，啊，那一阵子最难堪的噤寂，千万种痛心的思潮在各个人的心头，在这沉默的暗惨中，激荡，汹涌，起伏。可怜的孩子们也都泪滢滢地攒聚在一处，相互的偎着。半懂得情景的严重。霎时间，冲破这沉默，发动了放声的号啕，骨肉间至性的悲哀——你听着吧，宗孟先生，那晚有半轮黄月斜觑着北海白塔的凄凉。

我知道你不能忘情这一群童稚的弟妹。前晚我去你家时见小四小五在灵帏前翻着筋斗，正如你在时他们常在你的跟前献技。"你爹呢"？我拉住他们问。"爹死了。"他们嘻嘻地回答，小五搂住了小四，一和身又滚做一堆！他们将来的养育是你身后唯一的问题——说到这里，我不由地想起了你离京前最后几回的谈话。政治生活，你说你不但尝够而且厌烦了。这五十年算是一个结束，明年起你准备谢绝俗缘，亲自教课膝前的子女；这一清心你就可以用功你的书法，你自觉你腕下的精力，老来只是健进，你打算再花二十年工夫，打磨你艺术的天才；文章你本来不弱，但你想望的却不是什么等身的著述，你只求沥一生的心得，淘成三两篇不易衰朽的纯晶。这在你是一种觉悟。早年在国外初识面时，你每每自负你政治的异禀，即在年前避居津地时你还以为前途不少有为的希望，直到最近政态诡变，你才内省厌倦，认真想回复你书生逸士的生涯。我从最初惊讶你清奇的相貌，惊讶你更清奇的谈吐，我便不阿附你从政的热心，曾经有多少次我讽劝你趁早回航，领导这新时期的精神，共同发现文艺的新土。即如前年泰戈尔来时，你那兴会正不让我们年轻人；你这半百翁登台演戏，不论劳倦的精神正不知给了我们多少的鼓舞！

不，你不是"老人"，你至少是我们后生中间的一个。在你的精神里，我们看不见苍苍的鬓发，看不见五十年光阴的痕迹，你依旧是二三十年前《春痕》故事里的"逸"的风情——"万种风情无地着"是你最得意的名句，谁料这下文竟命定是"辽原白雪葬华颠"！谁说你不是君房的后身？可惜当时不曾记下你摇曳多姿的吐属，蓓蕾似的满缀着警句与谐趣，在此时回忆，只如天海远处的点点航影，再也认不分明。你常常自称厌世人。果然，这世界，这人情，哪禁得起你锐利地理智地解剖与抉剔？你的锋芒，有人说，是你一生最吃亏的所在。但你厌恶的是虚伪，是矫情，是顽老，是乡愿的面目，那还是不该的？谁有你的豪爽，谁有你的倜傥，谁有你的幽默？你的锋芒，即使露，也绝不是完全在他人身上应用，你何尝放过你自己？对己一如对人，你丝毫不存姑息，不存隐讳，这就够难能，在这无往不是矫揉的日子，再没有第二人，除了你，能给我这样脆爽的清谈的愉快。再没有第二人在我的前辈中，除了你能使我感受这样的无"执"无"我"精神。

最可怜的是远在海外的徽徽，她，你曾经对我说，是你唯一的知己；你，她也曾对我说，是她唯一的知己。你们这父女不是寻常的父女。"做一个有天才的女儿的父亲，"你曾说，"不是容易享的福，你得放低你天伦的辈分先求做到友谊的了解。"徽，不用说，一生崇拜的就只你，她一生理想的计划中，哪件事离得了聪明不让她自己的老父？但如今，说也可怜，一切都成了梦幻，隔着这万里途程，她那弱小的心灵如何载得起这奇重的哀惨！这终天的缺陷，叫她问谁补去？佑着她吧，你不昧的阴灵，宗孟先生，给她健康，给她幸福，尤其给她艺术的灵术——同时提携她的弟妹，共同增荣雪池双栝的清名！

十五年二月二日新月社

佳作赏析：

　　徐志摩（1896—1931），浙江海宁人，诗人。有诗集《志摩的诗》《猛虎集》，散文集《落叶》《巴黎的鳞爪》，短篇小说集《轮盘》等。

　　本文是一篇悼念文章，作者娓娓道来，读之令人愁肠百结，在平实的生活细节的叙述中，我们感到作者对"双栝老人"逝世的无尽哀婉与无可奈何。

　　在对双栝老人的追忆时，作者从生活细节写起，在一种欢乐的、生动的生活场面中，怀念老人的生前，叙说老人的身后，特别是他与女儿徽徽的关系，让我们看到"双栝老人"一个导师、一个慈父的鲜明形象。"在你的精神里，我们看不见苍苍的鬓发，看不见五十年光阴的痕迹，你依旧是二三十年前《春痕》故事里的'逸'的风情。"在这样的评价中们可以看到徐志摩对"双栝老人"精神的赞叹。

清风明月高山流水
——我心中的俞平伯先生
□ [中国] 吴组缃

俞平伯先生过去了。他享有九十高龄。照中国的旧说法，应该说这是"顺事"，但是俞先生在我心目中占有特殊的位置，我还是不胜悲戚。

我在少年时候就读他的新诗《冬夜》《西还》等书，当时许多篇可以背得出来。"养在缸中，栽在盆中，你的辛苦，我的欢欣。"像这样的诗句常常给我很大的感动和启发，因此我至今还能记得这些诗句的大意。朱自清、俞平伯是"五四"运动的两位新作家、新诗人，他们的作品对广大青年有深刻的影响。我就是其中之一。

我在三十年代初，在清华读书的时候，俞先生是中文系的讲师。我要在这里说明，在我们那个时期，讲师和教授在我们脑子里是一样的崇高，没有什么高下。那时俞先生住在南院，他同余冠英兄住处同院，我常到南院去。俞先生往往热情地要我到他屋里座谈。谈的时候完全把我当成朋友，虽然我比他年小很多。我们上下古今无所不谈，而且他一点也没有把我当成学生看待。他主动地写条幅字给我。那时他同周作人特别亲密，并代我向周作人要了四张屏条。他们的字都写得认真工整，可惜以后多次搬迁都丢掉了。他有个人特殊的爱好，就是喜欢唱昆曲。他请了一位年老的笛师，常常在星期假日全家人都到圆明园废墟去呆一整天。我很喜欢他们唱的曲子。以后清华请了溥侗（红豆馆主）先生，开了教唱昆曲的课。我受俞先生的影响，也选了这门课。可溥先生对学生要求过严，我慢慢地就退下来了。俞先生知道了，也没有责备我。我选过俞先生两门课，一门是"词选"，他讲的内容绝不是考证和诠释词句，而是用他自己的感受引导我们来欣赏这些名作。比如李白的《菩萨蛮》"平林漠漠烟如织，寒山一带伤心碧"，我们问什么是"伤心碧"，他讲了足足有半堂课，引导我们体会作者的感情加上他自己的联想，使我们能在一个广阔的领域来体会作品丰富的情思。他的这些见解都收在他的《读词偶得》这本书里。他对我的重要影响，就是叫我拿起一种古代文学作品来总是先从鉴赏方面来探索，而对当时流行的考证或注释不怎么感兴趣。朱自清先生也说："你不适宜做考证工作。"这不能不说当时是受俞先生的影响。有一次余冠英兄告诉我，他做了一首词，其中有一句"两瓣黄叶走墙荫"，自以为这句词很好。但俞先生说，好是好，可不入格。可见词是有"格"的。而我还没有学到这水平。

俞先生还给我们开了一门课"小说史"，就是"中国古代小说研究"。他的教法很特别，是把所有的有关资料，如鲁迅的"小说史略"，胡适的关于中国明清小说的考证，以及其他的零碎资料指定叫我们自己看，进行思考和研究。甚至同顾颉刚、胡适之一封有关的通信也印发给我们参考。他自己要上课的话，就叫注册课贴一张布告说俞先生那天上课。不贴布告，他就不上课。他上课的时候就说："我两个星期没来上课了，你们对小说研究有什么收获？我这两个星期对小说得有两点想法，第一点是什么，第二点是什么。"说完了，他就点头下课，往往不过十五分钟或二十分钟。当时我们对俞先生这种教法是最欢迎的了。因为他安排我们和他一块儿来动脑筋，读作品，收集资料，研究作品，而不是把我们放在一个被动的受教的地位。

俞先生在北京文化界里，人人都知道他和周作人最亲密，而且很尊重周作人。可是在日本占领北京的时候，周作人被拉下水去。在这点上俞先生绝不受影响，他巍然自主，一心帮助北京做地下工作的和爱国人士，从不考虑自己的安全，全力相助，使他们达到目的。这不能不叫人肃然起敬，设身处地，这是非常难能可贵的。他衷心拥护共产党，对新中国的建立欢喜得像个小孩子一样。

一九五四年忽然来了个《红楼梦》研究批判，正是以他为主展开的，以后发展成为一个大规模的政治运动。这是大家都没想到的。那时，我们经常在一起开会，他像平常一样，不显出紧张和反感。他说："我正好趁此机会好好地学习。"第一次批判他，是在作家协会古典文学部，主持人是郑振铎先生，他点我第一个发言。我把这次当成一个学术讨论会。因此，我对俞先生的《红楼梦》研究提了几点意见，对李希凡、蓝翎两位的文章也提了几点意见，表示参加讨论的意思。当时有几位，都是我的熟人，狠狠地批判了我一顿，说我在唯物主义和唯心主义激烈战斗的时候，站在中间向两边打枪。休息的时候，我问郑先生，这是怎么回事，这是学术问题还是政治问题？郑先生笑着说："你年轻的都不知道，我哪里知道。"可是周扬同志坐在旁边，没有作声。他站起来同我握手，说我的发言很好。可见当时有些领导同志也不认为是政治问题。后来这个批判运动大大发展了，俞先生就说我不应该那样发言，也是思想落后。

回顾俞先生的一生，我在一首悼念他的诗中说他平生略如"清风明月，高山流水"。这是他留在我心中的风仪。我认为我对他这个比拟大致不差。

佳作赏析：

吴组缃（1908—1994），安徽泾县人，作家，学者。著有长篇小说《山洪》，有《吴组缃小说散文集》印行。

和张中行一样，吴组缃的这篇文章也是怀念俞平伯先生的。文章先谈到俞平伯著作对自己的巨大影响，然后讲了俞平伯在教学方面的特点：尊重学生，鼓励学生独立思考和自主学习。俞平伯不仅在学术上造诣颇深，教学上有出奇之处，他还是一位爱国者，曾不顾危险全力支持当时北平的地下工作。文章虽然不长，但对于俞平伯在学术、教学、生活等方方面面都有所涉及，对于俞平伯一生也作了较为客观的评价，堪称追忆类散文中的佳作。

忆白石老人

□〔中国〕艾青

一九四九年我进北京城不久，就打听白石老人的情况，知道他还健在，我就想看望这位老画家。我约了沙可夫和江丰两个同志，由李可染同志陪同去看他。他住在西城跨车胡同十三号。进门的小房间住了一个小老头子，没有胡子，后来听说是清皇室的一名小太监，给他看门的。

当时，我们三个人都是北京军事管制委员会的文化接管委员，穿的是军装，臂上带臂章，三个人去看他，难免要使老人感到奇怪。经李可染介绍，他接待了我们。我马上向前说："我在十八岁的时候，看了老先生的四张册页，印象很深，多年都没有机会见到你，今天特意来拜访。"

他问："你在哪儿看到我的画？"

我说："一九二八年，已经二十一年了，在杭州西湖艺术院。"

他问："谁是艺术院院长？"

我说："林风眠。"

他说："他喜欢我的画。"

这样他才知道来访者是艺术界的人，亲近多了，马上叫护士研墨，带上袖子，拿出几张纸给我们画画。他送了我们三个人每人一张水墨画，两尺琴条。给我画的是四只虾，半透明的，上画有两条小鱼。题款"艾青先生雅正八十九岁白石"，印章"白石翁"，另一方"吾所能者乐事"。我们真高兴，带着感激的心情和他告别了。

我当时是接管中央美术学院的军代表。听说白石老人是教授，每月到学校一次，画一张画给学生看，作示范表演。有学生提出要把他的工资停掉。

我说："这样的老画家，每月来一次画一张画，就是很大的贡献。日本人来，他没有饿死；国民党来，也没有饿死；共产党来，怎么能把他饿死呢？"何况美院院长徐悲鸿非常看重他，收藏了不少他的画，这样的提案当然不会采纳。

老人一生都很勤奋，木工出身，学雕花，后来学画。他已画了半个多世纪了，技巧精练，而他又是个爱创新的人，画的题材很广泛：山水、人物、花鸟虫鱼。没有看见他临摹别人的。他具有敏锐的观察力，记忆力特别强，能准确地捕捉形象。他有一双显微镜的眼睛，早年画的昆虫，纤毫毕露，我看见他画的飞蛾，伏在地上，满身白粉，头上有两瓣触须；他画的蜜蜂，翅膀好像有嗡嗡的声音；画知了、蜻蜓的翅膀像薄纱一样；他画的蚱蜢，大红大绿，很像后期印象派的油画。

他画鸡冠花，也画牡丹，但他和人家的画法不一样，大红花，笔触很粗，叶子用黑墨只几点；他画丝瓜、倭瓜，特别爱画葫芦；他爱画残荷，看看很乱，但很有气势。

有一张他画的向日葵，题：

"齐白石居京师第八年画"，印章"木居士"。题诗："茅檐矮矮长葵齐，雨打风摇损叶稀。干旱犹思晴畅好，倾心应向日东西。白石山翁灯昏又题。"印章"白石翁"。

有一张柿子，粗枝大叶，果实赭红，写"杏子坞老民居京华第十一年矣丁卯"，印章"木人"。

他也画山水，没有见他画重峦叠嶂。多是平日容易见到的。他一张山水画上题："予用自家笔墨写山水，然人皆余为糊涂，吾亦以为然。白石山翁并题。"印章"白石山翁"。

后在画的空白处写："此幅无年月，是予二十年前所作者，今再题。八十八白石。"印章"齐大"。

事实是他不愿画人家画过的。

我在上海朵云轩买了一张他画的一片小松林，二尺的水墨画，我拿到和平书店给许麟庐看，许以为是假的，我要他一同到白石老人家，挂起来给白石老人看。我说："这画是我从上海买的，他说是假的，我说是真的，你看看……"他看了之后说："这个画人家画不出来的。"署名齐白石，印章是"白石翁"。

我又买了一张八尺的大画，画的是没有叶子的松树，结了松果，上面题了一首诗："松针已尽虫犹瘦，松子余年绿似苔。安得老天怜此树，雨风雷电一起来。阿爷尝语，先朝庚午夏，星塘老屋一带之松，为虫食其叶。一日，大风雨雷电，虫尽灭绝。丁巳以来，借山馆后之松，虫食欲枯。安得庚午之雷雨不可得矣。辛酉春正月画此并题记之。三百石印富翁五过都门。"下有八字："安得之安字本欲字。"印章"白石翁"。

他看了之后竟说："这是张假画。"

我却笑着说："这是昨天晚上我一夜把它赶出来的。"他知道骗不了我，就说："我拿两张画换你这张画。"我说："你就拿二十张画给我，我也不换。"他知道这是对他画的赞赏。这张画是他七十多岁时的作品。他拿了放大镜很仔细地看了说："我年轻时画画多么用心呵。"

一张画了九只麻雀在乱飞。诗题："叶落见藤乱，天寒入鸟音。老夫诗欲鸣，风急吹衣襟。枯藤寒雀从未有，既作新画，又作新诗。借山老人非懒辈也。观画者老何郎也。"印章"齐大"。看完画，他问我："老何郎是谁呀？"我说："我正想问你呢。"他说："我记不起来了。"这张画是他早年画的，有一颗大印"甑屋"。

我曾多次见他画小鸡，毛茸茸，很可爱；也见过他画的鱼鹰，水是绿的，钻进水里的，很生动。

他对自己的艺术是很欣赏的，有一次，他正在画虾，用笔在纸上画了一根长长的头发粗细的须，一边对我说："我这么老了，还能画这样的线。"

他挂了三张画给我看，问我："你说哪一张好？"我问他："这是干什么？"他说："你懂得。"

我曾多次陪外宾去访问他，有一次，他很不高兴，我问他为什么，他说外宾看了他的画没有称赞他。我说："他称赞了，你听不懂。"他说他要的是外宾伸出大拇指来。他多天真！

他九十三岁时，国务院给他做寿，拍了电影，他和周恩来总理照了相，他很高兴。第二天画了几张画作为答谢的礼物，用红纸签署，亲自送到几个有关的人家里。送我的一张两尺长的彩色画，画的是一筐荔枝和一枝枇杷，这是他送我的第二张画，上面题："艾青先生齐璜白石九十三岁。"印章"齐大"，另外在下面的一角有一方大的印章"人犹有所憾"。

他原来的润格，普通的画每尺四元，我以十元一尺买他的画，工笔草虫、山水、人物加倍，每次都请他到饭馆吃一顿，然后用车送他回家。他爱吃对虾，据说最多能吃六只。他的胃特别强，花生米只一咬成两瓣，再一咬就往下咽，他不吸烟，每顿能喝一两杯白酒。

一天，我收到他给毛主席刻的两方印子，阴文阳文都是毛泽东（他不知毛主席的号叫润之）。我把印子请毛主席的秘书转交。毛主席为报答宴请他一次，由郭沫若作陪。

他所收的门生很多，据说连梅兰芳也跪着磕过头，其中最出色的要算李可染。李原在西湖艺术院学画，素描基础很好，抗战期间画过几个战士被日军钉死在墙上的画。李在美院当教授，拜白石老人为师。李有一张画，一头躺着的水牛，牛背脊梁骨用一笔下来，气势很好，一个小孩赤着背，手持鸟笼，笼中小鸟在叫，牛转过头来听叫声……

白石老人看了一张画，题了字："心思手作不愧乾嘉间以后继起高手。八十七岁白石甲亥。"印章"白石题跋"。

一天，我去看他，他拿了一张纸条问我："这是个什么人哪，诗写得不坏，出口能成腔。"我接过来一看是柳亚子写的，诗里大意说："你比我大十二岁，应该是我的老师。"我感到很惊奇地说："你连柳亚子也不认得，他是中央人民政府的委员。"他说："我两耳不闻天下事，连这么个大人物也不知道。"感到有些愧色。

我在给他看门的太监那儿买了一张小横幅的字，写着："家山杏子坞，闲行日将夕。忽忘还家路，依着牛蹄迹。"印章"阿芝"，另一印"吾年八十乙矣"。我特别喜欢他的诗，生活气息浓，有一种朴素的美。早年，有人说他写的诗是薛蟠体，实在不公平。

我有几次去看他，都是李可染陪着，这一次听说他搬到一个女弟子家——是一个起义的将领家。他见到李可染忽然问："你贵姓？"李可染马上知道他不高兴了，就说："我最近忙，没有来看老师。"他转身对我说："艾青先生，解放初期，承蒙不弃，以为我是能画几笔的……"李可染马上说："艾先生最近出国，没有来看老师。"他才平息了怨怒。他说最近有人从香港来，要他到香港去。我说："你到香港去干什么？那儿许多人是从大陆逃亡的……你到香港，半路上死了怎么办？"他说："香港来人，要了我的亲笔写的润格，说我可以到香港卖画。"他不知道有人骗去他的润格，到香港去卖假画。

不久，他就搬回跨车胡同十二号了。

我想要他画一张他没有画过的画，我说："你给我画一张册页，从来没有画过的画。"他欣然答应，护士安排好了，他走到画案旁边画了一张水墨画：一只青蛙往水里跳的时候，一条后腿被草绊住了，青蛙前面有三个蝌蚪在游动，更显示青蛙挣不脱去的焦急。他很高兴地说："这个，我从来没有画过。"我也很高兴。他问我题什么款。我说："你就题吧，我是你的学生。"他题："青也吾弟，小兄璜，时同在京华，深究画法，九十三岁时记，齐白石。"

一天，我在伦池斋看见了一本册页，册页的第一张是白石老人画的：一个盘子放满了樱桃，有五题落在盘子下面，盘子在一个小木架子上。我想买这张画。店主人说："要买就整本买。"我看不上别的画，光要这一张，他把价抬得高高的，我没有买。马上跑到白石老人家，对他说："我刚才看了伦池斋你画的樱桃，真好。"他问："是怎样的？"我就把画给他说了，他马上说："我给你画一张。"他在一张两尺的琴条上画起来，但是颜色没有伦池斋的那么鲜艳，他说："西洋红没有了。"

画完了，他写了两句诗，字很大："若教点上佳人口言，事言情总断魂。"他显然是衰老了，我请他到曲园吃了饭，用车子送他回到跨车胡同，然后跑到伦池斋，把那张册页高价买来了。署名"齐白石"，印章"木人"。

后来，我把画给吴作人看，他说某年展览会上他见过这张画，整个展览会就这张画最突出。

有一次，他提出要我给他写传。我觉得我知道他的事太少，他已经九十多岁，我认识他也不过最近七八年，而且我已经看了他的年谱，就说："你的年谱不是已经有了吗？"我说的是胡适、邓广铭、黎锦熙三人合写的，商务印书馆出版的《齐白石年谱》。他不作声。

后来我问别人，他为什么不满意他的年谱，据说那本年谱把他的"瞒天过海法"给写了。一九三七年他七十五岁时，算命的说他流年不利，所以他增加了两岁。

这之后，我很少去看他，他也越来越不爱说话了。

最后一次我去看他，他已奄奄一息地躺在躺椅上，我上去握住他的手问他："你还认得我吗？"他无力地看了我一眼，轻轻地说："我有一个朋友，名字叫艾青。"他很少说话，我就说："我会来看你的。"他却说："你再来，我已不在了。"他已预感到自己在世之日不会有多久了。想不到这一别就成了永诀——紧接着的一场运动把我送到北大荒。

他逝世时已经九十七岁。实际是九十五岁。

一九八三年年十二月

佳作赏析：

　　艾青（1910—1996），原名蒋海澄，浙江金华县人。著有长诗《大堰河——我的保姆》《向太阳》《愿春天早点来》等。

　　齐白石老人是我国著名的画家。作者是一位诗人，文章详细记述了两人如何相识、日常交往以及齐白石逝世前后的相关情况。文章语言平实，记叙的都是些看似不起眼的日常小事，然而正是通过这些小事作者将齐白石这样一位勤奋刻苦、艺术精湛却有些自负、自恋的"小老头儿"形象刻画出来，让我们认识了一代艺术宗师生活化的真实一面。文章语言质朴，没有任何雕琢，看似平淡，却让人回味无穷。

不能忘记的老师

□［中国］韦君宜

人不能忘记真正影响过自己的人。

我写过好几位教过我的老师，包括大学的、中学的、小学的。田骢是影响我最大的老师，他是南开的，但是南开却不记得他。那些有功于校的老教师名单里没有他。

他是在我进高中一年级时，到南开教书的，教国文。人很矮，又年轻。第一次进教室，我们这群女孩子起立敬礼之后，有人就轻轻地说："田先生，您是……"他毫不踌躇地拿起粉笔，就在黑板上写了"田骢，燕京大学文学士"几个字作为自我介绍，接着就讲课了。

他出的第一个作文题是《一九三一年的中国大水灾》。我刚刚学发议论，刚做好交上去，"九一八"就爆发了。他又出了第二个题，没有具体题目，要我们想想，"写最近的大事"。于是我写了一篇《日祸记闻》（我找了报纸，费了很大劲），田先生只点点头说："写听来的事，也就这样了。"他要求的当然比这高。

我们有南开中学自编的国文课本，同时允许教师另外编选。田先生就开始给我们讲上海左翼的作品：丁玲主编的《北斗》，周起应（周扬）编的《文学月报》，然后开始介绍鲁迅，介绍鲁迅所推荐的苏联作品《毁灭》，还有《士敏土》《新俄学生日记》等等。他讲到这些书，不是完全当文学作品来讲的。讲到茅盾的《幻灭》《动摇》《追求》三部曲时，他说："现在的女孩子做人应当像章秋柳、孙舞阳那样开放些。当然，不必像那样浪漫了。"

我是个十分老实的学生，看了左翼的书，一下子还不能吃进去。有的同学就开始写开放的文章了，记得比我高一班的姚念媛，按着丁玲《莎菲女士的日记》的路子，写了一篇《丽嘉日记》。我们班的杨纫琪写了篇《论三个摩登女性》，都受到田先生赞赏，后来发表在南开女中月刊上。我的国文课（包括作文）一向在班上算优秀的，可是到了这时，我明白自己是落后，不如人了。

田先生越讲越深，他给我们讲了什么是现实主义，什么是浪漫主义。我才十六岁，实在听不大懂，可是我仔细听，记下来，不懂也记下来。半懂不懂的读后感都记在笔记本上了，交给田先生。他看了，没有往我的本子上批什么，只是在发本子的时候告诉我："写 note 不要这样写法。"还告诉我，读了高尔基，再读托尔斯泰，读契诃夫吧。田先生对于我，是当作一个好孩子的吧。他在我的一篇作文上批过"妙极，何不写点小说"。可是他没有跟我说过一句学业之外的话。

在教书中间，他和男中的另外两位进步教师万曼、戴南冠共同创办了一个小文学刊物，叫《四月》，同学们差不多都买来看了。我看了几遍。终于明白田先生写的文章和我相差一大截。我是孩子，孩子写得再好也是孩子，我必须学会像田先生那样用成人的头脑来思考。

到高中二年级，田先生教二年甲组，我被分到乙，不能常听田先生的课了，但是甲组许多情况还是知道的。田先生常叫她们把教室里的课桌搬开，废除先生讲学生听的方式，把椅子搬成一组一组的，大家分组讨论，教室里显得格外生动有趣。后来她们班的毛梅同学当选了女中校刊的主编，把校刊办得活跃起来了。开始时是谈文学，谈得很像那么一回事，估计是田先生指导的。到后来她们越谈越厉害，先对学校的一些措施写文章批评，后对天津市内的（当然是国民党统治下的）政治形势嬉笑怒骂，直至写文章响应市内工厂的罢工，鼓动工人们"起来啊，起来"。闹得学校当局再也忍不住了（再这么下去，学校也没法存在了），把毛楲她们三个活跃分子开除了。同时，他们认为是田骢他们三个教师在背后煽动的，把三个教师解了聘。

我看不出来田先生在这里边起了什么作用，只是对他的离职惋惜不已。我刚刚对田先生教给的左翼文学尝到一点味儿，还只知看看，还没想到自己动手干。但是已经不用田先生把着手告诉怎么找书了，已经会自己去找书看，会自己去订阅杂志了。我刚抬脚，还不会起步。

已被开除的先进分子毛跟我谈起田先生，她说："作为教书的教师，他是个好教师。可是，要作为朋友，他并不怎么样。"那时候我还不懂田先生怎么又成了她的"朋友"。后来过了很久，我才明白她那时已经是一个地下组织的成员了，田先生么，该是她的"朋友"，即同志，实际上女中的活动就是她们地下组织的活动，并不是一个教师煽动的，学校当局也没有弄清。我太幼稚，没有资格要求田先生做我的"朋友"，但是我由一个什么也不懂的女孩成为知道一点文学和社会生活的青年，的确得感谢田先生，他是我的好老师。

我一直怀着感激的心情想着田先生。后来只在一个讲教学的刊物上见过田先生的名字，在河南一个文学刊物上见过万曼先生的名字，再就没有消息了。我总在猜测，他们几位大概进入了文学界了。想起他们，我老是以为他们不会湮没无闻的。常想着将来能再见。

后来，一直过了二十多年，国家经过了天翻地覆的变化，我也已经成了中年人，被调进了作家协会。对于文学知道还不算多，该接受的教训倒学会了不少。从前对于文学那股热劲也消磨得差不多了。有一天，在作家协会的《文艺学习》编辑部里，忽然说有一个姓田的先生来了，在公共会客室正等着我。我进门一怔，简直认不清了，但是马上又认得了，竟是田先生。他很客气地说知道我在这里，他来是想请我到他们学校去作一次报告，就是讲一次文学课。

原来这几十年他还在教书，仔细一问，在石油勘探学校里教文学。没有想到，怎么会在石油学校去教文学？要知道我现在已经属于文艺界了，而文艺界那个气氛人们都知道。我怎么敢到外边去乱吹，讲文学？

"田先生，我……我……"我简直说不上来，只好吞吞吐吐回答，"我怎么能到您那里去讲文学？您还是我老师。"

田先生却痛快地说："怎么不能啊！青出于蓝嘛。"

我没法，只能说："我没有学好，给老师丢丑……而且……而且您看，我肚子这么大了。"那时我正怀着孕。他没法勉强。这次会见，就这么简单地结束。我一面谈着话，一面心里就猜，田先生大概这些年还保持着他年轻时对于文艺界的美好幻想。而且看见《文艺学习》刊物上我的名字，就以为我已经踏进了那个美好幻想里，所以来找我，叫我千言万语也说不清。但是我敬仰的田先生，领着我们敲左翼文学大门的先生，怎么能湮没呢？他的功劳怎么没人提起呢？

后来我曾经想请田先生参加作协举办的文学活动，但是迟迟没有找到合适的题目。后来呢，又过了一阵，文艺界内的气氛越来越紧张了。田先生忽然给我来了一封信，说他一向佩服诗人艾青，想必我会认识艾青，请我给介绍介绍。那些天，正好是艾青同志倒霉挨骂的时候，我刚刚参加过批判艾青的内部会议。还在艾青同志屋里听他诉过苦，这怎么答复啊？属于"外行"的田先生，哪里会明白这些内情，我这个做学生的，又怎好贸然把这些话告诉田先生。紧接着是批判《武训传》，批俞平伯，批胡风，直到批右派，我自己也被送下乡，刊物也关门了。田先生幸喜与诸事无关，就不必多谈了。

我竟然无法答报师恩，竟然无法告诉他："田先生，你落后了，做学生的要来告诉你文学是怎么回事了。"这是胡扯，他不是落后，我想他还是和从前一样，把左翼文学园地看作一块纯洁光明的花园，这对于他来说，其实是幸福的。他仍然是忠于自己事业的老教师，并没有人掐着他的脖子叫他怎样讲文学。当然，紧接着文艺界这些不幸，这样关心文学事业的田先生，不会一直听不见看不见。不幸的是我,不能再和他细谈。

我默默不能赞一辞,竟眼看着我本以为应当光华四射的老师终于湮没。我胡思乱想,整夜睡不着,有时想,真不如那时候田先生不教我,不让我知道什么左翼文学,早没有这位先生多好。有时候又想起十六岁的时候,这位影响我最深的先生,我怎能忘掉。

到现在我来提笔怀念田先生,是没有什么可顾虑的时候了,可是算一算他该已八十几岁,谁知道还在不在人世啊。

佳作赏析:

韦君宜(1917—2002),生于北京,作家。著有散文集《似水流年》《故国情》,小说集《女人集》等。

对于许多人而言,上学时的老师对一个人的影响可谓深远,有时甚至可能影响甚至决定一个人的一生。在这篇文章里,作者就回顾了当年上学时一位并不出名但却对自己影响深远的老师:田騕。这位老师对于作者的影响主要体现在文学道路的指引和先进思想的启蒙熏陶上。他思想激进、文学造诣深厚、教学方法新颖,深得学生爱戴。虽历经世事变迁,但多少年以后仍然保留着对文艺的激情和美好愿景。这份执着令人不胜唏嘘。这位教师用自己的思想和行动感染着周围的学生,深刻影响了作者,以至她始终念念不忘,这篇文章算是对老师最好的纪念和追忆。

金岳霖先生

□ ［中国］汪曾祺

　　六十年代时，在北京王府井大街上，人们常能看到有一位奇特的老人，他坐在一辆平板三轮车上，饶有兴味地看着街两边热闹繁华的商店，还有那来来往往的人流。

　　这位老人，就是北京大学的老教授，著名的哲学家金岳霖先生。

　　金岳霖先生是我四十年代在西南联大上学时的老师——沈从文先生的好朋友，当时金先生也随清华大学来西南联大任教。沈先生当面和背后都称他为"老金"，大概时常来往的熟朋友都这样称呼他。关于金先生的事，有一些是沈先生告诉我的。

　　金先生的样子有点怪。他常年戴着一顶呢帽，进教室也不脱下。每当新学年开始，给新的一班学生上课，他的第一句话总是："我的眼睛有毛病，不能摘帽子，并不是对你们不尊重，请原谅。"他的眼睛有什么病，我不知道，只知道怕阳光，因此他的呢帽的前檐压得比较低，脑袋总是微微地仰着。他后来配了一副眼镜，这副眼镜的镜片一只是白的，一只是黑的。这就更怪了。

后来在美国讲学期间把眼睛治好了——好一些了，眼镜也换了，但那微微仰着脑袋的姿态一直还没有改变。他身材相当高大，经常穿一件烟草黄色的麂皮夹克，天冷了就在里面围一条很长的驼色的羊绒围巾。联大的教授穿衣服是各色各样的。闻一多先生有一阵穿一件式样过时的灰色旧夹袍，是一个亲戚送给他的，领子很高，袖口极窄。联大有一次在龙云的长子、蒋介石的干儿子龙绳武家里开校友会（龙绳武的夫人是清华校友），闻先生在会上大骂："蒋介石，王八蛋！混蛋！"那天穿的就是这件高领窄袖的旧夹袍。朱自清先生有一阵披着一件云南赶马人穿的蓝色毡子的"一口钟"（即斗篷，又叫"一裹圆"）。除了体育教员，教授里穿夹克的，好像只有金先生一个人。他的眼睛虽然到美国治疗过，但眼神仍不大好，以致走起路来有点深一脚浅一脚的。他就这样穿着黄夹克，微仰着脑袋，深一脚浅一脚地在联大新校舍的一条土路上走着……

金先生教逻辑，逻辑是西南联大文学院一年级学生的必修课。班上学生很多，上课在大教室，坐得满满的。虽然在中学里没听说有逻辑这门学问，但大一的学生对这课都很有兴趣。金先生上课有时要提问，但那么多的学生，他不能都叫得上名字来——联大是没有点名册的，于是他有时一上课就宣布："今天，穿红毛衣的女同学回答问题。"这时，所有穿红毛衣的女同学就都又紧张又兴奋。那时联大女生以在蓝阴丹士林旗袍外面套一件红毛衣为时髦，穿蓝毛衣、黄毛衣的极少。问题回答得流利清楚，也是件出风头的事。金先生很注意地听着，完了，说："Yes！请坐！"

学生也可以提出问题，请金先生解答。学生提的问题深浅不一，金先生有问必答，很耐心。有一个华侨同学叫林国达，操广东普通话，最爱提问题，问题大都奇奇怪怪。他大概觉得逻辑这门学问是挺"玄"的，应该提点怪问题。有一次他又站起来提了一个怪问题，金先生想了一想，说："林国达同学，我问你一个问题：Mr. Lin Guo da is perpenticular to the blackboard（林国达君垂直于黑板），这是什么意思？"林国达傻了。林国达当然无法垂直于黑板，但这句话在逻辑上没有错误。

后来，林国达游泳淹死了。金先生上课时说："林国达死了，很不幸。"这一堂课，金先生一直没有笑容。

有一个同学，大概是陈蕴珍，即萧珊，曾问过金先生："您为什么要搞逻辑？"逻辑课的前一半讲三段论，大前提、小前提、结论、周延、不周延、归纳、演绎……还比较有意思；后半部全是符号，简直像高等数学。她的意思是：这种学问多么枯燥！金先生的回答是："我觉得它很好玩。"

除了必修课逻辑外，金先生还开了一门"符号逻辑"，是选修课。这门学问对我来说简直是天书。选这门课的人很少，教室里只有几个人。学生里最突出的是王浩。金先生讲着讲着，有时会停下来问："王浩，你以为如何？"于是这堂课就成了他们师生二人的对话。王浩现在在美国，前些年写了一篇关于金先生的较长的文章，我没有见到。

王浩和我是相当熟的。他有个要好的朋友王景鹤，和我同在昆明黄土坡一个中学教书，王浩常来玩。来了，常打篮球。大都是吃了午饭就打。王浩管吃了饭就打球叫"练盲肠"。王浩的相貌颇"土"，脑袋很大，剪了一个光头——联大同学剪光头的很少，说话带山东口音。他现在成了洋人——美籍华人、国际知名的学者。我实在想象不出他现在是什么样子。前年他回国讲学，托一个同学要我给他画一张画。我给他画了几个青头菌、牛肝菌，一根大葱，两头蒜，还有一块很大的宣威火腿——火腿是很少入画的。我在画上题了几句话，有一句是"以慰王浩异国乡情"。王浩的学问，原来是师承金先生的。一个人一生哪怕只教出一个好学生，也值得了。当然，金先生的好学生不止一个人。

金先生是研究哲学的，但是他看了许多小说。从普鲁斯特到福尔摩斯，都看。听说他很爱看平江不肖生的《江湖奇侠传》。有几个联大同学住在金鸡巷，有陈蕴珍、王树藏、刘北汜、施载宣（萧荻）。他们住的楼上有一间小客厅，沈先生有时拉熟人去给少数爱好文学、写写东西的同学讲一点什么。金先生有一次也被拉了去。他讲的题目是《小说和哲学》。题目是沈先生给他出的。大家以为金先生一定会讲出一番道理。不料金先生讲了半天，结论却是：小说和哲学没有关系。有人问：那么《红楼梦》呢？金先生说："红楼梦里的哲学不是哲学。"他讲着讲着，忽然停下来："对不起，我这里有一个小动物。"他把右手伸进后脖颈，捉出了一个跳蚤，捏在手指里看看，甚为得意。

金先生是个单身汉（联大教授里有不少光棍，杨振声先生曾写过一篇游戏文章《释鳏》，在教授间传阅），无儿无女，但是过得自得其乐。他养了一只很大的斗鸡（云南出斗鸡）。这只斗鸡能把脖子伸上来，和金先生一个桌子吃饭。他常常带着大梨、大石榴去和别的教授的孩子斗鸡。斗输了，就把梨或石榴送给他的这些小朋友，然后他再去买。

金先生朋友很多，除了教哲学的教授外，时常来往的，据我所知，有梁思成、林徽因夫妇，沈从文，张奚若……"君子之交淡如水"，坐定之后，清茶一杯，闲话片刻而已。金先生对林徽因的谈吐才华十分欣赏。现在的年轻人多不知道林徽因。她是学建筑的，但是对文学的趣味极高，精于鉴赏，所写的诗和小说如《窗子以外》《九十九度中》，风格清新，一时无二。林徽因死后，有一年，金先生在北京饭店请了一次客，老朋友收到通知，都纳闷：老金为什么请客？到了之后，金先生才宣布："今天是徽因的生日。"

金先生晚年一直在北大哲学系任教。他深居简出。毛主席曾经对他说："你要接触接触社会。"金先生已经八十岁了，怎么接触社会呢？他和一个蹬平板三轮车的约好，每天蹬着他到王府井一带转一大圈。于是就有了本文开始时的那一幕。我想象金先生坐在平板三轮上东张西望，那情景一定非常有趣。王府井人挤人，熙熙攘攘，谁也不会知道这位东张西望的老人是一位一肚子学问，为人天真，热爱生活的大哲学家。

金先生治学精深，但著作不多。除了一本大学丛书里的《逻辑》，我所知道的，还有一本《论道》。其余还有什么，我不清楚，须问王浩。

我对金先生所知甚少。希望熟知金先生的人把金先生好好写一写。

佳作赏析：

汪曾祺（1920—1997），江苏高邮人，作家。著有小说集《邂逅集》，小说《受戒》《大淖记事》，散文集《蒲桥集》等。

汪曾祺散文的特点是风趣诙谐，口语化，读他的文章好像在听一个人聊天。如果用风趣的语言再写一位"稀奇古怪"的人物，那真算"相得益彰"，肯定会妙趣横生，而这篇文章就达到了这样的艺术效果。金岳霖作为我国著名的哲学家、逻辑学家，在生活中是一个很奇怪的人：不仅穿戴怪，行为做事也怪。常人眼里枯燥无味的逻辑学在金先生眼里"很好玩"；平时养一只斗鸡一起吃饭，然后去和小朋友们一起斗鸡；林徽因已逝世却仍在其生日当天请客；接触社会的方法竟然是让别人蹬着三轮车拉他去王府井大街转悠。这些事情无不体现着金岳霖古怪的思维方式和天真的性格，使得我们对于这位学术大师有了新的认识：几分可笑，几分可爱。

周公遗爱程派千秋

□ [中国] 吴祖光

如事说来有万千，周公遗爱在人间；

伤时一曲《荒山泪》，立雪程门代代传。

提笔写这篇小文的时候，忍不住心底的隐隐酸痛。日月如流，时光老去，当年的情景还历历如在目前，而当年的人，祖国的、甚至是世界的精英，却已经离开我们，不再回来。

一九五四年秋，一天，我和凤霞应邀到周总理家里作客。被邀请的还有老舍先生和夫人胡絜青，曹禺同志和夫人邓译生。总理和邓大姐高兴地接待我们，请我们吃螃蟹。

看到总理和邓大姐总是非常教人喜欢的。总理问我现在正在做什么事情，我回答说从去年接受了拍摄《梅兰芳的舞台艺术》影片的任务，目前正在做一系列的筹备工作，预定要到一九五五年才能着手拍摄。总理详细询问了拍摄方案和五个剧目的情况，然后说了一句："咳！可惜！"我问总理"可惜"

什么，总理说："可惜程砚秋不能拍电影了。"我又问总理为什么程先生不能拍电影，总理说程砚秋的体型这样胖大，连舞台都不能上了，怎么拍电影？我对总理说，胖大和瘦小都是比较而言，程固然胖大，但是假如比程更胖大的人和程站在一起，程就会显得瘦小；假如把布景放大，道具放大，对比之下程也会显得瘦小些；尤其是电影，最能"弄虚作假"，可以解决在舞台上克服不了的困难。总理听我说了这些，高兴得笑了起来，对我说："在延安的时候，我们对京剧的爱好也有两派：梅派和程派。"我问总理是哪一派，总理很认真地回答说："我是程派。"

我从一九四七年秋天在香港从事电影导演的职业，到一九五五年已经有八年了。经过八年工作的实践，我早已自我感觉不能胜任电影导演这个繁重的工作。因此早在接受导演梅片之前，我便向电影局领导恳切说明了自己的苦衷，要求今后只作专业的编剧，不再担任导演的工作了。由于我多次请求，得到了允许。一九五五年冬天，看到了梅片的最后完成片，经过文化部审查通过，我深为从此摆脱了电影导演的工作而庆幸。我怀着十分轻松的心情回家，睡了一宿好觉。但是第二天一早我接到一个电话，是中央新闻纪录电影制片厂厂长兼代北影厂长钱筱璋同志打来的。他说有要紧事，要我马上到厂里去一下。我赶到厂里，筱璋让我坐下，笑着对我说："找你来是要你接受一个新的任务，再拍一部电影……"还没有听完这句话我就急了。我说："领导上早就同意我不再做导演了，我决不会再接受导演任务了。"筱璋说："这部戏的任务你必须接受。这任务是总理交下来的，让你导演也是总理指定的。"我愣住了，问筱璋是什么任务，筱璋说："导演一部程砚秋的戏。"这一下真把我吓住了。我说："程先生的体型这么胖这么大！这部戏你让我怎么拍？"筱璋说："昨天总理交任务的时候我也向总理提出程的体型问题，但是总理对我说，让我们选择比程更高大的配角演员，作大尺寸的布景道具，电影是有办法解决这个问题的。"这让我没话说了，这原是一年多以前我对总理说过的话，如今我能有什么理由不接这个任务呢？接着筱璋告诉我，总理对此还作了更加具体的指示：这部电影不要照梅片那样拍几个剧目，而是只拍一个节目，但是要进行一些加工。希望通过这一个节目，把程在唱、念、做各方面的长处都表现出来。敬爱的总理是这样细致周到、认真负责地热爱和扶持戏剧艺术，使我内心只有感动。我以极为感激的心情接受了这一新的任务。

按照总理的指示，我去拜访了程砚秋先生。使我又一次感到意外的是总理已经在这之前对程先生做了工作，关于程自己也早已苦恼着的体型问题，总理也作了一些说服，已经用不着我再说什么了。因此我们立即谈到剧目选择的问题，考虑到总理要求通过一个剧目来概括程的多方面的成就，程首先提出的是他自己认为最理想的《锁麟囊》。

《锁麟囊》的主题宣传善有善报。一个阔小姐由于一时发了善心，帮助了一个贫穷的姑娘，穷姑娘因而致富。后来由于遭了天灾，阔小姐漂泊无依变成了穷人，却遇到过去受过她的恩惠、由穷变富的姑娘的搭救而全家团圆。故事本身原也合情合理，离合悲欢各有其趣，但是这样的情节，显然是宣扬"阶级调和论"，将会是不易被允许的，甚至连修改的可能也不存在。我们一起研究的结果，程先生也认为这不合乎当前的道德标准，只得忍痛割爱。最后决定了拍摄程的另一代表作，以祈祷和平反对战争为主题的剧目《荒山泪》。

由于《荒山泪》剧本比较简单和粗糙，这样也就正符合总理的指示，给了我们加工、充实、修改的余地。北京电影制片厂召开了艺术委员会，研究了剧本的内容与结构，拟定了修改方案。

程先生同意我们的方案，商定由我执笔改写。使我至今印象极深的是，在我动笔之前他再三嘱咐我，要我在写唱词时不要受到任何格律的限制，希望我多写长短参差的句子。他说："你怎么写，我怎么唱；你写什么，我唱什么；你的唱词越别致，我的唱腔也就越别致。"后来的实践证明了程先生的保证，证明了程不但是一个歌唱家，而且是一个极为高明的作曲家。由于时间急迫，我改写剧本只用了不到半个月时间，改动的地方相当多，改好一场送一场给他，他立即进行唱腔的谱写。剧本改完的第二天，他的创腔工作也全部完毕，而且已经和乐队一起合乐唱出来了。正如他所说，我写的唱词他未做一字的修改，的确做到"我写什么，他唱什么"。据我了解，已故的另一位号称"通天教主"的京剧大师王瑶卿先生，也有同样的本领。前辈演员在音乐作曲方面的高度才能将是永远值得后人学习的典范。

从剧本改写到排练完成，总共只不过用了二十天时间。一九五六年三月三十日在北影演员剧团礼堂彩排演出了一场，程先生表演艺术的光辉在这里留给我们的印象是永远也不会消失的。可惜的是那天的观众除去北影厂的工作人员及家属之外，没有什么其他文艺界人士。我只记得由于极为偶然的情况，我邀请了三位同志来看戏，即阎宝航、孙维世和金山同志。三人之中宝航和维世均成古人，尤令人感慨系之。虽然在这以前程早已表示他决定"退休"，结束了他的"舞台生涯"，但是看过这场演出的人都被他的独具一格、富有高度艺术魅力、荡气回肠的程腔，以及他的特别富有表现能力、千姿百态的水袖功夫，脸上的悲楚感人的表情，变化多端的优美身段所征服了。不少人不约而同地希望他不要终止他的舞台生活，认为他的舞台上的生命力还正处在充沛饱满的阶段，他的表演艺术也正是处于炉火纯青之时。但是事实上这一次却正是程砚秋一生中的最后一场的告别演出。两年之后，即一九五八年，程砚秋先生便一病不起，离开了人间。

在《荒山泪》影片开始筹备时，曾发生过一次十分出我意外的事情：已故的音乐家盛家伦是我多年的老朋友并且同住在一个院落里。一天他来到我家，告诉我程砚秋先生刚去过他那里，目的是了解吴祖光的情况，吴的为人如何？会不会真心诚意、毫无恶意地从事这一拍摄工作？由于他对盛家伦的信任，因此当盛向他保证吴的诚信时，程才满意地告辞去了。在这以后，程也向我提出过一次类似性质的问题，即是我们摄制组担任录音工作的同志出身于"梨园世家"，但是与程不属于一个派系，程怀疑他会不认真地工作而致影响录音的质量。我告诉程先生，录音的质量自有其客观标准，录音师保证录音质量是他的当然职责；不认真工作、甚至故意搞坏的事情是绝不可能发生的。虽然我对此再三保证，而我感觉程还是将信将疑的。

程的疑虑很快便消失了。事情的经过是这样的：影片的拍摄，由于戏曲的特殊性，全部录音工作必须先期进行。工作日程安排了一个星期时间录下全剧的唱和文武场音乐。记得第一天开始工作，录音师的认真态度便打动了程先生。为了保证录音质量，需要尽可能的安静，尽管录音室有着较严密的隔音设备，我们还是决定在晚上进行工作，上班时间定在八时以后，但是录音师和他的助手们都是很早就到现场开始作一系列的准备工作了。程先生在八点以前也到了录音室，他看见大家早已在忙碌地工作，已经受到了感动；看见录音师为了音响的强弱而反复试验，不断地移动每一种乐器演奏人员的座位，我更从程的表情上发现了他内心的感动。第一段唱试录之后，马上放出来让大家听了一遍，首先是录音师，然后大家纷纷提出这一段唱中的毛病和需待改进之处，对声音的质量、唱和伴奏等等方面都作了极为细致的研究，这时我又看到程先生为录音师的认真负责的态度而更加大大地感动了。当时决定第二天开始正式录音，第二天当大家工作到晚上十点多钟的时候，突然看见程剧团的两位同志挑着两副担子，一共四个大圆笼的食品盒来到录音室。放下挑子，打开圆笼，原来是四笼精制的还冒着热气的宵夜点心。程先生殷勤地劝大家吃夜餐，使大家都窘住了。我告诉程先生说厂里食堂每晚都为大家准备夜餐，不能接受这样的款待，但是看见程先生显然是因此而不高兴了，大家终于领受了程先生的盛情。程先生采取了这样的一种方式表示了他对摄制组工作人员的信任，他的这种心情，摄制组中我是唯一能够理解的。整个录音工作大致是顺利的，其中只有一段"献衣抵税"的从"摇板"转"快板"的一段唱腔一连录了十六次都不满意，而中断了这一晚的工作，改到下一个晚上重录时才一次录成。这样程先生对我们每一环节的工作认真负责的态度才有了更为深刻的印象。在最后一天录音时，程先生在工作休息的间歇时和我谈心。他略带歉意地对我说，他当初错疑了录音师是由于自己的狭隘，但是形成这样的怀疑是有历史原因的：过去的社会太黑暗，生活道路上布着重重陷阱，层层障碍，要处处提防有人在暗中使坏。程先生的坦率、直爽、光明磊落，心口如一的胸襟气度也教育了我。

程先生的性格还表现在另一方面，在和程一起工作的日子里，我们经常一起挤公共汽车，一起吃饭。唱了一辈子旦角的程砚秋却有着典型的男子汉大丈夫的气派，这也表现在他的日常生活和嗜好方面。譬如他抽烟抽的是粗大的烈性雪茄烟，有一次我吸了一口，呛得我半晌说不出话来；喝的也是烈性的白酒，而且酒量很大，饮必豪饮。我劝他，抽这样的烟，喝这样的酒会坏嗓子，应当戒掉。他淡然一笑，说："嗓子不好的，不抽烟不喝酒也好不了；嗓子好的，抽烟喝酒也坏不了。"终于在录音开始后，程的嗓音发毛，不够圆润，不够干净。我正式向他提出，在录音工作的这一个星期里不要抽烟饮酒，他接受了我的要求。

程砚秋在大约四十年左右的舞台生涯中，以他独特的卓越的程腔闻名于世。他的成就有他天赋的因素，但他的勤奋是更大的决定因素。作为歌唱家而言，程并不具有那种最响亮的歌喉，他的声音偏于低暗，但他却凭借自己的条件，创出独具风格的程腔。他的唱腔婉转柔韧，以凄楚幽怨见胜；唱到感情最深沉的时候，歌声细似游丝而不绝如缕，那是他最见功力的地方。唱到这里的时候，满堂听众真是屏息以待，连口大气都不敢出。只觉得这一线歌声似乎发自幽谷，却又百转千回升入云霄，然后一落千丈直下深潭涧底。就这样弹拨着听众和观众的心弦，听得人如梦如痴，如饮醇醪，不觉自醉。几十年来，程腔风靡大江南北，直到如今还有那么多的"程迷"对程腔的喜爱几乎达到了顶礼膜拜的程度。这是京剧艺术家程砚秋独具的光荣。

程先生的身段优美是众所周知的。《荒山泪》中末场入山的全身旋转的大圆场的动作完全是一场大芭蕾舞，令人叹为观止。程的舞蹈还得力于他的武术基础，曾经有一个北京著名的武术家对我说过，程先生还是一位有很高地位和造诣的武术家，他在武术界所占的地位，不亚于他在京剧界的地位。程也曾经向我兴致勃勃地讲述他习武的经历，讲过向已故的赫赫有名的武术大师醉鬼张三切磋武艺的情景。还讲过在日伪时期的北平车站上受到日伪军的侮辱，奋起还击，以一当十地打退来犯者的情况，并且从这以后谢绝舞台，在西山耕田种地，表现了一个爱国的艺术家的坚贞气节。

身体非常健康的程砚秋先生在拍完《荒山泪》之后的一九五七年经周总理的介绍光荣地参加了中国共产党，实现了他一生中最崇高的志愿。但是出人意料地却是在不久之后的一九五八年三月九日不幸病逝，那时我不在北京，闻此噩耗十分悲痛。不幸中之大幸是在他生前好歹还留下这一部《荒山泪》，能使我们至今还能看到人在舞台上的音容风采。

一九五七年春天，文化部在北京召开了一次全国电影工作者的会议。在会议结束时在北京饭店举行了一个联欢晚会。大家正在欢聚畅叙时，传来一个喜讯，周总理来到了我们的会场。大家站起来欢迎总理，看见总理笑容满面地从大门走了进来。使我没想到的是总理穿过济济一堂的与会者朝着我们这一张桌子走过来了，一直走到这张桌前停住脚，在我对面坐下来。总理坐定之后，高兴地对我说："昨天晚上我看了一部好电影。"我说："您看了什么好电影？"总理说："我看了《荒山泪》，改编得不错，比以前饱满得多，程砚秋的表演得到了全面发挥。由于你们也发挥了电影镜头的作用，使观众看到了在剧场里看不到的角度。这部片子应当好好宣传一下，你应当写一些文章……好好介绍给观众。"

没有辜负总理的期望，完成了总理交给的任务，并且受到总理的表扬，这是对我很大的鼓励。即使原来不是总理叫我写文章，我也是要写文章的，何况是总理当面叫我写文章呢？但是由于反右斗争开始了，我没有可能写这篇文章了。事隔二十二年之后我才写出这篇文章，思来想去真是不尽心酸。

这又使我想起，那年夏天在团中央礼堂一次大会批判我的时候，我坐在第一排，看见程先生坐在主席台上，皱着眉看着我。我低下头去记录批判我的发言，待我再抬起头时，程先生已不在台上了。直到大会开完，也没见程先生回到台上，那是我最后一次见到程砚秋先生时留给我的最后印象——这样一个我和程先生在一起时从未见过的皱着眉头很不愉快的表情，而我留给程先生的也只能是一个情绪低沉的痛苦表情罢？这对我说来将是永远也无可弥补的缺憾。

佳作赏析：

　　吴祖光（1917—2003），江苏武进人，剧作家。著有话剧《风雪夜归人》《林冲夜奔》，电影剧本《国魂》，散文集《后台朋友》《艺术的花朵》等。

　　这是一篇怀念和追忆京剧表演艺术家程砚秋先生的文章。程砚秋作为"四大名旦"之一，创立的程派艺术一直为广大戏曲爱好者所痴迷，而作者在文章中更透露了这样一个事实：周恩来总理生前对程派艺术也十分喜爱。文章回顾了作者以电影导演的身份接受周总理指派导演拍摄京剧电影《荒山泪》的主要经过，对程砚秋先生高超的表演艺术，杰出的谱曲能力，坦率、直爽的性格都做了生动的展现和描写，对程砚秋的突然逝世表示了遗憾和悲痛。从这篇文章中，我们也可以看到周总理对传统戏曲艺术、艺人的重视、关心。

吴宓先生与钱钟书

□ [中国] 杨绛

钱钟书在《论交友》一文中曾说过：他在大学时代，五位最敬爱的老师都是以哲人、导师而更做朋友的。吴宓先生就是其中一位。我常想，假如他有缘选修陈寅恪先生的课，他的哲人、导师而兼做朋友的老师准会增添一人。

我考入清华研究生院在清华当研究生的时候，钱钟书已离开清华。我们经常通信。钟书偶有问题要向吴宓先生请教，因我选修吴先生的课，就央我转一封信或递个条子。我有时在课后传言，有时到他居住的西客厅去。记得有一次我到西客厅，看见吴先生的书房门开着。他正低头来回踱步。我在门外等了一会，他也不觉得。我轻轻地敲敲门。他猛抬头，怔一怔，两食指抵住两太阳穴对我说："对不起，我这时候脑袋里全是古人的名字。"这就是说，他叫不出我的名字了。他当然认识我。我递上条子略谈钟书近况，忙就走了。

钟书崇敬的老师，我当然倍加崇敬。但是我对吴宓先生崇敬的同时，觉得他是一位最可欺的老师。我听到同学说他"傻得可爱"，我只觉得他老实得可怜。当时吴先生刚出版了他的《诗集》，同班同学借口研究典故，追问每一首诗的本事。有的他乐意说，有的不愿说。可是他像个不设防的城市，一攻就倒，问什么，说什么，连他意中人的小名儿都说出来。吴宓先生有个滑稽的表情，他自觉失言，就像顽童自知干了坏事那样，惶恐地伸伸舌头。他意中人的小名并不雅训，她本人一定是不愿意别人知道的。吴先生说了出来，立即惶恐地伸伸舌头。我代吴先生不安，也代同班同学感到惭愧。作弄一个痴情的老实人是不应该的，尤其他是一位可敬的老师。吴宓先生成了人口谈笑的话柄——他早已是众口谈笑的话柄。他老是受利用，被剥削，上当受骗。吴先生又不是糊涂人，当然能看到世道人心和他理想的并不一致。可是他只感慨而已，他还是坚持自己一贯的为人。

钱钟书和我同在英国牛津的时候，温源宁先生来信要钟书为他《不够知己》一书中专论吴宓的一篇文章写个英文书评。钟书立即遵命写了一篇。文章寄出后，他又嫌写得不够好。他相信自己的英文颇有进境，可以写出更漂亮的好文章。他把原稿细细删改修润，还加入自己的新意，增长了篇幅。他对吴宓先生的容易受愚弄不能理解，对吴先生的恋爱不以为然，对他钟情的人尤其不满。他自出心裁，给了她一个雅号：super-annuated Coquette. Coquette，在我国语言里好像没有等同的名称，我们通常译为"卖弄风情的女人"，多少带些轻贱的意思。英语里的这个字，并不一定是贬词。如果她是妙龄女郎，她可以是个可爱的女子。但是加了一个形容词 super-annuated（过期的，年龄过高的，或陈旧的），这位 Coquette 只能是可笑的了。如译成中文，名称就很不客气，难免人身攻击之嫌。而这两个英文字只是轻巧的讥诮。钟书对此得意非凡，觉得很俏皮。他料想前不久寄给温源宁先生的稿子不会立即刊登。文章是议论吴宓先生的，温先生准会先让吴先生过目。他把这篇修改过的文章直接寄给吴先生，由吴先生转交温先生，这样可以缩短邮程，追回他的第一稿。他生怕吴先生改掉他最得意的 super-annuated Coquette 之称，蛮横无理地不让删改一字。他忙忙地寄出后就急切等待温先生的欣赏和夸奖。

温先生的回信来了，是由吴先生转来的。温先生对钟书修改过的文章毫无兴趣，只淡淡说：上次的稿子已经刊登，不便再登了。他把那第二稿寄吴宓先生，请他退回钱钟书，还附上短信，说钟书那篇文章当由作者自己负责。显然他并不赞许，更别说欣赏。

钟书很失望，很失望。他写那第二稿，一心要博得温先生的赞赏。不料这番弄笔只招来一场没趣。那时候，温源宁先生是他崇敬的老师中最亲近的一位。温先生宴请过我们新夫妇。我们出国，他来送行，还登上渡船，直送上海轮。钟书是一直感激的。可是温先生只命他如此这般写一篇书评，并没请他发挥高见，还丑诋吴先生爱重的人——讥诮比恶骂更伤人啊，这对吴先生出言不逊。那不是温先生的本意。钟书兴头上竟全没想到自己对吴先生的狂妄。

钟书的失望和没趣是淋在他头上的一瓢清凉水。他随后有好多好多天很不自在。我知道他是为了那篇退回的文章。我也知道他的不自在不是失望或没趣，而是内疚。他什么也没说，我也没问，只陪着他心中不安。我至今还能感到那份不安的情味。因为我不安也是内疚。我看到退稿，心上想了想：温先生和吴先生虽然"不够知己"，究竟还是朋友；钟书何物小子，一个虚岁二十七的毛孩子，配和自己崇敬的老师辈论知己吗？我如果稍有头脑，应该提醒他，劝阻他。尽管我比他幼稚，如果二人加在一起，也能充得半个诸葛亮。但是我那时身体不适，心力无多，对他那两篇稿子不感兴趣，只粗粗地看看，跳进眼里的只是那两字的雅号，觉得很妙。我看着他忙忙地改稿寄信，没说什么话。我实在是对他没有关心，而他却没有意识到我的不关心。这使我深深内疚。我们同在内疚，不过缘由不同。

我的了解一点不错。多年后，我知道他到昆明后就为那篇文章向吴宓先生赔罪了。吴先生说："我早已忘了。"这句话确是真话，吴宓先生不说假话。他就是这样一位真诚而宽恕的长者。

一九九三年春，钟书住医院动了一个大手术。回家刚不久，我得到吴宓先生的女儿吴学昭女士来信，问我们是否愿意看看她父亲日记中说到我们两人的话。她征得同意，寄来了她摘录的片段。钟书看到后，立即回信向学昭女士自我检讨，谴责自己"少不解事，又好谐戏，同学复怂恿之，逞才行小慧……"等等。这段话似乎不专指一篇文章，也泛指他早年其他类似的文章。信上又说："内疚于心，补过无从，唯有愧悔。"这显然是为了使吴宓先生伤心的那篇文章。尽管他早已向吴先生当面请罪，并得到宽恕，他始终没有忘怀。他信上还要求把他这封自我检讨的信附入《吴宓日记》公开发表，"俾见老物尚非不知人间有羞耻事者"。按说，多年前《天下》刊登的那篇文章是遵温源宁先生之命而写的，第二稿并未公开发表，读到全文的没几个人。小事一桩，吴先生早已忘了，钟书也不必那么沉重地谴责自己。可是，我过去陪着他默默地内疚，知道他心上多么不好过。他如今能公开自责，是快意的事。他的自责出于至诚，也唯有真诚的人能如此。钟书在这方面和吴宓先生是相同的。吴宓先生是真诚的人，钟书也是真诚的人。

钟书对我说：吴宓先生这部日记，值得他好好儿写一篇序。他读过许多日记，有的是 Rousseau 式的忏悔录，有的像曾文正公家书那样旨在训诫。吴先生这部日记却别具风格。可惜他实在没有精力写大文章，而他所看到的日记仅仅是一小部分。他大病之后，只能偷懒了。他就把自己的请罪信作为《代序》。

《代序》中说，他对吴宓先生"尊而不亲"。那是指他在清华当学生的时期。其实，吴宓先生是他交往最长久、交情最亲近的一位老师。其他几位，先后都疏远了。六十年代初，吴先生到了北京，还到我家做客，他在我们家吃过晚饭，三人在灯下娓娓话家常，谈体己，乐也融融。此情此景，一去不复返了。

现在却流传着一则谣言，说钱钟书离开西南联大时公开说："西南联大的外文系根本不行：叶公超太懒，吴宓太笨，陈福田太俗。"自命"钱学专家"的某某等把这话一传再传。谎言传得愈广，愈显得真实。众口一词，还能是假吗？据传，以上这一段话，是根据周榆瑞的某一篇文章。又据传，周榆瑞是根据"外文系同事李赋宁兄"的话。周榆瑞去世已十多年了，可是李赋宁先生还健在啊。他曾是钱钟书的学生。我就问他了。他得知这话很气愤。他说："想不到有人居然会这样损害我的几位恩师。"他也很委屈，因为受了冤枉。他郑重声明："我从未听见钱钟书先生说'叶公超太懒，陈福田太俗，吴宓太笨'或类似的话。我也不相信钱先生会说这样的话。"他本想登报声明，可是对谁声明、找谁申辩呢？他就亲笔写下他的"郑重声明"，交我保存。我就在这里为他声明一下。高明的读者，看到这类"传记"，可以举一反三。

佳作赏析：

杨绛（1911—），江苏无锡人，女作家、翻译家。著有《干校六记》《将饮茶》《我们仨》等作品。

杨绛是钱钟书的夫人。这篇文章回顾了钱钟书与其老师吴宓的一些交往经历，提及了吴宓先生的一个重要特点：老实得可怜。不仅其他许多同学就此取笑吴宓先生，钱钟书借另一位老师约稿的机会竟也专门写了议论文章。尽管其中的第二篇后来并没有公开发表，但钱钟书却为自己取笑师长的行为内疚了很长时间，虽然当面向吴先生赔了罪，到晚年仍不能释怀，又再次公开声明表示歉意。吴宓先生为人师长的大度，钱钟书赔罪道歉的真诚，都令人敬佩。除此以外，杨绛在文末还专门就社会上的一些谣传作了澄清。

老王

□〔中国〕杨绛

我常坐老王的三轮。他蹬，我坐，一路上我们说着闲话。

据老王自己讲：北京解放后，蹬三轮的都组织起来，那时候他"脑袋慢"，"没绕过来"，"晚了一步"，就"进不去了"。他感叹自己"人老了，没用了"。老王常有失群落伍的惶恐，因为他是单干户。他靠着活命的只是一辆破旧的三轮车；有个哥哥死了，有两个侄儿"没出息"，此外就没什么亲人。

老王不仅老，他只有一只眼，另一只是"田螺眼"，瞎的，乘客不愿坐他的车，怕他看不清，撞了什么。有人说，这老光棍大约年轻时候不老实，害了什么恶病，瞎掉一只眼。他那只好眼也有病，天黑了就看不见。有一次，他撞在电杆上，撞得半面肿胀，又青又紫。那时候我们在干校，我女儿说他是夜盲症，给他吃了大瓶的鱼肝油，晚上就看得见了。他也许是从小营养不良而瞎了一眼，也许是得了恶病，反正同是不幸，而后者该是更深的不幸。

有一天傍晚，我们夫妇散步，经过一个荒僻的小胡同，看见一个破破落落的大院，里面有几间塌败的小屋，老王正蹬着他那辆三轮进大院去。后来我坐着老王的车和他闲聊的时候，问起那里是不是他的家。他说，住那儿多年了。

有一年夏天，老王给我们楼下人家送冰，愿意给我们家带送，车费减半。我们当然不要他减半收费。每天清晨，老王抱着冰上三楼，代我们放入冰箱。他送的冰比他前任送的大一倍，冰价相等。胡同口蹬三轮的我们大多熟识，老王是其中最老实的。他从没看透我们是好欺负的主顾，他大概压根儿没想到这点。

"文化大革命"开始，默存不知怎么的一条腿走不得路了。我代他请了假，烦老王送他上医院。我自己不敢乘三轮，挤公共汽车到医院门口等待。老王帮我把默存扶下车，却坚决不肯拿钱。他说："我送钱先生看病，不要钱。"我一定要给钱，他哑着嗓子悄悄问我："你还有钱吗？"我笑说有钱，他拿了钱却还不大放心。

我们从干校回来，载客三轮都取缔了。老王只好把他那辆三轮改成运货的平板三轮。他并没有力气运送什么货物。幸亏有一位老先生愿把自己降格为"货"，让老王运送。老王欣然在三轮平板的周围装上半寸高的边缘，好像有了这半寸边缘，乘客就围住了不会掉落。我问老王凭这位主顾，是否能维持生活。他说可以凑合。可是过些时老王病了，不知什么病，花钱吃了不知什么药，总不见好。开始几个月他还能扶病到我家来，以后只好托他同院的老李来代他传话了。

有一天，我在家听到打门，开门看见老王直僵僵地镶嵌在门框里。往常他坐在蹬三轮的座上，或抱着冰伛着身子进我家来，不显得那么高。也许他平时不那么瘦，也不那么直僵僵的。他面色死灰，两只眼上都结着一层翳，分不清哪一只瞎、哪一只不瞎。说得可笑些，他简直像棺材里倒出来的，就像我想象里的僵尸，骷髅上绷着一层枯黄的干皮，打上一棍就会散成一堆白骨。我吃惊地说："啊呀，老王，你好些了吗？"

他"唔"了一声，直着脚往里走，对我伸出两手。他一手提着个瓶子，一手提着一包东西。

我忙去接。瓶子里是香油，包裹里是鸡蛋。我记不清是十个还是二十个，因为在我记忆里多得数不完。我也记不起他是怎么说的，反正意思很明白，那是他送我们的。

我强笑说："老王，这么新鲜的大鸡蛋，都给我们吃？"

他只说："我不吃。"

我谢了他的好香油，谢了他的大鸡蛋，然后转身进屋去。他赶忙止住我说："我不是要钱。"

我也赶忙解释："我知道，我知道——不过你既然自己来了，就免得托人捎了。"

他也许觉得我这话有理，站着等我。

我把他包鸡蛋的一方灰不灰、蓝不蓝的方格子破布叠好还他，他一手拿着布，一手攥着钱，滞笨地转过身子。我忙去给他开了门，站在楼梯口，看他直着脚一级一级下楼去，直担心他半楼梯摔倒。等到听不见脚步声，我回屋才感到抱歉，没请他坐坐喝口茶水。可是我害怕得糊涂了，那直僵僵的身体好像不能坐，稍一弯曲就会散成一堆骨头。我不能想象他是怎么回家的。

过了十多天，我碰见老王同院的老李。我问："老王怎么了？好些没有？"

"早埋了。"

"呀，他什么时候……"

"什么时候死的？就是到您那儿的明天。"

他还讲老王身上缠了多少尺全新的白布——因为老王是回民，埋在什么沟里。我也不懂，没多问。

我回家看着还没动用的那瓶香油和没吃完的鸡蛋，一再追忆老王和我对答的话，捉摸他是否知道我领受他的谢意。我想他是知道的。但不知为什么，每想起老王，总觉得心上不安。因为吃了他的香油和鸡蛋？因为他来表示感谢，我却拿钱去侮辱他？都不是。几年过去了，我渐渐明白：那是一个多吃多占的人对一个不幸者的愧怍。

佳作赏析：

　　这是杨绛先生的名篇之一。文章语言平淡质朴，却意味隽永。

　　作者描写了一位名不见经传的处于社会底层的普通人——老王，回顾了"我"与老王交往的四个生活片段，详写了他在去世前的一天硬撑着身子给"我"送香油和鸡蛋一事。老王是一个老实巴交、没有受过多少教育、不善言辞的人力车夫，一生困苦，而钱钟书一家对他多有关心和帮助，所以才有临终前送东西的事。文章充满对弱者的同情、怜悯，洋溢着人道主义精神。寻常的人和事，实实在在的感情，用本色无华的语言串起，催人泪下。

我的塾师

□〔中国〕陆文夫

　　我六岁的时候开始读书了，那是一九三四年的春天。

　　当时，我家的附近没有小学，只是在离家二三里的地方，在十多棵双人合抱的大银杏树下，在小土庙的旁边有一所私塾。办学的东家是一位较为富有的农民，他提供场所，请一位先生，事先和先生谈好束脩、饭食，然后再与学生的家长谈妥学费与供饭的天数。富有者多出，不富有者少出，实在贫困而又公认某个孩子有出息者也可免费。办学的人决不从中渔利，也不拿什么好处费，据说赚这种钱是缺德的。但是办学的有一点好处，可以赚一只粪坑，多聚些肥料好种田，那时没有化肥。

　　我们的教室是三间草房，一间作先生的卧室，其余的两间作课堂。朝北篱笆墙截掉一半，配以纸糊的竹窗，可以开启，倒也亮堂。课桌和凳子各家自带，八仙桌、四仙桌、梳桌、案板，什么都有。

　　父亲送我入学，进门的第一件事便是拜孔子。"大成至圣先师孔子之位"的木牌供在南墙根的一张八仙桌上，桌旁有一张太师椅，那是先生坐的。拜时点燃清香一炷，拜烛一对，献上供品三味：公鸡、鲤鱼、猪头。猪头的嘴里衔着猪尾巴，有头有尾，象征着整猪，只是没有整羊和全牛，那太贵，供不起。

我拜完孔子之后便拜老师，拜完之后抬头看，这位老师大约四十来岁（那时觉得是个老头），戴一副洋瓶底似的近视眼镜，有两颗门牙飘在外面。黑棉袍、洗得泛白的蓝布长衫，穿一条扎管棉裤，脚上套一双"毛窝子"，一种用芦花编成的鞋，比棉鞋暖和。这位老师叫秦奉泰，我之所以至今还记得他的名字，那是因为我曾把秦奉泰读作秦秦秦，被同学们嘲笑了好长一阵，被人嘲弄过的事情总是印象特深。

秦老师受过我三拜之后，便让我站在一边，听我父亲交代。那时候，家长送孩子入学，照例要做些口头保证，大意是说孩子入学之后，一切都听先生支配，任打任骂，家长决无意见，决不抗议。那时的教学理论是"玉不琢不成器"，所谓琢者即敲打也。

秦老师也打人，一杆朱笔、一把戒尺是他的教具，朱笔点句圈四声，戒尺又作惊堂木，又打学生的手心，学生交头接耳，走来走去，老师便把戒尺一拍，叭地一响，便出现了琅琅的读书声。

秦老师教学确实是因材施教，即使是同时入学的学生，课本一样，进度却是不同的。我开始的时候读《百家姓》《三字经》。每天早晨教一段，然后便坐到课桌上去摇头晃脑地大声朗读，读熟了便到老师那里去背，背对了再教新的。规定是每天背一次，如果能背两次、三次，老师也不反对，而是加以鼓励。但也不能充好汉，因为三天之后要"总书"，所谓温故而知新，要把所教的书从头背到尾，背不出来那戒尺可不客气。我那时的记忆力很好，背得快，不挨打，几个月之后便开始读《千家诗》《论语》。秦老师很欢喜，一时兴起还替我取了个学名叫陆文夫，因为我原来的名字叫陆纪贵，太俗气。

我背书没有挨打，写字可就出了问题。私塾里的规矩是每天饭后写大、小字，我的毛笔字怎么也写不好，秦老师开始是教导我："字是人的脸，写得难看是见不得人的。"没用。没用便打手心，这一打更坏，视写字为畏途，拿起毛笔来手就抖。直至如今，写几个字还像蟹爬的。

秦老师是个杂家，我觉得他什么都会。他写得一手好字，替人家写春联、写喜幛、写庚帖、写契约、合八字；看风水，念咒画符，选黄道吉日；还会开药方。他的桌子上有一堆书，那些书都不是课本，因为《论语》《孟子》之类他早已倒背如流，现在想起来可能是属于医卜星相之类，还有一只罗盘压在书堆的上面。秦老师很忙，每天都有人来找他写字、看病，或是夹起个罗盘去看风水。经常有人请他去吃饭，附近的人家有红白喜事，都把老师请去坐首席。

抗日战争爆发以后，办学的农民怕出事，把私塾停了。秦老师到另外的一个地方去授馆，那里离我家有十多里，穷乡僻壤，交通不便，可以躲避日寇。秦老师事先与办学的东家谈妥，他要带两个得意的门生作为附学（即寄宿生），附学的饭食也是由各家供给的，作为束修的一个部分。一个附学姓刘，比我大五六岁，书读得很好，字也写得很漂亮，秦老师来不及写的春联偶尔也由他代笔。此人抗战期间参加革命，后来听说也是做新闻工作的。还有一个附学就是我了，那时我才九岁，便负笈求学，离家而去，从此便开始了外出求学的生涯，养成了独自处理生活的能力。

新学馆的所在地确实很穷，偌大的一个村庄，有上百户人家，可学生只有十多个。教室是两间土房，两张床就搁在教室里，我和姓刘的合睡一张竹床，秦老师睡一张木床，课桌和办公桌就放在床前。房屋四面来风，冬天冻得簌簌抖，手背上和脚后跟上生满了冻疮，冻疮破了流血流脓，只能把鞋子拖在脚上。最苦的要算是饭食了，附学是跟随先生吃饭，饭食是由各家轮流供给，称作"供饭"。抗战以前供饭是比较考究的，谁家上街买鱼买肉，人们见了便会问："怎么啦，今朝供先生？"那吃饭的方式确实也像上供，通常是用一只长方形二层的饭篮送到学校里来，中午有鱼有肉，早晚或面或粥，或是糯米团子，面饼等。我走读的时候同学们常偷看先生的饭篮，看了嘴馋。等到我跟先生吃供饭的时候可就糟了，也许是那个地方穷，也许是国难当头吧，我们师生三人经常吃不饱，即使吃不饱也不能吃得碗空空，那是要被人笑话的。有一次轮到一户穷人家供饭，他自家也断了顿，到亲朋家去借，借到下午才回来，我们师生三人饿得昏昏。这是我第一次体验到饥饿的滋味，饿极了会浑身发麻、头昏、出冷汗。当然，每月也有几天逢上富有的人家供饭，师生三人可以过上几天好日子，对于这样的日期，我当年记得比《孟子》的辞句都清楚。

日子虽然过得很苦，可我和秦老师的关系却更加密切，毛笔字还未练好，秦老师大概见我在书法上无才能，也就不施教了，便教我吟诗作对，看闲书。吟诗我很有兴趣，特别是那些描绘自然景色的田园诗，我读起来就像身历其境似的。作对我也有兴趣，"平对仄，仄对平，反正对分明，来鸿对去雁……"有一套口诀先背熟，然后再读秦老师手抄的妙对范本。我至今还记得一些绝妙的对联，什么"屋北鹿独宿，溪西鸡齐啼""和尚撑船篙打江心罗汉，佳人汲水绳牵井底观音"。当然，最有兴趣的要算是看闲书了，所谓闲书便是小说。

前面说到秦老师的桌上有许多不属于课本之类的书，这些书除掉医卜星相之外便是小说。以前我不敢去翻，这时朝夕相处，也就比较随便，傍晚散学以后百无聊赖，便去翻阅。秦老师也不加拦阻，首先让我看《精忠岳传》，这一看便不可收拾，什么《施公案》《彭公案》《七侠五义》《三国演义》都拿来看了，看得废寝忘食，津津有味，其中有许多字都不识，半看半猜，大体上懂个意思，这就造成后来经常读白字，写错字。

秦老师的书也不多，他很穷，无钱买书。但是，那时有一种小贩，名叫"笔先生"，他背着一个大竹箱，提着一个包裹，专门在乡间各个私塾里走动，卖纸、墨、笔、砚和各种教科书，大多是些石印本的《论语》《孟子》《百家姓》《千家诗》。除掉这些课本之外，箱子底下还有小说，用现在的话说都是些通俗小说。这些小说不卖给学生，只卖给老师，乡间的塾师很寂寞，不看点闲书很难受。只是塾师们都很穷，买的少，看的多，于是"笔先生"便开展了一种租书的业务。每隔十天半月来一次，向学生推销纸、墨、笔、砚，给塾师们调换新书，酌收一点租费。如果老师叫学生多买点东西，那就连租费都不收，因此我们经常可以看到新书。那时，我经常盼望"笔先生"的到来，就像盼望轮到富人家供饭似的。

秦老师不仅让我看小说，还要和我讨论所看过的小说，当然不是讨论小说的做法，而是讨论书中谁的本领大，那条计策好，岳飞应当"将在外君命有所不受"，不应当被十二道金牌召回临安，待他日直捣黄龙，再死也不迟。看小说还要有点儿见解，这也是秦老师教会了我。当然，秦老师这样做不会是想把我培养成一个作家，将来也写小说，可这些都在幼小的心灵中生下了根，与文学结下了不解之缘。

一年之后因为家庭的搬迁，我便离开了秦老师，从此以后就再也没有见到他，可他却没有忘记我。听我父亲说，他曾两次到我家打听过我，一次是在解放的初期，一次是在困难年，即60年代的初期。抗战胜利以后私塾取消，秦老师失业了，在家靠儿子们种田过日子，日子过得很艰难，据说是形容枯槁，衣衫褴褛，老来还惦记着他的两个得意门生，一个是我，一个是那位姓刘的。大概他想起还教过一些学生的时候便可以得到一些安慰吧。前些年我回乡时也曾经打听过他，却没有人知道这世界上还有或曾经有过叫秦奉泰的。"乡曲儒生，老死翰墨，名不出闾巷者何可胜道。"我记起了秦老师曾经教过我的《古文观止》。

佳作赏析：

陆文夫（1928—2005），江苏人，著有小说集《小巷深处》《小巷人物志》《美食家》等。

对于许多人而言教师并不陌生，但旧社会的私塾师可能就不大清楚了。作者回顾了自己幼年入私塾读书的主要经历，展现了旧社会私塾师秦奉泰授课教学的相关情况。与其他要求孩童不求甚解死背书的私塾师不同，秦先生在教学上做到了因材施教，能够根据每个孩子的特长禀赋展开有针对性的启发和引导，这在旧社会是比较难得的。作者后来能够与文学结缘，很大程度上是受了这位私塾师的影响。文章并没有过多渲染师生情谊，但从秦先生迁馆带着"我"、后来又曾两次打听"我"的情况，"我"回乡也打探秦先生的状况可以看出，师生之间情谊深厚。

夫子循循然善诱人

□〔中国〕启功

　　陈垣先生是近百年的一位学者，这是人所共知的。他在史学上的贡献，更是国内国外久有定评的。我既没有能力——叙述，事实上他的著作俱在，也不待这里多加介绍。现在当先生降诞百年，又是先生逝世第十年之际，我以亲受业者心丧之余，回忆一些当年受到的教导，谨追述一些侧面，对于今天教育工作者来说，仍会有所启发的。

　　我是一个中学生，同时从一位苏州的老学者戴姜福先生读书，学习"经史辞章"范围的东西，作古典诗文的基本训练。因为生活困难，等不得逐步升学，一九三三年由我祖父辈的老世交傅增湘先生拿着我的作业去介绍给陈垣先生，当然意在给我找一点谋生的机会。傅老先生回来告诉我说："援庵说你写作俱佳。他的印象不错，可以去见他。无论能否得到工作安排，你总要勤向陈先生请教。学到做学问的门径，这比得到一个职业还重要，一生受用不尽的。"我谨记着这个嘱咐，去见陈先生。初见他眉棱眼角肃穆威严，未免有些害怕。但他开口说："我的叔父陈简墀和你祖父是同年翰林，我们还是世交呢！"其实陈先生早就参加资产阶级革命，对于封建的科举关系焉能那样讲求？但从我听了这句话，我和先生之间，像先拆了一堵生疏的墙壁。此后随着漫长的岁月，每次见面，都给我换去旧思想，灌注新营养。在今天如果说予小子对文化教育事业有一滴贡献，那就是这位老园丁辛勤灌溉时的汗珠。

一、怎样教书

我见了陈老师之后不久，老师推荐我在辅仁大学附属中学教一班"国文"。在交派我工作时，详细问我教过学生没有？多大年龄的，教什么，怎么教？我把教过家馆的情形述说了，老师在点点头之后，说了几条"注意事项"。过了两年，有人认为我不够中学教员的资格，把我解聘。老师得知后便派我在大学教一年级的"国文"。老师一贯的教学理论，多少年从来未间断地对我提醒。今天回想，记忆犹新，现在综合写在这里。老师说：

1. 教一班中学生与在私塾屋里教几个小孩不同，一个人站在讲台上要有一个样子。人脸是对立的，但感情不可对立。

2. 万不可有偏爱、偏恶，万不许讥诮学生。

3. 以鼓励夸奖为主。不好的学生，包括淘气的或成绩不好的，都要尽力找他们一小点好处，加以夸奖。

4. 不要发脾气。你发一次，即使有效，以后再有更坏的事件发生，又怎么发更大的脾气？万一发了脾气之后无效，又怎么下场？你还年轻，但在讲台上即是师表，要取得学生的佩服。

5. 教一课书要把这一课的各方面都预备到，设想学生会问什么。陈老师还多次说过，自己研究几个月的一项结果，有时并不够一堂时间讲的。

6. 批改作文，不要多改，多改了不如你替他做一篇。改多了他们也不看。要改重要的关键处。

7. 要有教课日记。自己和学生有某些优缺点，都记下来，包括作文中的问题，记下以备比较。

8.发作文时，要举例讲解。缺点尽力在堂下个别谈；缺点改好了，有所进步的，尽力在堂上表扬。

9.要疏通课堂空气，你总在台上坐着，学生总在台下听着，成了套子。学生打呵欠，或者在抄别人的作业，或看小说，你讲的多么用力也是白费。不但作文课要在学生座位行间走走。讲课时，写了板书之后，也可下台看看。既回头看看自己板书的效果如何，也看看学生会记不会记。有不会写的或写错了的字，在他们座位上给他们指点，对于被指点的人，会有较深的印象，旁边的人也会感觉兴趣，不怕来问了。

这些"上课须知"，老师不止一次地向我反复说明，唯恐听不明，记不住。

老师又在楼道里挂了许多玻璃框子，里边随时装入一些各班学生的优秀作业。要求有顶批，有总批，有加圈的地方，有加点的地方，都是为了标志出优点所在。这固然是为了学生观摩的大检阅、大比赛，后来我才明白也是教师教学效果、批改水平的大检阅。

我知道老师并没搞过什么教学法、教育心理学，但他这些原则和方法，实在符合许多教育理论，这是从多年的实践经验中辛勤总结得出来的。

二、对后学的诱导

陈老师对后学因材施教，在课堂上对学生用种种方法提高他们的学习兴趣；在堂下对后学无论是否自己教过的人，也都抱有一团热情去加以诱导。当然也有正面出题目、指范围、定期限、提要求的时候，但这是一般师长、前辈所常有的、共有的，不待详谈。这里要谈的是陈老师一些自身表率和"谈言微中"的诱导情况。

陈老师对各班"国文"课一向不但是亲自过问，每年总还自己教一班课。各班的课本是统一的，选哪些作品，哪篇是为何而选，哪篇中讲什么要点，通过这篇要使学生受到哪方面的教育，都经过仔细考虑，并向任课的人加以说明。学年末全校的一年级"国文"课总是"会考"，由陈老师自己出题，统一评定分数。现在我才明白，这不但是学生的会考，也是教师们的会考。

我们这些教"国文"的教员，当然绝大多数是陈老师的学生或后辈，他经常要我们去见他。如果时间隔久了不去，他遇到就问："你忙什么呢？怎么好久没见？"见面后并不考查读什么书，写什么文等等，总是在闲谈中抓住一两个小问题进行指点，指点的往往是因小见大。我们每见老师总有新鲜的收获，或发现自己的不足。

我很不用功，看书少，笔懒，发现不了问题，老师在谈话中遇到某些问题，也并不尽关史学方面的，总是细致地指出，这个问题可以从什么角度去研究探索，有什么题目可做，但不硬出题目，而是引导人发生兴趣。有时评论一篇作品或评论某一种书，说它有什么好处，但还有什么不足处。常说："我们今天来做，会比它要好。"说到这里就止住。好处在哪里，不足处在哪里，怎样做就比它好？如果我们不问，并不往下说。我就错过了许多次往下请教的机会。因为绝大多数是我没读过的书，或者没有兴趣的问题。假如听了之后随时请教，或回去赶紧补读，下次接着上次的问题尾巴再请教，岂不收获更多？当然我也不是没有继续请教过，最可悔恨的是请教过的比放过去的少得多！

陈老师的客厅、书房以及住室内，总挂些名人字画，最多的是清代学者的字，有时也挂些古代学者字迹的拓片。客厅案头或沙发前的桌上，总有些字画卷册或书籍，这常是宾主谈话的资料，也是对后学的教材。他曾用三十元买了一开章学诚的手札，在三十年代买清代学者手札墨迹，这是很高价钱了。但章学诚的字，写得非常拙劣，老师把它挂在那里，既备一家学者的笔迹，又常当作劣书的例子来警告我们。我们去了，老师常指着某件字画问："这个人你知道吗？"如果知道，并且还说得出一些有关的问题，老师必大为高兴，连带地引出关于这位学者和他的学问、著述种种评价和介绍。如果不知道，则又指引一点头绪后就不往下再说，例如说"他是一个史学家"就完了。我们因自愧没趣，或者想知道个究竟，只好去查有关这个人的资料。明白了一些，下次再向老师表现一番，老师必很高兴。但又常在我的棱缝中再点一下，如果还知道，必大笑点头，我也像考了个满分，感觉自傲。如果词穷了，也必再告诉一点头绪，容回去再查。

老师最喜欢收学者的草稿，细细寻绎他们的修改过程。客厅桌上常摆着这类东西。当见我们看得发生兴趣时，便提出问题说："你说他为什么改那个字？"

老师常把自己研究的问题向我们说，什么问题，怎么研究起的。在我们的疑问中，如果有老师还没想到的，必高兴地肯定我们的提问，然后再进一步地发挥给我们听。老师常说，一篇论文或专著，做完了不要忙着发表。好比刚蒸出的馒头，须要把热气放完了，才能去吃。蒸的透不透，熟不熟，才能知道。还常说，作品要给三类人看：一是水平高于自己的人，二是和自己平行的人，三是不如自己的人。因为这可以从不同角度得到反映，以便修改。所以老师的著作稿，我们也常以第三类读者的关系而得到先睹。我们提出的意见或问题，当然并非全无启发性的，但也有些是很可笑的。一次稿中引了两句诗，一位先生看了，误以为是长短二句散文，说稿上的断句有误。老师因而告诉我们要注意学诗，不可闹笑柄。但又郑重嘱咐我们，不要向那位先生说，并说将由自己劝他学诗。我们同从老师受业的人很多，但许多并非同校、同班，以下只好借用"同门"这个旧词。那么那位先生也可称为"同门"的。

老师常常驳斥我们说"不是""不对"，听着不免扫兴。但这种驳斥都是有代价的，当驳斥之后，必然使我们知道什么是"是"的，什么是"对"的。后来我们又常恐怕听不到这样的驳斥。

三、对中华民族历史文化的一片丹诚

历史证明，中国几千年来各地方的各民族，从矛盾到交融，最后团结成为一体，构成了伟大的中华民族和它的灿烂文化。陈老师曾从一部分历史时期来论证这个问题，即是他精心而且得意的著作之一《元西域人华化考》。

在抗战时期，老师身处沦陷区中，和革命抗敌的后方完全隔绝，手无寸铁的老学者，发愤以教导学生为职志。环境日渐恶劣，生活日渐艰难，老师

和几位志同道合的老先生著书、教书越发勤奋。学校经费不足，《辅仁学志》将要停刊，几位老先生相约在《学志》上发表文章不收稿费。这时期他们发表的文章比收稿费时还要多。老师曾语重心长地说："从来敌人消灭一个民族，必从消灭它的民族历史文化着手。中华民族的历史文化不被消灭，也是抗敌根本措施之一。"

辅仁大学是天主教的西洋教会所办的，无可讳言具有传教的目的。陈老师的家庭是有基督教信仰的，他在二十年代做教育部次长时，因为在孔庙行礼迹近拜偶像，对"祀孔"典礼，曾"辞不预也"。但他对教会，则不言而喻是愿"自立"的。二十年代有些基督教会也曾经提出过"自立自养"，并曾进行过募捐。当时天主教会则未曾提过这个口号，这又岂是一位老学者所能独力实现的呢？于是老师不放过任何机会，大力向神甫们宣传中华民族的文化，曾为他们讲佛教在中国所以能传布的原因。看当时的记录，并未谈佛教的思想，而是列举中华民族的文化艺术对佛教存在有什么好处，可供天主教借鉴。吴历，号渔山，是清初时一位深通文学的大画家，他是第一个国产神甫，老师对他一再撰文表彰。又在旧恭王府花园建立"司铎书院"，专对年轻的中国神甫进行历史文化基本知识的教育。这个花园中有几棵西府海棠，从前每年花时旧主人必宴客赋诗，老师这时也在这里宴客赋诗，以"司铎书院海棠"为题，自己也做了许多首。还让那些年轻神甫参加观光，意在造成中国司铎团体的名胜。

这种种往事，有人不尽理解，以为陈老师"为人谋"了。若干年后，想起老师常常口诵《论语》中两句："施于有政，是亦为政。"才懂得他的"苦心孤诣"！还记得老师有一次和一位华籍大主教拍案争辩，成为全校震动的一个事件。辩的是什么，一直没有人知道。现在明白，辩的什么，也就不问可知了！

一次我拿一卷友人收藏找我题跋的纳兰成德手札卷，去给老师看。说起成德的汉文化修养之高。我说："您做《元西域人华化考》举了若干人，如果我做'清东域人华化考'，成容若应该列在前茅。"老师指着我写的题跋说：

"后边是启元白",相对大笑。中华民族的历史文化是民族的生命和灵魂,更是各个兄弟民族团结融合的重要纽带,也是陈老师学术思想中的一个重要组成部分,甚至可以说是个中心。

四、竭泽而渔地搜集材料

老师研究某一个问题,特别是作历史考证,最重视占有材料。所谓占有材料,并不是指专门挖掘什么新奇的材料,更不是主张找人所未见的什么珍秘材料,而是说要了解这一问题各个方面有关的材料。尽量搜集,加以考察。在人所共见的平凡书中,发现问题,提出见解。自己常说,在准备材料阶段,要"竭泽而渔",意思即是要不漏掉一条材料。至于用几条,怎么用,那是第二步的事。

问题来了,材料到哪里找?这是我最苦恼的事。而老师常常指出范围,上哪方面去查。我曾向老师问起:"您能知道哪里有哪方面的材料,好比能知道某处陆地下面有伏流,刨开三尺,居然跳出鱼来。这是怎么回事?"后来逐渐知道老师有深广的知识面,不管多么大部头的书,他总要逐一过目。好比对于地理、地质、水道、运动等等调查档案都曾过目的人,哪里有伏流,哪里有鱼,总会掌握线索的。

他曾藏有三部佛教的《大藏经》和一部道教的《道藏经》,曾说笑话:"唐三藏不稀奇,我有四藏。"这些"大块文章"老师都曾阅览过吗?我脑中时常泛出这种疑问。一次老师在古物陈列所发现了一部嘉兴地方刻的《大藏经》,立刻知道里边有哪些种是别处没有的,并且有什么用处。即带着人去抄出许多本,摘录若干条。怎么比较而知哪些种是别处没有的呢?当然熟悉目录是首要的,但仅仅查目录,怎能知道哪些有什么用处呢?我这才"考证"出老师藏的"四藏"并不是陈列品,而是都曾一一过目,心中有数的。

老师自己曾说年轻时看清代的《十朝圣训》《朱批谕旨》《上谕内阁》等书,把各书按条剪开,分类归并。称它的《柱下备忘录》整理出的问题,即是已发表的《宁远堂丛录》。可惜只发表了几条，仅是全份分类材料的几百分之一。又曾说年轻时为应科举考试，把许多八股文的书全部拆开，逐篇看去，分出优劣等级，重新分册装订，以备精读或略读。后来还能背诵许多八股文的名篇给我们听。这种干法，有谁肯干！又有几人能做得到？

新中国成立前，老师对于马列主义的书还未曾接触过。新中国成立初，才找到大量的小册子，即不舍昼夜地看。眼睛不好，册上的字又很小，用放大镜照着一册册看。那时已是七十岁的老人了，结果累得大病一场，医生制止看书，这才暂停下来。

老师还极注意工具书，二十年代时《丛书子目索引》一类的书还没出版，老师带了一班学生，编了一套各种丛书的索引，这些册清稿，一直在自己书案旁边书架上，后来虽有出版的，自己还是习惯查这份稿本。

另外还有其他书籍，本身并非工具书，但由于善于利用，而收到工具书的效果。例如一次有人拿来一副王引之写的对联，是集唐人诗句。一句知道作者，一句不知道。老师走到藏书的房间，不久出来，说了作者是谁。大家都很惊奇地问怎么知道的，原来有一种小本子的书，叫《诗句题解汇编》，是把唐宋著名诗人的名作每句按韵分编，查者按某句末字所属的韵部去查即知。科举考试除了考八股文外，还考"试贴诗"。这种诗绝大多数是以一句古代诗为题，应考者要知道这句的作者和全诗的内容，然后才好著笔，这种小册子即是当时的"夹带"，也就是今天所谓"小抄"的。现在试贴诗没人再做了，而这种"小抄"到了陈老师手中，却成了查古人诗句的索引。这不过是一个例，其余不难类推。

胸中先有鱼类分布的地图，同时烂绳破布又都可拿来作网，何患不能竭泽而渔呢！

五、一指的批评和一字的考证

老师在谈话时，时常风趣地用手向人一指。这无言的一指，有时是肯定的，有时是否定的。使被指者自己领会，得出结论。一位"同门"满脸连鬓胡须，又常懒得刮，老师曾明白告诉他，不刮属于不礼貌。并且上课也要整齐严肃，"不修边幅"去上课，给学生的印象不好，但这位"同门"还常常忘了刮。当忘刮胡子见到老师时，老师总是看看他的脸，用手一指，他便踟蹰不安。有一次我们一同去见老师，快到门前了，忽然发觉没有刮胡子，便跑到附近一位"同门"的家中借刀具来刮。附近的这位"同门"的父亲，也是我们的一位师长，看见后说："你真成了子贡。"大家以为是说他算大师的门徒。这位老先生又说："入马厩而修容！"这个故事是这样：子贡去见一个大人物，因为容貌不整洁，被守门人拦住，不给通禀。子贡临时钻进门外的马棚"修容"，不知是洗脸还是刮胡子，守门人就让他进去了。大家听了后一句无不大笑。这次他才免于一指。

一次做司铎书院海棠诗，我用了"西府"一词，另一位"同门"说："恭王府当时称西府啊？"老师笑着用手一指，然后说："西府海棠啊！"这位"同门"说："我想远了。"又谈到当时的美术系主任溥先生，他在清代的封爵是"贝子"。我说："他是字堇。"老师点点头。这位"同门"又说："什么字堇？"老师不禁一愣，"哎"了一声，用手一指，没再说什么。我赶紧接着说："就是贝子，《金史》作字堇。"这位"同门"研究史学，偶然忘了金源官职。老师这无言的一指，不啻开了一次"必读书目"。

老师读书，从来不放过一个字，作历史考证，有时一个很大的问题，都从一个字上突破、解决。以下举三个例：

北京图书馆影印一册于敏中的信札，都是从热河行宫寄给在北京的陆锡熊的。陆锡熊那时正在编辑《四库全书》，于的信札是指示编书问题的。全册各信札绝大部分只写日子，极少有月份、更没有年份。里边一札偶然记了大雨，老师即从它所在地区和下雨的情况钩稽得知是某年某月，因而解决了这批信札大部分写寄的时间，而为《四库全书》编辑经过和进程得到许多旁证资料。这是从一个"雨"字解决的。

又在考顺治是否真曾出家的问题时，在蒋良骐编的《东华录》中看到顺治卒后若干日内，称灵柩为"梓宫"，从某日以后称灵柩为"宝宫"，再印证其他资料，证明"梓宫"是指木制的棺材，"宝宫"是指"宝瓶"，即是骨灰坛。于是证明顺治是用火葬的。清代《实录》屡经删削修改，蒋良骐在乾隆时所摘录的底本，还是没太删削的本子，还存留"宝宫"的字样。《实录》是官修的书，可见早期并没讳言火葬。这是从一个"宝"字解决的。

又当撰写纪念吴渔山的文章时，搜集了许多吴氏的书迹影印本。老师对于画法的鉴定，未曾做专门研究，时常叫我去看。我虽曾学画，但那时鉴定能力还很幼稚，老师依然是垂询参考的。一次看到一册，画的水平不坏，题"仿李营邱"，老师直截了当地告诉我说："这册是假的！"我赶紧问什么原因，老师详谈：孔子的名字，历代都不避讳，到了清代雍正四年，才下令避讳"丘"字，凡写"丘"字时，都加"邑"旁作"邱"，在这年以前，并没有把"孔丘""营丘"写成"孔邱""营邱"的。吴渔山卒于雍正以前，怎能预先避讳？我真奇怪，老师对历史事件连年份都记得这样清，提出这样快！在这问题上，当然和作《史讳举例》曾下的工夫有关，更重要的是亲手剪裁分类编订过那部《柱下备忘录》。所以清代史事，不难如数家珍，唾手而得。伪画的马脚，立刻揭露。这是从一个"邱"字解决的。

这类情况还多，凭此三例，也可以概见其余。

六、严格的文风和精密的逻辑

陈老师对于文风的要求，一向是极端严格的。字句的精简，逻辑的周密，从来一丝不苟。旧文风，散文多半是学"桐城派"，兼学些半骈半散的"公牍文"。遇到陈老师，却常被问得一无是处。怎样问？例如用些漂亮的语调、古奥的辞藻时，老师总问"这些怎么讲？"那些语调和辞藻当然不易明确翻成现在语言，答不出时，老师便说："那你为什么用它？"一次我用了"旧年"二字，是从唐人诗"江春入旧年"，套用来的。老师问："旧年指什么？是旧历年，是去年，还是以往哪年？"我不能具体说，就被改了。老师说："桐城派做文章如果肯定一个人，必要否定一个人来做陪衬。语气总要摇曳多姿，其实里边有许多没用的话。"三十年代流行一种论文题目，像"某某作家及其作品"，老师见到我辈如果写出这类题目，必要把那个"其"字删去，宁可使念着不太顺嘴，也绝不容许多费一个字。陈老师的母亲去世，老师发讣闻，一般成例，孤哀子名下都写"泣血稽颡"，老师认为"血"字并不诚实，就把它去掉。在旧社会的"服制"上，什么"服"的亲属，名下写什么字样。"泣稽颡"是比儿子较疏的亲属名下所用的，但老师宁可不合世俗旧服制的习惯用语，也不肯向人撒谎，说自己泣了血。

唐代刘知几做的《史通》，里边有一篇《点烦》，是举出前代文中啰唆的例子，把他所认为应删去的字用"点"标在旁边。流传的《史通》刻本，字旁的点都被刻板者省略，后世读者便无法看出刘知几要删去那些字。刘氏的原则是删去没用的字，而语义毫无损伤、改变。并且只往下删，绝不增加任何一字。这种精神，是陈老师最为赞成的。屡次把这《点烦》篇中的例文印出来，让学生自己学着去删。结果常把有用的字删去，而留下的却是废字废话。老师的秘书都怕起草文件，常常为了一两字的推敲，能经历许多时间。

老师常说，人能在没有什么理由，没有什么具体事迹，也就是没有什么内容的条件下，做出一篇骈体文，但不能做出一篇散文。老师六十岁寿辰时，老师的几位老朋友领头送一堂寿屏，内容是要全面叙述老师在学术上的成就和贡献，但用什么文体呢？如果用散文，万一遇到措词不恰当，不周延，不确切，挂在那里徒然使陈老师看着蹩扭，岂不反为不美？于是公推高步瀛先生用骈体文作寿序，请余嘉锡先生用隶书来写。陈老师得到这份贵重寿礼，极其满意。自己把它影印成一小册，送给朋友，认为这才不是空洞堆砌的骈文。还告诉我们，只有高先生那样富的学问和那样高的手笔，才能写出那样骈文，不是初学的人所能"摇笔即来"的，才知老师并不是单纯反对骈体文，而是反对那种空洞无物的。

老师对于行文，最不喜"见下文"。说，先后次序，不可颠倒。前边没有说明，令读者等待看后边，那么前边说的话根据何在？又很不喜在自己文中加注释。说，正文原来就是说明问题的，为什么不在正文中即把问题说清楚？既有正文，再补以注释，就说明正文没说全或没说清。除了特定的规格、特定的条件必须用小注的形式外，应该锻炼，在正文中就把应说的都说清。所以老师的著作中除《元典章校补》是随着《元典章》的体例有小注；《元秘史译音用字考》在木板刻成后又发现应加的内容，不得已改版面，出现一段双行小字外，一般文中连加括弧的插话都不肯用，更不用说那些"注一""注二"的小注。但看那些一字一板的考据文章中，并没有使人觉得缺少什么该交代的材料出处，因为已都消化在正文中了。另外，也不喜用删节号。认为引文不会抄全篇，当然都是删节的。不衔接的引文，应该分开引用。引诗如果仅三句有用，那不成联的单句必须另引，绝不使它成为瘸腿诗。

用比喻来说老师的考证文风，既像古代"老吏断狱"的爱书，又像现代科学发明的报告。

七、诗情和书趣

陈老师的考证文章，精密严格，世所习见。许多人有时发生错觉，以为这位史学家不解诗赋。这里先举一联来看："百年史学推瓯北，万首诗篇爱剑南。"这是老师带有"自况"性质的"宣言"，即以本联的对偶工巧，平仄和谐，已足看出是一位老行家。其实不难理解，曾经应过科举考试的人，这些基本训练，不可能不深厚的。曾详细教导我关于骈文中"仄顶仄，平顶平"等等韵律的规格，我作的那本《诗文声律论稿》中的论点，谁知道许多是这位庄严谨饬的史学考据家所传授的呢？

抗战前他曾说过，自己六十岁后，将卸去行政职务，用一段较长时间，补游未到过的名山大川，丰富一下诗料，多积累一些作品，使诗集和文集分量相称。不料战争突起，都成了虚愿。

现在存留的诗稿有多少，我不知道，一时也无从寻找。最近只遇到《司铎书院海棠》诗的手稿残本绝句七首，摘录二首，以见一斑：

十年树木成诗谶，劝学深心仰万松。

今日海棠花独早，料因桃李与争秋。

自注：万松野人著《劝学罪言》，为今日司铎书院之先声。"十年树木"楹贴，今存书院。

功按：万松野人为英华先生的别号。先生字敛之，姓赫舍里氏，满族人，创辅仁社，即辅仁大学前身。陈垣先生每谈到他时，总称"英老师"。

西堂曾作竹枝吟，玫瑰花开玛窦林。

幸有海棠能嗣响，会当击木震仁音。

自注：尤西堂《外国竹枝词》："阜成门外玫瑰发，杯酒还浇利泰西。""击木震仁惠之音。"见《景教碑》。

功按：利玛窦，明人以"泰西"作地望称之，又或称之为"利子"。《景教碑》即唐代《景教流行中国碑》，今在西安碑林。

又在一九六七年时，空气正紧张之际，我偷着去看老师，老师口诵他最近给一位老朋友题什么图的诗共两首。我没有时间抄录，匆匆辞出，只记得老师手捋胡须念："老夫也是农家子，书屋于今号励耘。"抑扬的声调，至今如在。

清末学术界有一种风气，即经学讲《公羊》，书法学北碑。陈老师平生不讲经学，但偶然谈到经学问题时，还不免流露公羊学的观点；对于书法，则非常反对学北碑。理由是刀刃所刻的效果与毛笔所写的效果不同，勉强用毛锥去模拟刀刃的效果，必致矫揉造作，毫不自然。我有些首《论书绝句》，其中二首云："题记龙门字势雄，就中尤属《始平公》。学书别有观碑法，透过刀锋看笔锋。""少谈汉魏怕徒劳，简牍摩挲未几遭。岂独甘卑爱唐宋，半生师笔不师刀。"曾谬蒙朋友称赏，其实这只是陈老师艺术思想的韵语化罢了。

还有两件事可以看到老师对于书法的态度：有一位退位的大总统，好临《淳化阁帖》，笔法学包世臣。有人拿着他的字来问写得如何，老师答说写得好。问好在何处，回答是"连枣木纹都写出来了"。宋代刻《淳化阁帖》是用枣木板子，后世屡经翻刻，越发失真。可见老师不是对北碑有什么偏恶，对学翻板的《阁帖》，也同样不赞成的。另一事是新中国成立前故宫博物院影印古代书画，常由一位院长题签，写得字体歪斜，看着不太美观。陈老师是博物院的理事，一次院中的工作人员拿来印本征求意见，老师说："你们的书签贴的好。"问好在何处，回答是："一揭便掉。"原来老师所存的故宫影印本上所贴的书签，都被完全揭掉了。

八、无价的奖金和宝贵的墨迹

辅仁大学有一位教授，在抗战胜利后出任北平市的某一局长，从辅大的教师中找他的帮手，想让我去管一个科室。我去向陈老师请教，老师问："你母亲愿意不愿意？"我说："我母亲自己不懂得，教我请示老师。"又问："你自己觉得怎样？"我说："我'少无宦情'。"老师哈哈大笑说："既然你无宦情，我可以告诉你：学校送给你的聘书，你是教师，是宾客；衙门发给你的是委任状，你是属员，是官吏。"我明白了，立刻告辞回来，用花笺纸写了一封信，表示感谢那位教授对我的重视，又婉言辞谢了他的委派。拿着这封信去请老师过目。老师看了没有别的话，只说："值三十元。"这"三十元"到了我的耳朵里，就不是银元，而是金元了。

一九六三年，我有一篇发表过的旧论文，由于读者反映较好，修改补充后，将由出版单位作专书出版，去请陈老师题签。老师非常高兴，问我："你曾有专书出版过吗？"我说："这是第一本。"又问了这册的一些方面后，忽然问我："你今年多大岁数了？"我说："五十一岁。"老师即历数戴东原只五十四，全谢山五十岁，然后说："你好好努力啊！"我突然听到这几句上言不搭下语而又比拟不恰的话，立刻懵住了，稍微一想，几乎掉下泪来。老人这时竟像一个小孩，看到自己浇过水的一棵小草，结了籽粒，便喊人来看，说要结桃李了。现在又过了十七年，我学无寸进，辜负了老师夸张性的鼓励!

陈老师对于作文史教育工作的后学,要求常常既广且严。他常说作文史工作必须懂诗文,懂金石,否则怎能广泛运用各方面的史料。又说作一个学者必须能懂民族文化的各个方面;作一个教育工作者,常识更须广博。还常说,字写不好,学问再大,也不免减色。一个教师板书写得难看,学生先看不起。

老师写信都用花笺纸,一笔似米芾又似董其昌的小行书,永远那么匀称,绝不潦草。看来每下笔时,都提防着人家收藏装裱。藏书上的眉批和学生作业上的批语字迹是一样的。黑板上的字,也是那样。板书每行四五字,绝不写到黑板下框处,怕后边坐的学生看不见。写哪些字,好像都曾计划过的,但我却不敢问"您的板书还打草稿吗?"后来无意中谈到"备课"问题,老师说:"备课不但要准备教什么,还要思考怎样教。哪些话写黑板,哪些话不用写。易懂的写了是浪费,不易懂的不写则学生不明白。"啊!原来黑板写什么,怎样写,老师确是都经过考虑的。

老师在名人字画上写题跋,看去潇洒自然,毫不矜持费力,原来也一一精打细算,行款位置,都要恰当合适。给人写扇面,好写自己做的小条笔记,我就求写过两次,都写的小考证。写到最后,不多不少,加上年月款识、印章,真是天衣无缝。后来得知是先数好扇骨的行格,再算好文词的字数,哪行长,哪行短。看去一气呵成,谁知曾费如此匠心呢?

我在一九六四、一九六五年间,起草了一本小册子,带着稿子去请老师题签。这时老师已经病了,禁不得劳累。见我这一叠稿子,非看不可。但我知道他老人家如看完那几万字,身体必然支持不住,只好托词说还须修改,改后再拿来,先只留下书名。我心里知道老师以后恐连这样书签也不易多写了,但又难于先给自己订出题目,请老师预写。于是想出"启功丛稿"四字,准备将来作为"大题",分别用在各篇名下。就说还有一本杂文,也求题签。老师这时已不太能多谈话,我就到旁的房间去坐。不多时间,秘书同志举着一叠墨笔写的小书签来了,我真喜出望外,怎能这样快呢?原来老师凡见到学生有一点点"成绩"，都是异常兴奋的。最痛心的是这个小册，从那年起，整整修改了十年，才得出版，而他老人家已不及见了。

现在我把回忆老师教导的千百分之一写出来，如果能对今后的教育工作者有所帮助，也算我报了师恩的千百分之一！我现在也将近七十岁了，记忆力锐减，但"学问门径""受用无穷""不对""不是""教师""官吏""三十元""五十岁"种种声音，却永远鲜明地在我的耳边。

老师逝世时，是一九七一年，那时还祸害横行，纵有千言万语，谁又敢见诸文字？当时私撰了一副挽联，曾向朋友述说，都劝我不要写出。现在补写在这里，以当"回向"吧！

依函丈卅九年，信有师生同父子；

刊习作二三册，痛余文字答陶甄！

佳作赏析：

启功（1912—2005），笔名元白，北京人，学者、教授、书法家。著有《启功丛稿》等。

这是启功先生回忆受业恩师陈垣先生的文章。文章开门见山，将自己与陈垣先生相识的经过介绍清楚以后，分条阐述了陈垣先生的行为处世和对自己的教导，概括起来有以下几点：如何为人师表，教育学生；对民族文化的热爱和坚持；研究问题注意搜集资料；写文章注意文风和逻辑；多才多艺，精通诗赋；做事认真，写信一丝不苟。作者通过上面的事例，将一位热爱国家、多才多艺、做事认真、教导有方的名师形象生动展现在读者面前。文章语言平实，结构清晰，值得借鉴之处颇多。

老师窗内的灯光

□ ［中国］韩少华

我曾在深山间和陌巷里夜行。夜色中，有时候连星光也不见。无论是山怀深处，还是小巷子的尽头，只要能瞥见一豆灯光，哪怕它是昏黄的，微弱的，也都会立时给我以光明、温暖、振奋。

如果说，人生也如远行，那么，在我蒙昧的和困惑的时日里，让我最难忘的就是我的一位师长的窗内的灯光。

记得那是抗战胜利，美国"救济物资"满天飞的时候。有人得了件美制花衬衫，就套在身上，招摇过市。这种物资也被弄到了我当时就读的北京市虎坊桥小学里来。我曾在我的国语老师崔书府先生宿舍里，看见旧茶几底板上，放着一听加利佛尼亚产的牛奶粉。当时我望望形容消瘦的崔老师，不觉想到，他还真的需要一点滋补呢……

有一次，我写了一篇作文，里面抄袭了冰心先生《寄小读者》里面的几个句子。作文本发下来，得了个漂亮的好成绩。我虽很得意，却又有点儿不安。偷眼看看那几处抄袭的地方，竟无一处不加了一串串长长的红圈！得意从我心里跑光了，剩下的只有不安。直到回家吃罢晚饭，我一直觉得坐卧难稳。我穿过后园，从角门溜到街上，衣袋里自然揣着那有点像赃物的作文簿。一路小跑，来到校门前——一推，"咿呀"了一声，还好，门没有上闩。我侧身进了校门，悄悄踏过满院由古槐树冠上洒落的浓重的阴影，曲曲折折地终于来到了一座小小的院落里。那就是住校老师们的宿舍了。

透过浓黑的树影，我看到了那样一点亮光——昏黄，微弱，从一扇小小的窗格内浸了出来，我知道，崔老师就在那窗内的一盏油灯前做着他的事情——当时，停电是常事，油灯自然不能少。我迎着那点灯光，半自疑又半自勉地，登上那门前的青石台阶，终于举手敲了敲那扇雨淋日晒以至裂了缝的房门。

笃、笃、笃……

"进来。"老师的声音低而弱。

等我肃立在老师那张旧三屉桌旁，又忙不迭深深鞠了一躬之后，我觉得出老师是在边打量我，边放下手里的笔，随之缓缓地问道：

"这么晚了，不在家里复习功课，跑到学校里做什么来了？"

我低着头，没敢吭声，只从衣袋里掏出那本作文簿，双手送到了老师的案头。

两束温和而又严肃的目光落到了我的脸上。我的头低得更深了。只好嗫嗫嚅嚅地说：

"这、这篇作文、里头有我抄袭人家的话，您还给画了红圈，我骗、骗……"

老师没等我说完，一笑，轻轻撑着木椅的扶手，慢慢起来，到靠后墙那架线装的和铅印的书丛中，随手一抽，取出一本封面微微泛黄的小书。等老师把书拿到灯下，我不禁侧目看了一眼——那竟是一本冰心的《寄小读者》！

还能说什么呢？老师都知道了，可为什么……

"怎么，你是不是想：抄名家的句子，是之谓'剽窃'，为什么还给打红圈？"

我仿佛觉出老师憔悴的面容上流露出几分微妙的笑意，心里略松快了些，只得点了点头。

老师真的轻轻笑出了声，好像并不急于了却那桩作文簿上的公案，却抽出一支"哈德门"牌香烟，默默地燃了，吸着。直到第一口淡淡的烟消融在淡淡的灯影里的时候，他才忽而意识到了什么，看看我，又看看他那铺垫单薄的独卧板铺，粲然一笑，教训里不无怜爱地说：

"总站着干什么，那边坐！"

我只得从命。两眼却不敢望到脚下那块方砖之外的地方去。

又一缕烟痕，大约已在灯影里消散了。老师才用他那低而弱的语声说：

"我问你，你自幼开口学话是跟谁学的？"

"跟……跟我的奶妈妈。"我怯生生地答道。

"奶妈妈？哦，妈母也是母亲。"老师手中的香烟只举着，烟袅袅上升，"孩子从母亲那里学说话，能算剽窃吗？"

"可、可我这是写作文呀！"

"可你也是孩子呀！"老师望着我，缓缓归了座，见我已略抬起头，就眯细了一双不免含着倦意的眼睛，看看我，又看看案头那本作文簿，接着说："口头上学说话，要模仿；笔头上学作文，就不要模仿了么？一边吃奶，一边学话，只要你日后不忘记母亲的恩情，也就算是好孩子了……"这时候，不知我从哪里来了一股子勇气，竟抬眼直望着自己的老师，更斗胆抢过话来，问道：

"那，那作文呢？"

"学童习文，得人一字之教，必当终身奉为'一字师'。你仿了谁的文章，自己心里老老实实地认人家做老师，不就很好了么？模仿无罪。学生效仿老师，谈何'剽窃'！"

我的心，着着实实地定了下来，却又着着实实地激动起来。也许是一股孩子气的执拗吧，我竟反诘起自己的老师：

"那您也别给我打红圈呀！"

老师却默默微笑，掐灭手中的香烟，向椅背微靠了靠，眼光由严肃转为温和，只望着那本作文簿，缓声轻语着：

"从你这通篇文章看，你那几处抄引，也还上下可以贯串下来，不生硬，就足见你并不是图省力硬搬的了。要知道，模仿既然无过错可言，那么聪明些的模仿，难道不该略加奖励么——我给你加的也只不过是单圈罢了……你看这里！"

老师说着，顺手翻开我的作文簿，指着结尾一段。那确实是我绞得脑筋生疼之后才落笔的，果然得到了老师给重重加上的双圈——当时，老师也有些激动了，苍白的脸颊，微漾起红晕，竟然轻声朗读起我那几行稚拙的文字来……读罢，老师微侧过脸来，嘴角含着一丝狡黠的笑意说：

"这几句么，我看，就是你从自己心里掏出来的了。这样的文章，哪怕它还嫩气得很，也值得给它加上双圈！"

我双手接过作文簿，正要告辞，忽见一个人，不打招呼，推门而入。他好像是那位新调来的"训育员"：平时总是金丝眼镜，毛哔叽中山服，面色更是红润光鲜。现在，他披着件外衣，拖着双旧鞋，手里拿个搪瓷盖杯，对崔老师笑笑说："开水，你这里……"

"有。"崔老师起身，从茶几上拿起暖水瓶给他斟了大半杯，又指了指茶几底板上的"加利佛尼亚"，笑眯眯地看了来人一眼，"这个，还要么？"

"呃……那就麻烦你了。"

等老师把那位不速之客打发得含笑而去后，我望着老师憔悴的面容，禁不住脱口问道：

"您为什么不留着自己喝？您看您……"

老师默默地，没有就座。高高的身影印在身后那灰白的墙壁上，轮廓分明，凝然不动。只听他用低而弱的语声，缓缓地说道："还是母亲的奶最养人……"

我好像没有听懂，又好像不是完全不懂。仰望着灯影里的老师，仰望着他那苍白的脸色，憔悴的面容，又瞥了瞥那听被弃置在底板上的奶粉盒，我

183·挚友真情卷

好像懂了许多，又好像还有许多、许多没有懂……

半年以后，我告别了母校，升入了当时的北平二中。当我拿着入中学第一本作文簿，匆匆跑回母校的时候，我心中是揣着几分沾沾自喜的得意劲儿的，因为，那簿子里画着许多单的乃至双的红圈。可我刚登上那小屋前的青石台阶的时候，门上一把微锈的铁锁，让我一下子愣在那小小的窗前。听一位住校老师说，崔老师因患肺结核，住进了医院。

临离去之前，我从残破的窗纸漏孔中向老师的小屋里望了望——迎着我的视线，昂然站在案头上，是那盏油灯：灯罩上蒙着灰尘；灯盏里的油，已几乎熬干了……

时光过去了近四十年。在这人生的长途中，我确曾经历过荒山的凶险和陌巷和幽曲，而无论是黄昏，还是深夜，只要我发现了远处的一豆灯光，就会猛地想起我的老师窗内的那盏灯，那熬了自己的生命，也更给人以启迪，给人以振奋，给人以光明和希望的，永不会在我心头熄灭的灯！

佳作赏析：

韩少华（1933—2010），生于北京，祖籍浙江杭州。著有《寒冬，我记忆的摇篮》《继母》等。

这是一篇感人至深的文章。作者通过回忆自己上小学时因"剽窃"作家冰心作品中的句子而去向老师认错却被老师加以鼓励的经过，塑造了一位善于启发引导学生的优秀教师形象。崔书府老师对于孩子的犯错，没有进行简单地否定、批评从而抹杀孩子对文学的兴趣，而是用正面诱导的方式加以教育。文章首尾都出现的"一豆灯光"颇具象征意义，而千千万万像崔书府那样的优秀教师正是照亮学生人生道路上的那一点"灯光"。

回忆梁实秋先生

□〔中国〕季羡林

我认识梁实秋先生，同他来往，前后也不过两三年，时间是很短的。但是，他留给我的回忆却是很长很长的。分别之后，到现在已经四十年了。我仍然时常想到他。

一九四六年夏天，我在离开了祖国十一年之后，受尽了千辛万苦，又回到了祖国怀抱，到了南京。当时刚刚打败了日本侵略者，国民党的"劫收"大员正在全国满天飞，搜刮金银财宝，兴高采烈。我这一介书生，"无条无理"，手里没有几个钱，北京大学还没有开学，拿不到工资，住不起旅馆，只好借住在我小学同学李长之在国立编译馆的办公室内。他们白天办公，我就出去游荡，晚上回来，睡在办公桌上。早晨一起床，赶快离开。国立编译馆地处台城下面，我多半在台城上云游。什么鸡鸣寺、胭脂井，我几乎天天都到。再走远一点，出城就到了玄武湖。山光水色，风物怡人。但是我并没有多少闲情逸致，观赏风景。我的处境颇像旧戏中的秦琼，我心里琢磨的是怎样卖掉黄骠马。

我这样天天游荡，梦想有朝一日自己能安定下来，有一间房子，有一张书桌。别的奢望，一点没有。我在台城上面看到郁郁葱葱的古柳，心头不由地涌出了古人的诗：

> 江雨霏霏江草齐，
> 六朝如梦鸟空啼。
> 无情最是台城柳，
> 依旧烟笼十里堤。

这里讲的仅仅是六朝。从六朝到现在，又不知道有多少朝多少代过去了。古柳依然是葱茏繁茂，改朝换代并没有影响了它们的情绪。今天我站在古柳面前，一点也没有觉得它们"无情"，我觉得它们有情得很。我天天在六月的炎阳下奔波游荡，只有在台城古柳的浓荫下才能获得片刻的清凉，让我能够坐下来稍憩一会儿。我难道不该感激这些古柳而还说三道四吗？

又过了一些时候，有一天长之告诉我，梁实秋先生全家从重庆复员回到南京了。梁先生也在国立编译馆工作。我听了喜出望外。我不认识梁先生，论资排辈，他大我十几岁，应该算是我的老师。他的文章我在清华大学读书时就读过不少，很欣赏他的文才，对他潜怀崇敬之情。万万没有想到竟在南京能够见到他。见面之后，立刻对他的人品和谈吐十分倾倒。没有经过什么繁文缛节，我们成了朋友。我记得，他曾在一家大饭店里宴请过我。梁夫人和三个孩子：文茜、文蔷、文骐，都见到了。那天饭菜十分精美，交谈更是异常愉快，给我留下了深刻的印象，至今忆念难忘。我自谓尚非馋嘴之辈，可为什么独独对酒宴记得这样清楚呢？难道自己也属于饕餮大王之列吗？这真叫作没有法子。

解放前夕，实秋先生离开了北平，到了台湾，文茜和文骐留下没有走。在那极"左"的时代，有人把这一件事看得大得不得了。现在看来，也没有什么了不起的。一个人相信马克思主义，这当然很好，这说明他进步。一个人不相信，或者暂时不相信，他也完全有自由，这也绝非反革命。我自己过去不是也不相信马克思主义吗？从来就没有哪一个人一生下就是马克思主义者，连马克思本人也不是，遑论他人。我们今天知人论事，要抱实事求是的态度。

至于说梁实秋同鲁迅有过一些争论，这是事实。是非曲直，暂作别论。我们今天反对对任何人搞"凡是"，对鲁迅也不例外。鲁迅是一个伟大人物，这谁也否认不掉，但不能说凡是鲁迅说的都是正确的。今天，事实已经证明，鲁迅也有一些话是不正确的，是形而上学的，是有偏见的。难道因为他对梁实秋有过批评意见，梁实秋这个人就应该永远打入十八层地狱吗？

实秋先生活到耄耋之年。他的学术文章，功在人民，海峡两岸，有目共睹，谁也不会有什么异辞。我想特别提出一点来说一说。他到了老年，同胡适先生一样，并没有留恋异国，而是回到台湾定居。这充分说明，他是热爱我们祖国大地的。至于他的为人毫无架子，像对我和李长之这样年轻一代的人，竟也平等对待，态度真诚和蔼，更令人难忘。这种作风，即使不是绝无仅有，也总算是难能可贵。对我们今天已经成为前辈的人，不是很有教育意义吗？

去年，他的女儿文茜和文蔷奉父命专门来看我。我非常感动，知道他还没有忘掉我。这勾引起我回忆往事。回忆虽然如云如烟，但是感情却是非常真实的。我原期望还能在大陆见他一面，不意他竟尔仙逝。我非常悲痛，想写点什么，终未果。去年，他的夫人从台湾来北京举行追思会。我正在南京开会，没能亲临参加，只能眼望台城，临风凭吊。我对他的回忆将永远保留在我的心中，直至我不能回忆为止。我的这一篇短文，他当然无法看到了。但是，我仿佛觉得，而且痴情希望，他能看到。四十年音问未通，这是仅有的一次也是最后一次通音问了。悲夫！

佳作赏析：

季羡林（1911—2009），山东清平人，学者、翻译家、散文家。著有学术论著《中印文化关系史论丛》《印度简史》，译作《迦梨陀娑》《罗摩衍那》，散文集《天竺心影》等。

梁实秋先生作为一代大师，在中国文化界享有很高的声誉。季羡林的这篇文章没有就梁实秋的一生作太多陈述，重点介绍了自己与梁实秋先生的相识经过以及主要交往，并对梁实秋与鲁迅的争论作了客观评价。作者虽然与梁实秋先生交往时间不长，但梁先生热爱国家和民族的高尚情操、平易近人的处世态度以及在文学、学术上的巨大成就，让人敬佩不已。而梁先生晚年专门托女儿看望作者，则令季羡林感动不已。文章夹叙夹议，读者能从字里行间体会到作者对梁先生逝世的悲痛之情。

华老师，你在哪儿？

□ 〔中国〕王蒙

在我快要满七周岁的时候，升入当时的北平师范学校附属小学二年级，那是一九四一年，日伪统治时期。

我至今还记得"北师附小"的校歌：

> 北师附小是乐园，
>
> 汉清百岁传，
>
> ……
>
> 向前，向前，
>
> 携手同登最高巅。

第二句"汉清"两个字恐怕有误，如果这个学校是从汉朝办起的，那就不是"百岁传"，而是一千几百年了，大概目前世界上还没有那么古老的学校。

在小学一年级，我们的级任老师姓葛，葛老师对学生是采取放羊政策的，不大管。一遇到天气冷，学校又没有经费买煤升火炉，以至有的小同学冻得尿了裤子（我也有一次这样的并不觉得不光荣的经历），葛老师便干脆宣布提前散学。

二年级换了一位老师叫华霞菱，女，刚从北平师范学校（简称北师）毕业，二十岁左右，个子比较高，脸挺大，还长了些麻子，校长介绍说，她是"北师"的高材生，将担任我们班的级任老师。

她口齿清楚，态度严肃，教学认真，与葛老师那股松垮垮的劲头完全相反。首先是语音，她用当时的"国语注音符号"一个字一个字地校正我们的发音，一丝不苟。我至今说话的发音，还是遵循华老师所教授的，因此，有些字读的与当代普通话有别。例如"伯伯"，我读"be be"，而不肯读"bo bo"；"侦察"的"侦"，我读为"蒸"；"教室"的"室"，我读上声而不肯读去声等等。为"伯""磨"之类的字的读法我还请教过王力教授，他对我的读音表示惊异。其实我出生就在北京，如果和真正的老北京在一起，我也会说一些油腔滑调的北京的土话的，但只要一认真发言，就一切按照华老师四十多年前的教导了，这童年的教育可真重要。

华老师对学生非常严格，经常对一些"坏学生"训诫体罚（站壁角、不准回家吃饭），我们都认为这个老师很厉害，怕她。但她教课，考作业实在是认真极了，所以，包括被处罚得哭了个死去活来的同学，也一致认为这是一个比葛老师强百倍的老师，谁说小孩子不会判断呢？

小学二年级，平生第一次作造句，第一题是"因为"。我造了一个大长句，其中有些字不会写，是用注音符号拼的。那句子是："下学以后，看到妹妹正在浇花呢，我很高兴，因为她从小就不懒惰。"

华老师在全班念了我这个句子，从此，我受到了华老师的"欣赏"。

但是，有一次我出了个"难题"，实在有负华老师的希望。华老师规定，"写字"课必须携带毛笔、墨盒和红模字纸，但经常有同学忘带致使"写字"课无法进行，华老师火了，宣布说再有人不带上述文具来上写字课，便到教室外面站壁角去。

偏偏刚宣布完我就犯了规，等想起这一节是写"字"课时，课前预备铃已经打了，回家再取已经不可能。

我心乱跳，面如土色。华老师来到讲台上，先问："都带了笔墨纸了吗？"

我和一个瘦小贫苦的女生低着头站了起来。

华老师皱着眉看着我们，她问："你们说怎么办？"

我流出了眼泪。最可怕的是我姐姐也在这个学校，如果我在教室外面站了壁角，这种奇耻大辱就会被她报告给父母……天啊，我完了。

全班都沉默着，大家感到了问题的严重性。

那个瘦小的女同学说话了："我出去站着去吧，王蒙就甭去了，他是好学生，从来没犯过规。"

听了这个话我真是绝处逢生，我喊道："同意！"

华老师看了我一眼，摇摇头，叹了口气，厉声说了句："坐下！"

事后她把我找到她的宿舍，问道："当×××（那个女生的名字）说她出去罚站而你不用去的时候，你说什么来着？"

我脸一下子就红了，我无地自容。

这是我平生受到的第一次最深刻的品德教育，我现在写到这儿的时候，心仍然怦怦然，不受教育，一个人会成为什么样呢？

又有一次考"修身"课，其中一道答题需有一个"育"字，我头一天晚上还练习过好几次这个"育"字，临考时却怎么也想不起来了，觉得实在冤枉，便悄悄打开书桌，悄悄翻开了书，找到了这个育字，还自以为无人知晓呢。

发试卷时，华老师说："这次考试，本来有一个同学考得很好，但因为一些原因，他的成绩不能算数。"

我一下子又两眼漆黑了。

又是一次促膝谈心，个别谈话，我承认了自己的错误，华老师扣了我10分，但还是照顾了我的面子，没有在班上公布我考试作弊的不良行为。

华老师有一次带我去先农坛参加全市小学生运动会，会前，还带我去一个糕点铺吃了一碗油茶，一块点心，这是我平生第一次"下馆子"。这种在糕点铺吃油茶的经验，我借用了写到《青春万岁》里苏君和杨蔷云身上了。

运动会开完，天黑了，挤有轨电车时，我与华老师失散了，真挤呀，挤得我脚不沾地。结果我上错了车，我家本来在"西四牌楼"附近，却坐了去"东四牌楼"的车，到了东四，仍然下不来车，一直坐到了北新桥终点站……后来我还是找回了家，从此，我反而与华老师更亲了。

我们上学时候的小学，每逢升级，级任老师就要换的，因此，一九四二年以后，华老师就不再教我们了，此后也有许多好老师，但没有一个像华老师那样细致地教育过我。

一九四五年抗日战争胜利以后，国民党政府从北平号召一部分教师去台湾任教以推广"国语"，华老师自愿报名去了，据说从此她一直在台北。

目前我得知北京师大附小的特级教师关敏卿是当年北师附小的"唱游"教师，教过我的，我去看望了关老师。我与关老师谈了很多华老师的事。关老师在北师时便与华老师同学。后来，关老师还找出了华老师的照片寄给我。

华老师，您能得知我这篇文章的一点信息吗？您现在可好？您还记得我的第一次造句（这是我的"写作"的开始呀）吗？您还记得我的两次犯错误么？还有我们一起喝油茶的那个铺子，那是在前门、珠市口一带吧？对不对？我真想念您，真想见一见您啊。

佳作赏析：

王蒙（1934— ），河北南皮人，作家。著有短篇小说集《王蒙短篇小说集》，长篇小说《青春万岁》，散文集《橘黄色的梦》《访苏心潮》等。有《王蒙选集》行世。

童年的经历往往对一个人的一生有着重要影响，也是他印象最为深刻的，作家王蒙也不例外。他在这篇文章中回忆了自己上小学二年级时的级任老师华霞菱。华老师教学严格，态度认真，但严厉中也有对学生的关爱、呵护，懂得尊重孩子的自尊心、激发学生的自信心。作者通过对当年华老师教学细节以及自己与华老师日常交往的追忆，表达了对这位"严师"的敬佩和思念之情。

听朱光潜先生闲谈

□〔中国〕吴泰昌

朱光潜先生八十四岁时曾说过："我一直是写通俗文章和读者道家常谈心来的。"读过这位名教授数百万言译著的人，无不感到他的文章，即便是阐述艰深费解的美学问题和哲学问题，也都是以极其晓畅通俗的笔调在和读者谈心。接触过他的人，也同样感到，在生活中，他也十分喜爱和朋友、学生谈心。他的这种亲切随和的谈心，汩汩地流出了他露珠似的深邃的思想和为人为文的品格。可惜，他的这种闲谈，其中许多并未形诸文字，真是一种稍纵即逝的闲谈。

五十年代末，我在燕园生活了四五年，还没有机会与朱先生说过一句话，别说交谈、谈心了。五十年代中期，北大一度学术空气活跃。记得当时全校开设过两门热闹一时的擂台课，一门是《红楼梦》，吴组缃先生和何其芳先生分别讲授；另一门是《美学》，由朱光潜先生和蔡仪先生分别讲授。那年我上大二，年轻好学，这些名教授的课，对我极有吸引力，堂堂不拉。课间休息忙从这个课室转战到那个课室，连上厕所也来不及。朱先生的美学课常安排在大礼堂，从教室楼跑去，最快也要十分钟。常常是当我气喘喘地坐定，朱先生已开始讲了。他是一位消瘦的弱老头，操着一口安徽桐城口音，他说话缓慢，常瞪着一双大眼，这就是赫赫有名的美学大师。朱先生最初留给我的就是这使人容易接近的略带某种神秘感的印象。当时美学界正在热烈论争美是什么？是主观？客观？⋯⋯朱先生是论争的重要一方。他的观点有人不同意，甚至遭到批评。讲授同一课题的老师在讲课时，就时不时点名批评他。朱先生讲课态度从容，好像激烈的课堂内外的争论与他很远。他谈笑风生，只管从古到今，从西方到中国引经据典地在论证自己的观点。他讲得条理清晰，知识性强。每次听课的除本校的，还有外校和研究单位人员，不下五六百人。下课以后，人群渐渐流散，只见他提着一个草包，里面总有那个小热水瓶和水杯，精神抖擞地沿着未名湖边水泥小径走去。几次我在路上等他，想向他请教听课时积存的一些疑问，可当时缺乏这种胆量。六十年代初，他仍在西方语言文学系任教，特为美学教研室和文艺理论教研室的教师和研究生讲授西方美学史。我们及时拿到了讲义，后来才成为高校教材正式出版了。也许因为听课的人只有一二十位，房间也变小了，或许也因为我们这些学生年龄增大了，在朱先生的眼中我们算得上是大学生了。他讲课时常停下来，用眼神向我们发问。逼得我在每次听课前必须认真复习，听课时全神贯注，以防他的突然提问。后来渐渐熟了，他主动约我们去他家辅导，要我们将问题先写好，头两天送去。一般是下午三时约我们去他的寓所。那时他还住在燕东园。怕迟到，我们总是提前去，有时走到未名湖发现才两点，只好放慢脚步观赏一番湖光塔影，消磨时间，一会儿，只一会儿，又急匆匆地赶去。星散在花园里的一座座小洋楼似乎是一个个寂静筒，静谧得连一点声音也没有。我们悄声地上了二楼，只见朱先生已在伏案工作。桌面上摊开了大大小小长短不一的西文书，桌旁小书架上堆放了积木似的外文辞典。他听见我们的脚步声近了才放下笔，抬起头来看我们。他辅导的语调仍然是随和的，但我并没有太感到它的亲切，只顾低头，迅速地一字一字一句一句记。我们提多少问题，他答多少，有的答得详细，有的巧妙地绕开。他事先没有写成文字，连一页简单的提纲也没有。他说得有条不紊，记下来就是一段段干净的文字。每次走回校园，晚饭都快收摊了，一碗白菜汤，两个馒头，内心也感到充实。晚上就着微弱昏暗的灯光再细读他的谈话记录。他谈的问题，往往两三句，只点题，思索的柴扉就顿开了。

我曾以为永远听不到他的讲课了，听不到他的谈话了。十年内乱期间不断听到有关他受难的消息。其实，这二三十年他就是在长久的逆境中熬过来的，遭难对他来说是正常的待遇。他的许多译著，比如翻译黑格尔《美学》三卷四册，这一卓越贡献，国内其他学者难以替代的贡献，就是在他多次挨整、心绪不佳的情况下意志顽强地完成的。如果说，中国几亿人，在这场十年浩劫中，几乎每一个家庭、每一个人都有不可弥补的损失，对于我来说，一个难说很大但实在是不可弥补的损失，就是我研究生期间记录杨晦老师、朱光潜老师辅导谈话的一册厚厚的笔记本被北大专案组作为"罪证"拿走丢失了。好在我的大脑活动正常，我常常在心里亲切地回想起朱先生当年所说的一切。

一九八零年，由于一个非常偶然的机会，使我和朱先生有了较多的接触。这种接触比听他的课、听他的辅导、师生之间的交谈更为亲切、透彻。作为一位老师，他的说话语气再随和，在课堂上，在辅导时，总还带有某种严肃性。二十年前我们在他的书房里听他二三小时的谈话，他连一杯茶水也不会想起喝，当然也不会想起问他的学生是否口渴。现在，当我在客厅沙发上刚坐下，他就会微笑地问我："喝点酒消消疲劳吧！中国白酒，外国白兰地、威士忌都有，一起喝点！"我们的谈话就常常这样开始，就这样进行，就这样结束。他喝了一辈子的酒。酒与他形影不离。他常开玩笑地说："酒是我一生最长久的伴侣，一天也离不开它。"我常觉得他写字时那颤抖的手是为酒的神魔所驱使。酒菜很简单，常是一碟水煮的五香花生米。他说："你什么时候见我不提喝酒，也就快回老家了。"在他逝世前，有一段时间医生制止他抽烟、喝酒。我问他想不想酒，他坐在沙发上闭上眼睛摇头。去年冬天我见他又含上烟斗了，我问他想不想喝酒，他睁大眼睛说："春天吧，不是和叶圣老早约好了吗？"

　　我记得我一九八零年再一次见到他，并不是在他的客厅里，朱师母说朱先生刚去校园散步了。我按照他惯走的路线在临湖轩那条竹丛摇曳的小路上追上了他。朱先生几十年来，养成了散步的习惯，清晨和下午，一天两次，风雨无阻，先是散步，后来增加打太极拳。我叫他："朱先生！"他从遥远的想象中回转头来，定了定神，突然高兴地说："你怎么这么快就来了？"

　　夕阳将周围涂上了一片金黄。我告诉他昨天就想来。他说："安徽出版社要出我一本书，家乡出版社不好推却，但我现在手头上正在翻译《新科学》，一时又写不出什么，只好炒冷饭，答应编一本有关文学和美学欣赏的短文章选本。这类文章我写过不少，有些收过集子，有些还散见在报刊上。也许这本书，青年人会爱读的。前几天出版社来人谈妥这事，我想请你帮忙，替我编选一下。"我说："您别分神，这事我能干，就怕做不好。"他说："相信你能做好，有些具体想法再和你细谈。走，回家去。"在路上，他仔细地问我的生活起居，当听说我晚上常失眠，吃安眠药，他批评说，文人的生活一定要有规律，早睡早起，千万别养成开夜车的习惯。下半夜写作很伤神！他说写作主要是能做到每天坚持，哪怕一天写一千字，几百字，一年下来几十万字，就很可观了，一辈子至少留下几百万字，也就对得起历史了。他说起北大好几位教授中年不注意身体，五十一过就写不了东西，开不了课，这很可惜。他说，写作最怕养成一种惰性。有些人开笔展露了才华，后来懒了，笔头疏了，眼高手低，越来越写不出。脑子这东西越用越活，笔头也是越写越灵，这是他几十年的一点体会。他说，五十年前他写谈美十二封信，很顺手，一气呵成，自己也满意。最近写《谈美书简》，问题思考得可能要成熟些，但文章的气势远不如以前了。这二三十年他很少写这种轻松活泼的文章。他开玩笑地说，写轻松活泼的文章，作者自己的心情也要轻松愉快呵！在希腊、在罗马和中国春秋战国时代政治和学术空气自由，所以才涌现出了那么多的大思想家、大哲学家、大文学家，文笔锋利，又自如活泼。他的这番谈话使我想起，一九七八年《文艺报》复刊，我曾写信给朱先生，请他对复刊后的《文艺报》提点希望。他在二三百字的复信中，主要谈了评论、理论要真正做到百家争鸣，以理服人，平等讨论，不要轻率作结论。他说："学术繁荣必须要有这种生动活泼、心情舒畅的局面。"

我谛听朱先生的多次谈话，强烈地感到他的真知灼见是在极其坦率的形式下流露出来的。他把他写的一份《自传》的原稿给我看。这是一本作家小传的编者请他写的。我一边看，他顺手点起了烟斗。他备了好几个烟斗，楼上书房、楼下客厅里随处放着，他想抽就能顺手摸到。朱先生平日生活自理能力极差，而多备烟斗这个细节，却反映了他洒脱马虎之中也有精细之处。他想抽烟，就能摸到烟斗，比他随身带烟斗，或上下楼去取烟斗要节省时间。

我看完《自传》没有说话，他先说了："这篇如你觉得可以就收进《艺术杂谈》里，好让读者了解我。"这是一篇真实的自传，我觉得原稿中有些自我批判的谦辞过了，便建议有几处要加以删改。他想了一会，勉强同意。"不过，"他说，"我这人一生值得批判的地方太多，学术上的观点也常引起争议和批评，有些批评确实给了我帮助。一个人的缺点是客观存在，自己不说，生前别人客气，死后还是要被人说的。自传就要如实地写。"时下人们写回忆录，写悼念文章，写自传成风，我阅读到的不少是溢美的，像朱先生这样恳切地暴露自己弱点的实在鲜见。我钦佩他正直的为人，难怪冰心听到他逝世的消息时脱口说他是位真正的学者。最近作家出版社约我编《十年（1976-1986）散文选》，我特意选了朱先生的这篇《自传》。读着他这篇优美的散文，我看到了，也愿意更多的朋友看到他瘦小身躯里鼓荡着的宽阔的胸怀。

在我的记忆里，朱先生的闲谈从来是温和的、缓慢的、有停顿的。但有一次，说到争鸣的态度时，他先平静地说到批评需要有平等的态度，不是人为地语气上的所谓平等，重要的是正确理解对方的意思，在需要争论的地方开展正常的讨论。说着说着，他突然有点激动地谈起自己的一篇文章被争鸣的例子。他有篇文章发表了对马克思主义关于上层建筑与经济基础关系论述的一些理解。他说之所以提出这个问题，就是为了引起更多人的研究，他期待有认真的不同意他的观点的文章发表。他说后来读到一篇批评文章很使他失望。这篇文章并没有说清多少他的意见为什么不对，应该如何理解，主要的论据是说关于这个问题某个某个权威早就这样那样说过了。朱先生说，这样方式的论争，别人就很难再说话了。过去许多本来可以自由讨论的学术问题、理论问题用这种方式批评，结果变成了政治问题。朱先生希望中青年理论家要敏锐地发现问题，敢于形成并发表自己的见解。

有次他提出要我替他找一本浙江出版的《郁达夫诗词抄》。他说他从广告上见到出版了这本书。恰巧不久我去杭州和郁达夫家乡富阳，回来送给他一本，他很高兴，说达夫的旧体诗词写得好，过去读过一些，想多读点。过了不久，有次我去，他主动告诉我这本书他已全读了，证实了他长久以来的一种印象：中国现代作家中，旧体诗词写得最好的是郁达夫。他说他有空想写一篇文章。我说给《文艺报》吧。他笑着说：肯定又要引火烧身。不是已有定论，某某、某某某的旧体诗词是典范吗？他说郁达夫可能没有别人伟大，但他的旧体诗词确实比有的伟大作家的旧体诗词写得好，这有什么奇怪？他强调对人对作品的评价一切都要从实际出发，千万不要因人的地位而定。顺此他又谈到民初杰出的教育家李叔同，他认为李在我国近代普及美育教育方面贡献很大，一直没有得到充分的评价。他说李后来成了弘一法师，当了和尚，但并不妨碍他曾经是一位了不起的音乐家、美术家、书法家。他说现在有些文学史评价某某人时总爱用"第一次"的字眼，有些真称得上是第一次，有些则是因为编者无知而被误认为是第一次的。他说很需要有人多做些历史真实面貌的调查研究。我在《文汇月刊》发表了一篇《引进西方艺术的第一人——李叔同》，朱先生看后建议我为北大出版社美学丛书写一本小册子，专门介绍李叔同在美学上的贡献。我答应试试。为此还请教过叶圣老。他亦鼓励我完成这本书。朱先生这几年多次问起这件事，他说："历史不该忘记任何一位不应被遗忘的人。"

朱先生虽然长期执教于高等学府，但他主张读书、研究不要脱离活泼生动的实际。他很欣赏朱熹的一首诗："半亩方塘一鉴开，天光云影共徘徊。问渠那得清如许，为有源头活水来。"他多次熟练地吟诵起这首诗。一九八一年我请朱先生为我写几句勉励的话，他录写的就是这首诗。他在递给我时又说这首诗的末句写得好，意味无穷。有次他谈起读书的问题，他强调要活读书。他说现在出书太多，连同过去出的，浩如烟海，一个人一生不干别的，光读书这一辈子也读不完。这里有个如何读和见效益的问题。他认为认真读书不等于死读书。他说，要从自己的兴趣和研究范围出发，一般的书就一般浏览，重点的书或特别有价值的书就仔细读，解剖几本，基础就打牢了。二十多年前他曾建议我们至少将《柏拉图文艺对话集》读三遍。他举例说，黑格尔的《美学》是搞文艺理论、评论的人必须钻研的一部名著。但三卷四册的读法也可以有区别。重头书里面还要抓重点，他说《美学》第三卷谈文学的部分就比其他部分更要下工夫读。他说搞文艺理论研究的人，必须对文学中某一样式有深入的了解和欣赏。他个人认为诗是最能体现文学特性的一种样式。他喜欢诗。他最早写的有关文学和美学欣赏的文字，多举诗词为例。新中国成立后他为《中国青年》杂志写过一组赏析介绍中国古典诗词的文章。四十年代他在北大讲授"诗论"，先印讲义后出书，影响很大，前年三联书店又增订出版。他在后记中说："我在过去的写作中，自认为用功较多，比较有点独到见解的，还是这本《诗论》。我在这里试图用西方诗论来解释中国古典诗歌，用中国诗论来印证西方诗论；对中国诗的音律为什么后来走上律诗的道路，也作了探索分析。"他说我们研究文学可以以诗为突破口，为重点，也可以以小说、戏剧为重点。总之，必须对文字某一样式有较全面、历史的把握。否则，写文艺理论和写文艺评论文章容易流于空泛。

这几年，每次看望朱先生，他都要谈起翻译维柯《新科学》的事。这是他晚年从事的一项浩繁的工程。他似乎认定，这部书非译不可，非由他来译不可。他毫无怨言地付出了晚年本来就不旺盛的精力。他是扑在《新科学》在封面上辞世的。他对作为启蒙运动时期一位重要的美学代表的维柯，评价甚高。早在《西方美学史》中就辟有专章介绍。他在八十三岁高龄时，动手翻译这部近四十万字的巨著。起先每天译一二千字，以后因病情不断，每天只能译几百字。前后共三年。去年第一卷付梓后，他考虑这部书涉及的知识既广又深，怕一般读者阅读有困难，决定编写一份注释，待书再版时附在书末。家里人和朋友都劝他，这件事先放一放，或者委托给年轻得力的助手去做，他现在迫切需要的是休息，精力好了，抓紧写些更需要他写的文章。他考虑过这个意见，最后还是坚持由他来亲自编写。他说，换人接手，困难更多，不如累我一个人。有次在病中，他说希望尽快从《新科学》中解脱出来。他想去家乡有条件疗养休息的中等城市埋名隐姓安静地住一段。但是，对事业的挚爱已系住了他的魂魄。在他最需要静静地休息的时刻，他又在不安静地工作。他逝世前三天，趁人不备，艰难地顺楼梯向二楼书房爬去。家人发现后急忙赶去搀扶，他嗫嚅地说："要赶在见上帝前把《新科学》注译编写完。"他在和生命抢时间。他在一九八一年九月十日写给笔者的信中说："现在仍续译维柯的《自传》，大约两三万字，不久即可付抄。接着就想将《新科学》的第一个草稿仔细校改一遍，设法解决原来搁下的一些疑难处，年老事多，工作效率极低，如明年能定稿，那就算是好事了。"花了整整三年，终于定稿了，是件叫人高兴的大好事。我见过该书的原稿，满眼晃动的是密密麻麻、歪歪斜斜的字迹。

朱先生做事的认真，在一些本来可以不惊动他的杂事上也表现出来。这几年，他在悉心翻译《新科学》的同时，又为大百科全书外国文学卷审稿。我在替他编选《艺文杂谈》时遇到的一些问题，他都一一及时或口头或书面答复。入集的文章，不管是旧作还是新作，他都重新看过，大到标题的另拟，小到印刷误排的改正，他都一丝不苟地去做。他一九四八年写过《游仙诗》一文，刊在他主编的《文学杂志》三卷四期上。他说这篇文章提出了一些见解，叫我有时间可以一读，同时又说写得较匆忙，材料引用有不确之处，他趁这次入集的机会，修改了一番。标题改为《楚辞和游仙诗》，删去了开头的一大段。他怕引诗有误，嘱我用新版本再核对一次。我在北大图书馆旧期刊里发现了一些连他本人也一时想不起来的文章。他每篇都看，有几篇他觉得意思浅，不同意再收入集子，他说：有些文章发表了，不一定有价值再扩大流传，纸张紧，还是多印些好文章。

朱先生很讨厌盲目吹捧，包括别人对他的盲目吹捧。他希望读到有分析哪怕有尖锐批评的文章。香港《新晚报》曾发表曾澍基先生《新美学掠影》一文，我看到了将剪报寄给朱先生看，不久他回信说该文"自有见地，不是一味捧场，我觉得写得好"。他常谈到美学界出现的新人，说他们的文章有思想，有锋芒，有文采，他现在是写不出来的。他感叹岁月无情，人老了，思维也渐渐迟钝了，文笔也渐渐滞板了，他说不承认这个事实是不行的。

朱先生的记忆力近一二年明显有衰退。有几件小事弄得他自己啼笑皆非。有次他送书给画家黄苗子和郁风。分别给每人签名送一本。郁风开玩笑叫我捎信去：一本签两人名字就行了。朱先生说原来晓得他们是一对，后来有点记不准，怕弄错了，不如每人送一本。过了一阵，他又出了一本书，还是给黄苗子、郁风每人一本，我又提醒他，他笑着说：我忘了郁风是和黄苗子还是和黄永玉……拿不准，所以干脆一人一本。小事上他闹出的笑话还不止这一桩。但奇怪的是，谈起学问来，他的记忆力却不坏。许多事，只要稍稍提醒，就会想起，回答清楚。那是一九八三年秋天，他在楼前散步，躲地震时临时搭起的那间小木屋还没有拆除，他看看花草，又看看这间小木屋，突然问我："最近忙不忙？"我一时摸不清他的意思，没有回答。他说你有时间，我们合作搞一个长篇对话。你提一百个问题，我有空就回答，对着录音机谈，你整理出来我抽空再改定。我说安排一下可以，但不知问题如何提？他说：可从他过去的文章里发掘出一批题目，再考虑一些有关美学、文艺欣赏、诗歌、文体等方面的问题。每个问题所谈可长可短，平均两千字一篇。他笑着说："歌德有对话录，我们不叫这个，就叫闲谈吧！"他当场谈起上海同济大学教授陈从周写了有关园林艺术的专著，很有价值。他说，从园林艺术研究美学是一个角度。他说，外国有一部美学辞典，关于"美"的条目就列举了中国圆明园建筑艺术的例子。他说空些时翻译出来给我看。那天，我还问起朱先生为什么写文艺评论、随笔喜欢用对话体和书信体？他说这不就提了两个问题？你再提九十八个题目便成了。他又说："你还问过我，亚里士多德的《诗学》和柏拉图的文艺对话对后来的文艺发展究竟谁的影响大？"这又是一个题目。我在一篇文章中说《红楼梦》是散文名篇，有人认为"散文名篇"应改为"著名小说"，我不同意，为什么？这里涉及中国古代散文的概念问题。他笑着说：题目不少，你好好清理一下，联系实际，想些新鲜活泼有趣的题目。我们约好冬天开始，叫我一周去一次。后来由于他翻译维柯《新科学》没有间歇，我又忙于本职编辑工作，出一趟城也不容易，就这样，一拖再拖终于告吹。朱师母说，朱老生前有两个未了的心愿，一是未见到《新科学》出书，一是未能践约春天去看望老友叶圣陶、沈从文。我想，这个闲谈记录未能实现，也该算朱先生又一桩未了的心愿吧！

佳作赏析：

吴泰昌（1937— ），安徽人。著有《艺术轶事》《文苑随笔》《有星的和无星的夜》等。

朱光潜先生是我国著名的美学家。作者以学生、晚辈的身份回忆了自己与朱光潜先生日常交往的一些经历，重点记述了朱光潜谈话中的观点、态度，为后人留下了许多宝贵的资料。朱光潜先生学术造诣深厚，但他从来不以学术权威的地位和身份压人，主张百家争鸣、以理服人、平等讨论；对于自己的缺点和错误从不避讳，主张实事求是；不迷信权威结论，主张还原历史本来面目；读书要联系实际，反对死读书；做事认真负责，晚年仍以高度的责任感完成维柯《新科学》的翻译工作。这些优秀的品质和风格都是值得后人认真学习的。

话黄胄

□ [中国] 梁斌

　　绘画者，天才之事业也。我们河北蠡县梁家庄不过是个只有百多户人家的荒僻小村，而黄胄在我们老梁弟兄行中，又是比较幼小的，却从童稚时就显示出这种艺术才能。他写大仿，常是中途辍笔，竟然画开了画儿。祖父是戏班会头，而戏班就在外院，所以黄胄那时也常画"戏子人"。他现在画的人物婀娜多姿，恐怕与此不无关系吧。

　　黄胄八岁随母亲离开了出生他的冀中平原，浪迹在古关中地区。"渭北春天树，江东日暮云"，是古人所谓云树之思，友朋间的怀念。黄胄远在渭水之滨；我转战于冀中，却没有到过江东，但这种云树之思却常牵动我的感情。近年来，我们身居京、津两地，相距咫尺，这种感情仍然有增无减。

　　黄胄一去就是二十余载。五十年代初，一位老朋友、名记者方明对我说，北京有一个画家黄胄，听说话也是你们"大百尺（村名）"那里的口音。对于"黄胄"其名，我当然不陌生。他的新疆风情画我看了不少，那种运用中国水墨画的精湛笔法，流动、酣畅的线条，大胆、瑰丽的设色，新奇的构图，所描绘的草原牧民生活和歌舞人物，绝非等闲之画家所可望其项背者，我当然印象难忘。究竟故乡谁能成为此大画家？想来想去，便想到可能是那个小兄弟"老傻"，因为只有他孜孜于习画，而他大哥也善挥洒丹青。彼时，拙作长篇小说《红旗谱》已一再刊行，出版社拟再印豪华本送瑞典做书展之用。编辑询问我，请谁绘制插图为宜，我就说北京有个画家黄胄，艺事精妙，听说是我们老乡，可能熟悉书中所写的风土人情。当时，黄胄未答应作插画，但他给北京和平画店打电话，说想见我一面。我便请画店转告也有此愿。我们终于见了面。黄胄一露面，我就看出来了，不禁脱口而出："是'老傻'！"吾弟虽长别二十余年，说话仍不失乡音，叙述往事，倍为亲切。我到他家见了黄胄母亲——我的老姊子，一家子人同去吃了一顿饭，十分高兴。

我憨厚而又聪明的小兄弟，能成就如此大的事业，全在于他的勤奋。为了画好《红旗谱》插图，他重到阔别二十多年的家乡，同亲人、老乡促膝相谈，重温了童年生活之梦。所以，黄胄为小说所绘插图，生活气息浓厚，形象地再现了那风起云涌的年代，那又富庶又贫穷的土地。他笔下的人物是家乡的人物，笔下事物是家乡的事物，完全是小说生活的补充，使作品中的人物形象更为丰满。小说中的人物春兰那幅画，在俏丽的外形下洋溢着冀中儿女的纯朴感情和青春气息，与其说它是从属于小说的插图，毋宁说是卓越的肖像描写，这真使拙作增添光彩。有意思的是，我的《红旗谱》在"文革"中受批判，黄胄也被株连，单是春兰这张成功之作，就批了一百二十场！

黄胄为了完成自己的事业，曾经千辛万苦深入生活。他的驴子何以描绘得那样栩栩如生，憨态可掬？据他说，他在新疆维吾尔自治区下乡时，居室隔壁就是"打掌铺"（削蹄钉的）掌，小驴或则奋蹄摇尾，或者喷鼻长啸，或则倒地翻滚，他都一笔一笔而记之。在长期的生活与观察中，才创作出百态千姿的驴。前人绘驴，每以"骑驴过小桥，独语梅花瘦"或"此身合是诗人未，细雨骑驴入剑门"的清隽冷瘦意境为尚，黄胄画驴却着力描绘这种动物与民间生活的联系，渲染驴子的稚憨神态。这一农家蠢物竟也登上大雅之堂，是我国传统绘画创作领域的一大扩展。

清水穿石，非一日之功。深入生活即师造化，创新即不落俗套，学习传统技巧即继承古法，是他一生追求的目标。在北京，在我们几十年互相来往中，只见他一时猛攻画鸡，一时猛攻画马，一时猛画鸡雏，一时又见他猛攻骆驼。有一次，我见他房里挂着一张铅笔画，上题："用铅笔也可画'八大'。"他临宋、元、明、清作品，临任伯年，画竹，画草，画棕树，画荷花，一个个攻关，又一个个转化为自己的笔墨。现在他画墨驼已经达到升华的境地。

自从我与黄胄兄弟重逢，相知数十年，感到吾弟的确永为燕赵之人。他收入颇丰，但不喜金钱，"文革"中群众冻结他的存款，发现仅有人民币三十二元。他在友朋间慷慨仗义，不拘小节，不失燕赵男儿之风。

在大千世界中，黄胄捕捉人世间之美，创作颇丰，作品已为海内外人士所熟知。他遵中国领导之嘱，一九七八年为日本国裕仁天皇绘制了《百驴图》，一九八四年为美国大总统里根绘制了《松鹰图》，受到日、美人士的赞赏。现在一些人士已把黄胄画驴，与徐悲鸿先生画马、齐白石老人画虾，比之为我国近代画坛"三绝"。

艺无止境。我作如上说，绝非对自家弟兄故作渲染，而是表示我勉力向他学习的寸心，并互勉作更高的攀登。

佳作赏析：

梁斌（1914—1996），河北人，当代作家。著有《红旗谱》《播火记》《烽烟图》等。

梁斌是著名作家，他在这篇文章中描述了和他同村同宗的本家兄弟、著名画家黄胄的一些事情。黄胄出身贫寒之家，但从小有绘画天赋，经过几十年的刻苦练习和探索，终成一位画家。他深入生活、刻苦临摹，拓宽了传统绘画领域的题材，在艺术上达到很高的境界。不仅如此，他还淡泊名利，对钱财看得很轻，不失燕赵男儿之风。黄胄对艺术的执着追求，淡泊名利的精神，都值得后人学习。

文章与前额并高

□ [中国] 余光中

　　自从十三年前迁居香港以来，和梁实秋先生就很少见面了。屈指可数的几次，都是在颁奖的场合，最近的一次，却是从梁先生温厚的掌中接受时报文学的推荐奖。这一幕颇有象征的意义，因为我这一生的努力，无论是在文坛或学府，要是当初没有这只手的提掖，只怕难有今天。

　　所谓"当初"，已经是三十六年以前了。那时我刚从厦门大学转学来台，在台大读外文系三年级，同班同学蔡绍班把我的一叠诗稿拿去给梁先生评阅。不久他竟转来梁先生的一封信，对我的习作鼓励有加，却指出师承囿于浪漫主义，不妨拓宽视野，多读一点现代诗，例如哈代、浩斯曼、叶慈等人的作品。梁先生的挚友徐志摩虽然是浪漫诗人，他自己的文学思想却深受哈佛老师白璧德之教，主张古典的清明理性。他在信中所说的"现代"自然还未及现代主义，却也指点了我用功的方向，否则我在雪莱的西风里还会漂泊得更久。

　　直到今日我还记得，梁先生的这封信是用钢笔写在八行纸上，字大而圆，遇到英文人名，则横而书之，满满地写足两张。文艺青年捧在手里，惊喜自不待言。过了几天，在绍班的安排之下，我随他去德惠街一号梁先生的寓所登门拜访。德惠街在城北，与中山北路三段横交，至则巷静人稀，梁寓雅洁清幽，正是当时常见的日式独栋平房。梁师母引我们在小客厅坐定后，心仪已久的梁实秋很快就出现了。

那时梁先生正是知命之年，前半生的大风大雨，在大陆上已见过了，避秦也好，乘桴浮海也好，早已进入也无风雨也无晴的境界。他的谈吐，风趣中不失仁蔼，谐谑中自有分寸，十足中国文人的儒雅加上西方作家的机智，近于他散文的风格。他就坐在那里，悠闲而从容地和我们谈笑。我一面应对，一面仔细地打量主人。眼前这位文章巨公，用英文来说，体型"在胖的那一边"，予人厚重之感。由于发岸线（hairline）有早退之像，他的前额显得十分宽坦，整个面相不愧天庭饱满，地阁方圆，加以长牙隆准，看来很是雍容。这一切，加上他白皙无斑的肤色，给我的印象颇为特殊。后来我在反省之余，才断定那是祥瑞之相，令人想起一头白象。

当时我才二十三岁，十足一个躁进的文艺青年，并不很懂观相，却颇热衷猎狮（Lion-hunting）。这位文苑之狮，学府之师，被我纠缠不过，答应为我的第一本诗集写序。序言写好，原来是一首三段的格律诗，属于新月风格。不知天高地厚的躁进青年，竟然把诗拿回去，对梁先生抱怨说："您的诗，似乎没有特别针对我的集子而写。"

假设当日的写序人是今日的我，大概狮子一声怒吼，便把狂妄的青年逐出师门去了。但是梁先生眉头一抬，只淡淡地一笑，徐徐说道："那就别用得了……书出之名，再给你写评吧。"

量大而重诺的梁先生，在《舟子的悲歌》出版后不久，果然为我写了一篇书评，文长一千多字，刊于一九五二年四月十六日的《自由中国》。那本诗集分为两辑，上辑的主题不一，下辑则尽为情诗；书评认为上辑优于下辑，跟评者反浪漫的主张也许有关。梁先生尤其欣赏《老牛》与《暴风雨》等几首，他甚至这么说："最出色的要算是《暴风雨》一首，用文字把暴风雨的那种排山倒海的气势都描写出来了，真可说是笔挟风雷。"在书评结论里有这样的句子：

> 作者是一位年轻人，他的艺术并不年青，短短的《后记》透露出一点点写作的经过。他有旧诗的根底，然后得到英诗的启发。这是很值得我们思考的一条发展路线。我们写新诗，用的是中国文字，旧诗的技巧是一份必不可少的文学遗产，同时新诗是一个突然生出的东西，无依无靠，没有轨迹可循，外国诗正是一个最好的借镜。

在那么古早的岁月，我的青涩诗艺，根底之浅，启发之微，可想而知。梁先生溢美之词固然是出于鼓励，但他所提示的上承传统旁汲西洋，却是我日后遵循的综合路线。

朝拜缪思的长征，起步不久，就能得到前辈如此的奖掖，使我的信心大为坚定。同时，在梁府的座上，不期而遇，也结识了不少像陈之藩、何欣这样同辈的朋友，声应气求，更鼓动了创作的豪情壮志。诗人夏菁也就这么邂逅于梁府，而成了莫逆。不久我们就惯于一同去访梁公，有时也约王敬羲同行，不知为何，记忆里好像夏天的晚上去得最频。梁先生怕热，想是体胖的关系；有时他索性只穿短袖的汗衫接见我们，一面笑谈，一面还要不时挥扇。我总觉得，梁先生虽然出身外文，气质却在儒道之间，进可为儒，退可为道。可以想见，好不容易把我们这些恭谨的晚辈打发走了之后，东窗也好，东床也罢，他是如何地坦腹自放。我说坦腹，因为他那时有点发福，腰围可观，纵然不到福尔斯塔夫的规模，也总有约翰逊或纪晓岚的分量，足证果然腹笥深广。据说，因此梁先生买腰带总嫌尺码不足，有一次，他索性走进中华路一家皮箱店，买下一只大号皮箱，抽出皮带，留下箱子，扬长而去。这倒有点世说新语的味道了，是否谣言，却未向梁先生当面求证。

梁先生好客兼好吃，去梁府串门子，总有点心招待，想必是师母的手艺吧。他不但好吃，而且懂吃，两者孰因孰果，不得而知。只知他下笔论起珍馔名菜来，头头是道。就连既不好吃也不懂吃的我，也不禁食指欲动，馋肠若蠕。在糖尿病发之前，梁先生的口福委实也饱足了。有时乘兴，他也会请我们浅酌一杯。我若推说不解饮酒，他就会作态佯怒，说什么"不烟不酒，所为何来？"引得我和夏菁发笑。有一次，他斟了白兰地飨客，夏菁勉强相陪。我那时真是不行，梁先生说"有了"，便向橱顶取来一瓶法国红葡萄酒，强调那是一八四二年产，朋友所赠。我总算喝了半盅，飘飘然回到家里，写下《饮 1842 年葡萄酒》一首。梁先生读而乐之，拿去刊在《自由中国》上，一时引人瞩目。其实这首诗学济慈而不类，空余浪漫的遐想，换了我中年来写，自然会联想到鸦片战争。

梁先生在台北搬过好几次家。我印象最深的两处梁宅，一在云和街，一在安乐街。我初入师大（那时还是省立师范学院）教大一英文，一年将满，又偕夏菁去云和街看梁先生。谈笑及半，他忽然问我："送你去美国读一趟书，你去吗？"那年我已三十，一半书呆，一半诗迷，几乎尚未阅世，更不论乘飞机出国。对此一问，我真是惊多喜少。回家和我妻讨论，她是惊少而喜多，马上说："当然去！"这一来，里应外合势成。加上社会压力日增，父亲在晚餐桌上总是有意无意地报导："某伯伯家的老三也出国了！"我知道偏安之日已经不久。果然三个月后，我便文化充军，去了秋色满地的爱奥华城。

从美国回来，我便专任师大讲师。不久，梁先生从英语系主任变成了我们的文学院长，但是我和夏菁去看他，仍然称他梁先生。这时他又迁至安东街，住进自己盖的新屋。稍后夏菁的新居在安东街落成，他便做了令我羡慕的梁府近邻，也从此，我去安东街，便成了福有双至，一举两得。安东街的梁宅，屋舍俨整，客厅尤其宽敞舒适，屋前有一片颇大的院子，花木修护得可称多姿，常见两老在花畦树径之间流连。比起德惠街与云和街的旧屋，这新居自然优越了许多，更不提广州的平山堂和北碚的雅舍了。可以感受得到，这新居的主人在"家外之家"，怀乡之余，该是何等的快慰。

六十五岁那年，梁先生在师大提前退休，欢送的场面十分盛大。翌年，他的终身大事——《莎士比亚戏剧全集》之中译完成。朝野大设酒会庆祝盛举，并有一女中的学生列队颂歌，想莎翁生前也没有这般殊荣。师大英语系的晚辈同事也设席祝贺，并赠他一座银盾，上面刻着我拟的两句赞词："文豪述诗豪，梁翁传莎翁。"沙翁退休之年是四十七岁，逝世之年也才五十二岁，其实还不能算翁。同时沙翁生前只出版了十八个剧本，梁翁却能把三十七本莎剧全部中译成书。对比之下，梁翁是有福多了。听了我这意见，梁翁不禁莞尔。

这已经是二十年前的事了。后来夏菁担任联合国农业专家，远去了牙买加。梁先生一度旅寄西雅图。我自己先则旅美两年，继而去了香港，十一年后才回台湾。高雄与台北之间虽然只是四小时的车程，毕竟不比厦门街到安东街那么方便了。青年时代夜访梁府的一幕一幕，皆已成为温馨的回忆，只能在深心重温，不能在眼前重演。其实不仅梁先生，就连晚他一辈的许多台北故人，也都已相见日稀。四小时的车就可以回到台北，却无法回到我的台北时代。台北，已变成我的回声谷。那许多巷弄，每转一个弯，都会看见自己的背影。不能，我不能住在背影巷与回声谷里。每次回去台北，都有一番近乡情怯，怕卷入回声谷里那千重魔幻的漩涡。

……

梁实秋的文学思想强调古典的纪律，反对浪漫的放纵。他认为革命文学也好，普罗文学也好，都只是把文学当作工具，眼中并无文学；但是在另一方面，他也不赞成为艺术而艺术，因为那样势必把艺术抽离人生。简而言之，他认为文学既非宣传，亦非游戏。他始终标举安诺德所说的，作家应该"沉静地观察人生，并观察其全貌"。因此他认为文学描写的充分对象是人生，而不仅是阶级性。

黎明版《梁实秋自选集》的小传，说作者："生平无所好，惟好交友、好读书、好议论。"季季在访问梁先生的记录《古典头脑，浪漫心肠》之中，把他的文学活动分成翻译、散文、编字典、编教科书四种。这当然是梁先生的台湾时代给人的印象。其实梁先生在大陆时代的笔耕，以量而言，最多产的是批评和翻译，至于《雅舍小品》，已经是四十岁以后所作，而在台湾出版的了。《梁实秋自选集》分为文学理论与散文二辑，前辑占一九八页，后辑占一六二页，分量约为五比四，也可见梁先生对自己批评文章的强调。他在答季季问就说："我好议论，但是自从抗战军兴，无意再作任何讥评。"足证批评是梁先生早岁的经营，难怪台湾的读者印象已淡。

一提起梁实秋的贡献，无人不知莎翁全集的浩大译绩，这方面的声名几乎掩盖了他别的译书。其实翻译家梁实秋的成就，除了莎翁全集，尚有《织工马南传》《咆哮山庄》《百兽图》《西塞罗文录》等十三种。就算他一本莎剧也未译过，翻译家之名他仍当之无愧。

读者最多的当然是他的散文。《雅舍小品》初版于一九四九年，到一九七五年为止，二十六年间已经销了三十二版，到现在想必近五十版了。我认为梁氏散文所以动人，大致是因为具备下列这几种特色：

首先是机智闪烁，谐趣迭生，时或滑稽突梯，却能适可而止，不堕俗趣。他的笔锋有如猫爪戏人而不伤人，即使讥讽，针对的也是众生的共相，而非私人，所以自有一种温柔的美感距离。其次是篇幅浓缩，不务铺张，而转折灵动，情思之起伏往往点到为止。此种笔法有点像画上的留白，让读者自己去补足空间。梁先生深信"简短乃机智之灵魂"，并且主张"文章要深，要远，就是不要长"。再次是文中常有引证，而中外逢源，古今无阻。这引经据典并不容易，不但要避免出处太过俗滥，显得腹笥寒酸，而且引文要来得自然，安得妥帖，与本文相得益彰，正是学者散文的所长。

最后的特色在文字。梁先生最恨西化的生硬和冗赘，他出身外文，却写得一手道地的中文。一般作家下笔，往往在白话、文言、西化之间徘徊歧路而莫知取舍，或因简而就陋，一白到底，一西不回；或弄巧而成拙，至于不文不白，不中不西。梁氏笔法一开始就逐走了西化，留下了文言。他认为文言并未死去，反之，要写好白话文，一定得读通文言文。他的散文里使用文言的成分颇高，但不是任其并列，而是加以调和。他自称文白夹杂，其实应该是文白融会。梁先生的散文在中岁的《雅舍小品》里已经形成了简洁而圆融的风格，这风格在台湾时代仍大致不变。证之近作，他的水准始终在那里，像他的前额一样高超。

余光中（1928—），福建永春人，生于南京。诗人、作家。著有散文集《逍遥游》《听听那冷雨》，诗集《五陵少女》《白玉苦瓜》等。

与季羡林怀念梁实秋的文章相比，余光中的这篇《文章与前额并高》对梁实秋本人的描写要详尽得多。作者因诗稿与梁实秋结缘，以后的数年又得以后生晚辈的身份频繁去梁宅拜访，与梁实秋先生交往颇深。文章记录了梁实秋晚年的一些特征和生活细节，比如身宽体胖、好客、好吃，对于梁实秋先生在翻译、文学思想、散文创作等方面取得的巨大成就也做了详细介绍，尤其是关于梁实秋散文特点的归纳，可谓精当。作者将自己对梁实秋先生的崇敬之情有机地融入到叙事中去，夹叙夹议，读来饶有兴味。

尺素寸心

□ [中国] 余光中

接读朋友的来信，尤其是远自海外犹带着异国风云的航空信，确是人生一大快事，如果无须回信的话。回信，是读信之乐的一大代价。久不回信，屡不回信，接信之乐必然就相对减少，以至于无，这时，友情便暂告中断了，直到有一天在赎罪的心情下，你毅然回起信来。蹉跎了这么久，接信之乐早变成欠信之苦，我便是这么一位屡犯的罪人，交游千百，几乎每一位朋友都数得出我的前科来的。英国诗人奥登曾说，他常常搁下重要的信件不回，躲在家里看他的侦探小说。王尔德有一次对韩黎说："我认得不少人，满怀光明的远景来到伦敦，但是几个月后就整个崩溃了，因为他们有回信的习惯。"显然王尔德认为，要过好日子，就得戒除回信的恶习。可见怕回信的人，原不止我一个。

回信，固然可畏，不回信，也绝非什么乐事。书架上经常叠着百多封未回之信，"债龄"或长或短，长的甚至在一年以上，那样的压力，也绝非一个普通的罪徒所能负担的。一叠未回的信，就像一群不散的阴魂，在我罪深孽重的心底憧憧作祟。理论上说来，这些信当然是要回的。我可以坦然向天发誓，在我清醒的时刻，我绝未存心不回人信。问题出在技术上。给我一整个夏夜的空闲，我该先回一年半前的那封信呢，还是七个月前的这封？隔了这么久，恐怕连谢罪自谴的有效期也早过了吧？在朋友的心目中，你早已沦为不值得计较的妄人。

其实，即使终于鼓起全部的道德勇气，坐在桌前，准备偿付信债于万一，也不是轻易能如愿的。七零八落的新简旧信，漫无规则地充塞在书架上、抽屉里，有的回过，有的未回，"只在此山中，云深不知处"，要找到你决心要回的那一封，耗费的时间和精力，往往数倍于回信本身。再想象朋友接信时的表情，不是喜出望外，而是余怒重炽，你那一点决心就整个崩溃了。你的债，永无清偿之日。不回信，绝不等于忘了朋友，正如世上绝无忘了债主的负债人。在你惶恐的深处，恶魔的尽头，隐隐约约，永远潜伏着这位朋友的怒眉和冷眼。不，你永远忘不了他。你真正忘掉的，而且忘得那么心安理得的，是那些已经得你回信的朋友。

有一次我对诗人周梦蝶大发议论，说什么："朋友寄赠新著，必须立刻奉覆，道谢与庆贺之余，可以一句'定当细细拜读'作结。如果拖上了一个星期或个把月，这封贺信就难写了，因为到那时候，你已经有义务把全书读完，书既读完，就不能只说些泛泛的美词。"梦蝶听了，为之绝倒。可惜这个理论，我从未付之行动，倒是有一次自己的新书出版，兴冲冲地寄赠了一些朋友。其中一位过了两个月才来信致谢，并说他的太太、女儿和太太的几位同事争读那本大作，直到现在还不曾轮到他自己，足见该书的魅力如何云云。这一番话是真是假，令我存疑至今。如果他是说谎，那真是一大天才。

据说胡适生前，不但有求必应，连中学生求教的信也亲自答复，还要记他有名的日记，从不间断。写信，是对人周到，记日记，是对自己周到。一代大师，在著书立说之余，待人待己，竟能那么周密从容，实在令人钦佩。至于我自己，笔札一道已经招架无力，日记，就更是奢侈品了。相信前辈作家和学人之间，书翰往还，那种优游条畅的风范，确是我这一辈难以追摹的。

梁实秋先生名满天下，尺牍相接，因缘自广，但是二十多年来，写信给他，没有一次不是很快就接到回信，而笔下总是那么诙谐，书法又是那么清雅，比起当面的谈笑风生，又别有一番境界。我素来怕写信，和梁先生通信也不算频。何况《雅舍小品》的作者声明过，有十一种信件不在他收藏之列，我的信，大概属于他所列的第八种吧。据我所知，和他通信最密的，该推陈之藩。陈之藩年轻时，和胡适、沈从文等现代作家书信往还，名家手迹收藏甚富，梁先生戏称他为 man of letters，到了今天，该轮到他自己的书信被人收藏了吧?

朋友之间，以信取人，大约可以分为四派。第一派写信如拍电报，寥寥数行，草草三二十字，很有一种笔挟风雷之势。只是苦了收信人，惊疑端详所费的功夫，比起写信人纸上驰骋的时间，恐怕还要多出数倍。彭歌、刘绍铭、白先勇，可称代表。第二派写信如美女绣花，笔触纤细，字迹秀雅，极尽从容不迫之能事，至于内容，则除实用的功能之外，更兼抒情，称典型。尤其是夏志清，怎么大学者专描小楷，而且永远用廉便的国际邮筒? 第三派则介于以上两者之间，行乎中庸之道，不温不火，舒疾有致，而且字大墨馆，面目十分爽朗。颜元步、王文兴、何怀硕、杨牧、罗门，都是"样板人物"。尤其是何怀硕，总是议论纵横，而杨牧则字稀行阔，偏又爱用重磅的信纸，那种不计邮费的气魄，真足以笑傲江湖。第四派毛笔作书、满纸烟云，体在行草之间，可谓反潮流之名士，罗青属之。当然，气魄最大的应推刘国松、高信疆，他们根本不写信，只打越洋电话。

佳作赏析：

书信是亲朋好友之间沟通信息、联络感情的重要方式，即使是在电子产品和网络相当普及的今天，书信仍是人们重要的交流渠道。对于有些名气的作家而言，除了亲朋好友的信件外，往往还能收到许多读者和文学爱好者的大量来信，于是回信的问题就应运而生了。余光中先生在这篇文章中就用诙谐的语言写了回信一事，从文章中我们体会到了收信的快乐与回信的"痛苦"。余光中害怕写回信，回信固然可畏，但不回信也绝非什么乐事，因为在他看来如果有信不回就是"负债"，不回心里就会受到谴责，从这里不难看出余光中先生对朋友的真挚情感。

元白先生的豁达

□〔中国〕来新夏

　　元白先生是半个世纪以前我们几个经常到启功先生家去的学生对他的尊称。我十九岁入大学后就受教于正当而立之年的元白先生，读大学语文，并向元白先生学书画。只是我的艺术资质太差，一直落后于其他同伴，但是，元白先生依然不厌其烦地加以教诲，给我的习作圈点修改。我曾经学画过两个扇面，那只能算是临摹习作，送给元白先生审阅，他看到后，却认为还看得过去，就当场动笔亲加点染，果然大不相同，顿见画意，不仅使我欣喜非凡，同伴们也都羡慕不已，当然这是先生对学生的一种鼓励。等到四十年代初，元白先生在天津开个人画展，几位弟子正如大树底下乘凉般地参展，我的那两个经过先生点染的扇面也鱼目混珠地摆在会场，居然售出，我也得到一笔足够一个月伙食费的收入。这种经过包装的"伪劣假冒"行径一直使我感到不成材的惭愧，而元白先生却一再安慰我说，事情总有一个过程的。直到现在我还时时怀念这种温馨，又时时懊悔当年为什么这样草率地展售出去，辜负了先生的垂爱，失去了珍贵的纪念品。更为不该的是我终于因不刻苦努力，自己觉得在这方面难以成材，遂借口缺乏艺术细胞，而"学书不成去学剑"，还以不再耽误先生对我的劣质品加工的时间作为饰词。画虽然不学了，但师生的情谊不衰。我仍然每周至少去启府一次，大多是周日，和同一年龄段的新知旧友，围坐在画案周围，静听元白先生谈古说今，增长了许多课堂上难以学到的掌故旧闻。有时还要"蹭饭"，有一次，我一进门，元白先生就很高兴地告诉我：今天吃煮饽饽。我没有什么反响，心想棒子面饽饽也值得这么高兴吗？孰知吃饭时端上来的却是几大盘三鲜饺子，原来满洲俗称饺子为饽饽。我不禁自嗤幼稚，并把这种可笑讲给元白先生听，他听后哈哈大笑，而我则明白了婚俗中的子孙饽饽原指吃饺子而言。

元白先生少孤，家境也不算富裕，是由老母和亲姑含辛茹苦地抚养成人的。启老太太是位慈祥敞亮的老人，有时也和年轻人讲点笑谈。亲姑则是一位身材高大健壮，具有豪气的爽快人，为了协助嫂氏抚孤，一生未嫁，元白先生很敬重她，按照满洲习俗叫她爹爹，我们则顽皮地称她"虎二爷"。虎二爷对我们有点差错就直爽地数落几句，但总让人感到很亲切而不以为意。元白先生对两位老人都极尽孝道，言谈间总感谢老人培植自己的恩情，有时还向两位老人说点讨喜欢的话语，做点有趣的举动，很有点老莱子娱亲的意思。元白先生勤奋苦学，终于有成，给老人以最大的回报和安慰。

元白先生和夫人数十年夫妻间感情甚笃，真称得上是相濡以沫。启师母是位非常贤淑的女性，终日默默不语地侍奉老人，操劳家务，对元白先生的照顾尤为周到，说她无微不至，极为恰当。她对学生也都优礼有加，从没有师母架子，有时还给我们倒杯水。我们都心中不安而逊谢不遑，但启师母仅仅微微表示一丝笑意。启师母在我们师生间交谈时从不插言，即使元白先生有时对师母开个小玩笑，想把她拉进谈话圈里来，师母也只是报之以微笑，不像有几位老师家，师母往往喜欢喧宾夺主地絮谈不已，常常使老师处于一种无奈的尴尬境地。

元白先生是个天生幽默豁达的人，几十年来，我从未看到过元白先生疾言厉色地发过脾气，即使很不如意的事也是常以一种幽默来解脱。平日谈笑间也都坦荡豁达，如果不是生性淡泊，识透世情是绝难做到的。《启功韵语》是元白先生著作中我最喜欢读的一种。它虽说是元白先生的一本诗词集，但我总看它像一位性情中人流露真情的一幅自我画像。它以一种率真的笔墨，豁达的心态，坦诚地把自己裸露在世人的面前。它之所以感人是因为所说的都是由衷之言，写的都是平易之词，所以很多人爱看喜读，我手头由元白先生题赠的那本是我藏书中出借率最高的一种。人们读后或许会有各种不同的收益，但有一个共同点，那就是人们似乎从嬉笑的文字中读懂了元白先生幽默豁达的性格，感到老人很有趣，但是，人们或许没有看到这种嬉笑是无泪的笑，苦涩的笑。因为在这些文字的背后倾吐着一位饱经沧桑老人的郁愤。我读过几遍《启功韵语》，都笑不出来，对有些篇章词句甚至会无声地流泪。《自撰墓志铭》充分体现出元白先生的豁达，他用七十二个字明快洒脱地概括了一生，铭文中说：

中学生，副教授。博不精，专不透。名虽扬，实不够。高不成，低不就。瘫趋左，派曾右。面微圆，皮欠厚。妻已亡，并无后。丧犹新，病照旧。六十六，非不寿。八宝山，渐相凑。计平生，谥曰陋。身与名，一齐臭。

这是一篇辛酸的人生总结，也是元白先生的骄傲。这应是碑铭文字中别具一格的名篇。一九五七年的不公正遭遇仅用"派曾右"三字来概括他人生旅程中多么不平常的一段经历。貌似轻松，实则包含着多少同命运者的辛酸。我从六十年代被"挂"起来以后，有些旧友无可责怪地与我疏远了，唯有元白先生相交不变。我每次去京，元白先生总是了无顾忌地热情接待，他虽然已经"摘帽"，但仍未受到应有的重视，可是却一再劝我"要想得开，要善于等待"。他用这些语词来宽慰我的抑郁，并且请我到高级饭馆去改善生活，这在三年困难时期，"一饭之恩"是永志难忘的。十八年后，我终于被落实政策，重新安排工作，元白先生是最早知道"喜讯"的，他写来的信也是我收到的第一封安慰信。他在信中一本其幽默豁达的性格，调侃我十八年寒窑盼来了薛平贵，他还引了自己说过的"王宝钏也有今日"的词语，引我为同调，我真是和着笑的眼泪读了他的来信，深深地感谢我青年时代恩师的殷切关注。元白先生对政治挫折平淡达观，但对启师母却是伉俪情深远胜于政治挫折。这就是元白先生的真情所在。元白先生在《自撰墓志铭》中曾两处涉及启师母的逝去，但他仍以为这远远不足以表达他悼亡之情。所以，他另写有《痛心篇二十首》专篇。《痛心篇》前前后后写了一年，缠绵悱恻，哀痛悼念，读之令人心碎。这是一位贤淑女性应得的回报，也是诗人的一种人生情怀。《韵语》中有一首题名为《友人索书并索画，催迫火急，赋此答之》的诗，结尾一联说："如果有轮回，执笔他生再。"真是快人快语，不行就是不行，有事下辈子再说，真可为之浮一大白！我对元白先生的诗作说了如此之多，也许不是元白先生的本意，但是，诗是允许以意逆志的。

　　元白先生对金钱看得很淡薄，他的字画成名较早，本可以获取很多钱，但他并不富有，晚年还寄居亲戚家，出亦无车。近几十年，元白先生极少作画而字名日盛，聚财也并不难，但他多从情谊出发。如果人们注意到，中华书局有许多书签都是元白先生所题；在不少学者家里，也常可以看到元白先生的墨宝；拙著有多种都是由元白先生有求必应地写付好几条横竖不同的题签备选，甚至还在来信中一再说明"如有不适于印刷处，示下重写，勿客气也"；又在另一次我求书的复函中谆谆嘱咐说："近题书签多半字大，印时不加缩小，每觉难看，兹写力求较小，如书册略大，可放大付印也"；但是，传说有某权要以钱索书则被元白先生所拒。近年来，有人为元白先生组织过几次书展，有所收入，元白先生用来资助教育，但并没有为自己设立"启功奖学金"，而是为励耘老人陈垣老师设"励耘奖学金"。也许有人认为垣老曾有恩于元白先生。可是当今受恩反噬者又有几多，自我标榜者也大有人在。元白先生的风格与情操于此可见。近年来，元白先生声望日隆，艺术成就也蜚声于海内外，求字请教者不断，这对于年老多病的老人来说自然很不适宜。学校领导视元白先生为国宝，特加保护，元白先生不太习惯，曾自喻为"熊猫"。有一次，他因病谢绝来访，特书"大熊猫病了"一笺张贴门上，表现出一种诙谐豁达，使来访者见此，在笑声中欢快地离去。元白先生很重旧情，我在拙作《林则徐年谱新编》的后记中曾把我被落实政策后，元白先生对我的深情厚谊写进去了，元白先生在一份刊物上看到后，特意写信来重温往事，信中说："读到《东方文化》杂志中有大笔'捧柴'之文（按：后记曾在《东方文化》上发表，题名作《众人捧柴》），其中涉及不佞题签事，因及旧谊，并及薛平贵之典故。回忆前尘，几乎堕泪，以不佞亦曾自言'王宝钏也有今日'之语，虽然身世各自不同，而其为患难则一，抵掌印心，倍有感触，半世旧交，弥堪珍重！"披肝沥胆，实发乎至情。

　　元白先生对生和死也很豁达，一九九六年初夏，我因公出国访问，为便于到北京机场赶早班飞机，在前一天就投宿于北京师大的新松公寓。傍晚，我专程去小红楼看望元白先生。非常幸运，他中午方从医院回家，长久不见，互问情况。他还非常客气地，首先对因住医院没能及时为我新作《林则徐年谱新编》题签表示歉意，并说在我访日回来前一定完成，我感谢元白先生的盛情。等我很快访日归来回家时，不意在我书桌上赫然陈放着一件特快专递，原来是元白先生为《林则徐年谱新编》所写的横竖标签数则。元白先生以高龄病躯为我题写书名，用情之深，使我非常感动。在那次谈话中，元白先生还问我的年龄，我答以今年七十三，不意元白先生忽然开怀大笑，我不解其故，赶紧补充说，这是"坎儿"。元白先生更大笑不止。稍停，他老人家才说："你七十三，我八十四，一个孔子，一个孟子，两个到'坎儿'的人，今天挤坐在一张沙发里，这一碰撞，可能两个人都过坎啦，岂不可喜，你说不该大笑么？"元白先生一生豁达，幽默可笑，虽历经坎坷而不移其志。我半个世纪前受教门下，哪想到半个世纪后又受到一次识透人生的教诲，谈笑间解答了"坎儿"的困惑。虽是谈笑，却隐隐约约地启示人们不要拘束在各种各样的"坎儿"里，要拿得起，放得下。愿人生的勇者都能像元白先生那样豁达，敢于和形形色色的"坎儿"碰撞，能喜笑颜开地闯过包括"大限"在内的各种"坎儿"罢！

来新夏（1923—），浙江萧山人。著有《中国近代史述丛》《古典目录学浅说》等。

启功先生是我国著名的书法家、学者。作者在这篇文章中回顾了自己与启功先生学习、生活交往中的一些事情，为我们呈现了启功先生的另一面：淡泊名利、金钱，性格乐观豁达，善于苦中作乐，平易近人，对生死也看得很开。我们在对启功先生的书法、人品称颂的同时，他这种乐观向上的人生态度也很值得后人学习。凡事看开一些，无论什么"坎儿"都可以迈过去。

朱东润先生

□〔中国〕陈思和

我进大学那一年，朱东润先生已经八十二岁，还担任着中文系的系主任。时间过得可真快，记得第一次走到学校大门前，眼睛望着"复旦大学"四个毛体字，心里不由地"咯噔"跳了一下。像是为了壮胆，我很记住自己迈入学校大门的那一刻心境，从这以后，我的生命旅程就一直走在复旦校园里，平静如水地上课、下课……一晃竟十八年过去，朱东润先生今年是百岁诞辰了。

朱先生活着的时候，是中文系的灵魂；他死了，一股子凛然的正气依然弥散在中文系的教师中间。现在五六十岁左右的一代，凡怀念中文系的旧岁月时，总会情不自禁地说：朱先生那个时候……就好像朱先生代表了一个时代，他的名字与中文系的某段历史紧紧地联系在一起。在我进大学的时候，系里七八十岁的老教授还有十多位，但是大多都不上课，像国宝似的，一般秘不示人。朱先生则不同，因为那时他还担任了系主任的工作，比较容易见到他。校庆七十周年的时候，他还作学术报告，讲梅尧臣的诗，讲着讲着，不知怎么批评起郭沫若，旁边有人悄悄告诉我，在五十年代初期，朱先生曾怀疑屈原实无其人，《离骚》是后人伪托的，结果被人狠狠批了一顿，所以至今不忘。

在我的记忆里，朱先生不是个和蔼可亲的老人，他总是一本正经，我们作学生时，对他有点敬而远之。那时中文系学生喜欢搞创作，常常缺了课躲在寝室里写小说，朱先生知道后，跑到学生宿舍来与我们聊天。他板着脸说话，大家缩着头听，他讲了很多，大致的意思有两点：一是中文系学生不要急着搞创作，更不要忙着给报刊杂志写文章，这些都不算成绩的，作学生就应该老老实实读书，打好基础；二是中文系学生也要学好外语，否则不管什么学问都做不好，做不大。说完后，一个人，拿着一个手电，踽踽地走了。他不要同学们送他，更不要别人搀扶他，现在想起来，他说的两点意见真是金玉良言，可惜那时的学生，一个个大才子似的心比天高，能听得进去的人实在很少。我常常想，如果那天朱先生是来讲他写人物传记的创作体会，气氛一定会热烈得多。

朱先生是英国牛津大学毕业的，听说在武汉大学教书时，有些研究古代文学的老学究们瞧不起他，以为留洋学生不懂中国文化，他那时讲中国文学批评史，赌气用文言编了一本讲义，后来出版了，还是用文言文。但他写的人物传记却很有现代精神，特别是《张居正大传》，直到前两年，国内还有出版社在翻印这部书。朱先生对这部传记也很自负，听六十年代的学生说，朱先生那时作学术报告，讲人物传记，自认为世界上有三部传记是值得读的：第一部是英国的《约翰逊传》，第二部是法国的《贝多芬传》，第三部就是中国的"拙作"《张居正大传》。我虽没有亲耳听朱先生这样说过，但我相信他是会这么说的，说实话，我很佩服这样的学者。做学问本来就应该有这种与世界平等对话的自信，不像现在，中国的学者研究中国学术问题，偏要从外国人或者跑到外国去的中国人那儿找理论依据。

朱先生是个儒家，研究学问和平时为人一样，讲究入世的居多。他写的人物传记，有张居正、梅尧臣、杜甫、陆游、陈子龙……一个个出将入相，忠肝义胆，都是铮铮铁骨之辈。后来我读他的遗著《李方舟传》，里面写到自己的身世，倒也是很平常的一个书生。我猜想他年轻时一定有许多抱负，可惜知识分子的"庙堂"已经崩溃，他只能在自己的学术岗位上，做着经国济世的梦。在六十年代曾有出版社请他写苏东坡的传记，他倒也认真地研究了一番，结果还是回绝了出版社，理由是他不喜欢苏东坡这种游戏人生的世界观。其实苏东坡一生坎坷，又满肚皮的不合时宜，若是不学点老庄的人生观，早就生癌死掉了。然而朱先生不喜欢苏东坡。还有一件事，也颇说明他的个性。有一次在中文系的研究生入学会上，朱先生讲治学之道，讲到了陈寅恪，朱先生说，寅恪先生学问虽然好，但晚年花了那么多精力去研究一个妓女，大可不必！这话惹翻了中文系的另一位博士生导师，陈寅恪先生的弟子蒋天枢教授，竟当场拂袖而去，朱先生也气得脸色发白。这件事后来传出去，成为赞叹陈门弟子护师尊师的佳话，但朱先生的道德文章，也由此可见一斑。

我原先也没有想到，一生都为民族脊梁立传的朱先生，最后一部传记竟是写他夫人的。我没有见过朱夫人，听说是个贤惠的家庭妇女，"文化大革命"中因朱先生的牵连而被批斗，被强迫扫地，她忍受不了侮辱自杀了。朱先生前半生流离颠沛，与夫人离多聚少，后半生在复旦定居，才过了几年的安定日子，不料又生出如此惨剧。那时他已经是七十多岁的老人了，漫漫长夜里，他一边抗争着白天被批斗、被强迫劳动带来的身心疲惫，一边偷偷地写下了他夫人平凡而动人的一生。可惜这部《李方舟传》在朱先生生前没有出版。大约十多年前，一次校园里走路时遇见朱先生的高足陈尚君兄，他随口告诉我，朱先生有一部传记，是写他夫人的，至今还锁在抽屉里。当时言者无心，听者也无心，事情就过去了。直到去年我为上海远东出版社策划"火凤凰文库"时，突然记起了这件事，忙去找着朱先生的孙女朱邦薇小姐问，果然有这部书稿。现在，在朱小姐的支持下，《李方舟传》终于问世。因为这部书稿是在没有自由的岁月里写的，老人没有写到"文化大革命"的悲剧。传记的最后一章，写他七十岁生日那天，老夫妇同游南翔镇，无意中听到一首骚体悲歌如天音传来，夫人听了潸然泪下，预兆了山雨欲来，恰似全本《水浒》里"梁山泊英雄惊噩梦"的味道。

在读这部书稿的时候，不知怎的，我想起苏东坡的"十年生死两茫茫"的词来，已经淡忘了的朱先生形象慢慢地出现在眼前。但原先以为朱先生的凛然不可亲近的感觉，现在消失得干干净净，倒分明觉得是一个面带愁容、满腹隐忧的老人，被传统的知识分子的入世精神驱使着，吃吃力力地跟着时代跑，但在他的内心深处，似乎也有着苏东坡式的阴魂。这是他不愿见到，更不愿承认的。

关于朱先生，还有许多故事，我不想说下去。我想起古人的一句话，正适合朱先生的一生：知我者，谓我心忧，不知我者，谓我何求。

佳作赏析：

陈思和(1954—)，广东番禺人，生于上海，作家、文学评论家。著有《巴金论稿》(合著)、《中国新文学整体观》等。

朱东润先生是我国著名的文学批评家和传记文学的开拓者，生前曾任复旦大学中文系主任。作者回忆了自己学生时期对朱东润先生的所见所闻。朱先生一身正气，工作勤奋，学术严谨，对学生也是一脸严肃。文章对于朱先生的学术成就和主要著作也作了介绍。可以看出，朱先生是一个性情中人，对某人某事有意见往往是直来直去，有着一股强烈的"入世"精神。对于自己著作的得意之情往往溢于言表，缺少常人的谦逊。文章将朱先生心怀天下、桀骜不驯的形象生动地展现了出来。

民主斗士闻一多

□〔中国〕叶兆言

　　郭沫若对闻一多先生有个很新奇的比喻，说他虽然在古代文献里游泳，但不是作为一条鱼，而是作为一枚鱼雷，目的是为了批判古代，是为了钻进古代的肚子，将古代炸个稀巴烂。这番话是在闻一多死后才说的，他地下有知，大约会很喜欢。闻一多生前曾对臧克家说过："你诬枉了我，当我是一个蠹鱼，不晓得我是杀毒的芸香。虽然两者都藏在书里，他们的作用并不一样。"

　　闻一多的著名，因为写新诗，因为被特务暗杀，这两件事都具有轰动效应，而容易被人忽视的，却是他的做学问，是他对古典文献所做的考订工作。能否静下心来做学问，从来就是一种缘分，不是什么人都能获得这份荣幸。闻一多算不上科班出身，留学前，他学的是外语，去美国留学，学的是美术，业余的兴趣则是写新诗，所有这些准备，和后来的一头扎在古文献堆里做死学问，似乎挨不上边。类似的例子有很多，鲁迅是学海军出身，后来去了日本，转为学医，日后则以写作为生。郭沫若也是学医的，似乎比鲁迅的程度还强一些。朱自清和顾颉刚在北大读书时学哲学，徐志摩当时只是一名旁听生。徐后来去美国克拉克大学学历史，又去哥伦比亚大学学经济，最后读了政治，据说他去英国是为了向罗素学习，但是等他赶到剑桥，罗素由于行为出轨已被除名。

一个人最终是否有所作为，开始时学什么并不重要，闻一多的有趣，在于他做学问的极端。考察他的生平，写新诗和投身民主运动，时间都不长。大多数的时间里，他都是个地道的书虫，是在"故纸堆里讨生活"。抗战期间，西南联大的文学院落脚蒙自，闻一多在歌胪士洋行楼上埋头做学问，除了上课，吃饭，几乎不下楼，同事因此给他取名为"何妨一下楼主人"。按照我的想法，闻一多所以会走做死学问这条路，多少和他赌气有关。闻一多从美国回来，先担任中央大学的外文系主任，后来又任武汉大学的文学院长，任职时间都不长，其中重要原因，和这两所学校的保守学风分不开。一个写新诗的人在大学里没有什么出路，在老派的教授眼里，仅仅会几句外文和弄劳什子新文学，都是没有学问的表现。

闻一多显然想让那些老派的教授们明白，新派出身的人研究古典文献，不仅可能，而且会做得更出色。他身上的矛盾十分突出，一方面，他认为中国的旧书中，压根就没有一点值得保留的东西，声称自己深入古典，是为了和革命的人里应外合，把传统杀个人仰马翻。在一些文章中，他甚至把儒家道家和土匪放在一起议论，"我比任何人还恨那些故纸堆，正因为恨它，更不能不弄个明白"。他身上保持着真正的"五四"精神，始终清楚地知道自己应该和什么样的东西断裂，但是，另一方面，中国的传统文化又是那样让他如痴如醉，其痴迷程度和任何有考据癖的学者相比毫不逊色。为了深入研究，他走的是最正统的学术道路，从训诂和史料考订下手，为一个词一个字大坐冷板凳。

认真研究闻一多学术思想的人并不是很多，首先是个难度问题，没有点学问基础，根本就不明白他究竟说了些什么，考据文章对于外行来说犹如天书。今天的人心情大都浮躁，不可能像他那样陷进去，有人就算陷进去了，也是一种书呆子似的陷入，稀里糊涂一头钻进去，变得很愚蠢，再也拔不出来。今天从事古典文献研究的人并不在少数，以研究条件而论，要比闻一多不知强多少倍，可惜更多的人只是为研究而研究，为当教授而刻苦，学问成为吃饭的本钱，成为谋生的手段。就像作家的专业是写作一样，为写作而写作，为发表文章便不考虑一切后果，所以研究和写作，不是因为内心的迫切需要，而是因为从事这些专业。换句话说，研究和写作对自己并不是最好的选择，不过瞎猫碰上死耗子，人生旅途中的一种巧合。

闻一多对神话的研究，对诗经和楚辞的研究，对唐诗尤其是杜甫的研究，都达到了前人所未有的境界。这也许和留学接受西方教育有关，他似乎一直努力寻找蕴藏在传统中的现代根源。他计划写一本具有独到见解的《中国文学史稿》，为此做了大量的准备工作，留下许多未完稿的笔记。文学发展中的民间影响和外来影响，是闻一多关注的焦点，他不但研究文化人类学，而且还用弗洛伊德的心理分析来研究中国的原始社会，在方法上，既有最地道的朴学传统，又不缺乏世界最新的人文研究成果。朱自清先生对闻一多的评价很高，认为在古典文学研究领域，年龄仿佛的专家学者，很难有人能与之相匹敌，可惜英年早逝，被暗杀时才四十八岁，正是最应该出成绩的年龄。

说闻一多是一名斗士，应该没有问题。他似乎对"死"有着特殊的兴趣，做的是死学问，下的是死功夫，面对的是永恒的死亡：

> 这是一沟绝望的死水，
> 这里断不是美的所在，
> 不如让给丑恶来开垦，
> 看他造出个什么世界。

闻一多一定非常喜欢涅槃这个词，在此境界，贪、嗔、痴，与以经验为根据的我，都亦已灭尽，不复存在，于是达到了寂静、安稳和常在的状态。正因为如此，他才能一头扎进古典文献，在绝望中获得永生，在枯燥里获得快乐。他在给臧克家的信中，曾说自己是座没有爆发的火山，火烧得他浑身疼痛，却没有能力炸开那禁锢他的地壳。他写诗，做学问，后来投身民主运动，都是为了获得爆发的能力，也正是在这个意义上，闻一多始终是一名斗士，生命不息，战斗不止。对闻一多的研究，无论是他的学术思想，还是他的民主精神，其实都远远不够。自从有"五四"运动，这以后一到纪念日，就有人站出来说话，真说到点子上的并不多。我想，最容易体现"五四"实质的应该是闻一多这代人。他生于一八九九年，与海明威同年，十二三岁的时候，清朝没有了，有几千年历史的封建社会至此宣告结束，皇权在闻一多的脑海中没有留下什么印象，到二十岁，他积极参加"五四"学生运动，担任学生会书记职务，又去美国留学，充分接受西方的民主自由思想。

在闻一多的世界观中，最不能容忍的就是独裁。天赋人权，不可侵犯，是可忍，孰不可忍。李公朴被暗杀以后，很多人告诉闻一多，他已经被列入黑名单，形迹可疑的特务就在他家门前闲逛，而且送来恐吓信。闻一多如果理智一些，就不会去出席李公朴的追悼大会，但是他并不承认这就是中国的铁定现实，不愿意在独裁面前低下自己高贵的头颅。过去的十多年里，他一直埋头书斋，是中国最传统的读书人，与世隔离，现在，沉寂的火山突然爆发，他拍案而起，成为最激烈的民主斗士。在李公朴的追悼大会上，闻一多定有一种寂寞之感，他没有料到偌大的昆明，只有他一个教授来出席这样的纪念活动。据目击者说，那天本来不准备安排闻一多说话，可是他很激动，跳上台去，言辞激烈地说了一遍，演讲词后来被收进了中学课本。

闻一多在会上的演讲成为民主的绝唱，他离开会场不久，就被暗杀在大街上，凶手对他连开几枪，其中一枪击中头部，白色的脑浆流得到处都是。在中国的历史上，这是第一次，一位著名的教授，光天化日之下被打死在大街上。重温这一段历史，我总有些想不明白，为什么同为"五四"一代人，同样是接受了德先生赛先生的教诲，有人为民主献身，有人却明目张胆唆使别人去杀人。多年来我一直在傻想，为什么当时那么多教授，只有闻一多去参加李公朴的追悼会，后来终于想明白，当时学生已经放假，西南联大刚刚解散，很多教授离开了昆明。特务不过是钻空子，这至少说明当时还有些顾忌，真正内心深处感到恐惧的应该是独裁者，因为暗杀本身还是一种恐惧。

秀才碰到兵，有理说不清，这是当时中国的现实。万般皆下品，唯有读书高，当权者害怕文化人，这仍然是当时中国的现实。闻一多的死，自然不是毫无意义，它是民主和独裁的一次历史性决战，为后来的共产党获得天下提供了良机。从表面上看，闻一多的身体被消灭了，在独裁面前，个人的反抗很渺小，微不足道，但是却不能说它和国民党的最终垮台没有关系。闻一多的被暗杀，客观上造成一代中国知识分子和当局的彻底决裂，国民党政府因此大失人心，李公朴的追悼会，只有闻一多一个教授去参加，可是为了悼念闻一多，全国各地的纪念活动此起彼伏，谁也拦不住。

佳作赏析：

叶兆言（1957—），生于南京，作家。著有《死水》《别人的爱情》《没有玻璃的花房》等。

与朱自清的《中国学术界的大损失》一样，叶兆言的这篇文章也是对闻一多先生的怀念和评述。作者重点讲了两个事情：一个是闻一多虽然在学术上是"半路出家"，但他能沉下心来"在故纸堆里讨生活"，将学术视为自己的生命，从而在神话、诗经楚辞、唐诗等领域取得了举世瞩目的成就。第二个则是他不畏险恶势力，反对独裁，只身出席李公朴的追悼大会而被人杀害。独特的学术思想，无畏的民主战士，这两者有机结合在一起，使得闻一多成为"五四"一代人的杰出代表和"五四"精神的象征，永远值得后人敬仰和怀念。

纪念我的老师王玉田

□ [中国] 史铁生

9月8号那天，我甚至没有见到他。老同学们推选我给他献花，我捧着花，把轮椅摇到最近舞台的角落里。然后就听人说他来了，但当我回头朝他的座位上张望时，他已经倒下去了。

他曾经这样倒下去不知有多少回了，每一回他都能挣扎着起来，因到他所热爱的学生和音乐中间。因此全场几百双眼睛都注视着他倒下去的地方，几百颗心在为他祈祷，期待着他再一次起来。可是，离音乐会开始还有几分钟，他的心弦已经弹断了，这一次他终于没能起来。

唯一可以让他的学生和他的朋友们稍感宽慰的是：他毕竟是走进了那座最高贵的音乐的殿堂，感受到了满场庄严热烈的气氛。舞台上的横幅是"王玉田从教三十五周年作品音乐会"——他自己看见了吗？他应该看见了，同学们互相说，他肯定看见了。

主持人走上台时，他在急救车上。他的心魂恋恋不去之际，又一代孩子们唱响了他的歌，恰似我们当年。纯洁、高尚、爱和奉献，是他的音乐永恒的主题；海浪、白帆、美和创造，是我们从小由他那儿得来的憧憬；祖国、责任、不屈和信心，是他留给我们永远的遗产。

我只上过两年中学，两年的班主任都是他——王玉田老师。那时他二十八九岁，才华初露，已有一些音乐作品问世。我记得他把冼星海、聂耳、格琳卡和贝多芬的画像挂在他的音乐教室，挂在那进行教改探索：开音乐必修课、选修课；编写教材，将歌曲作法引进课堂；组织合唱队、军乐队、舞蹈队、话剧队……工作之余为青少年创作了大量优秀歌曲。如果有人诧异，清华附中这样一所以理工科见长的学校，何以他的学生们亦不乏艺术情趣？答案应该从附中一贯的教育思想中去找，而王老师的工作是其证明之一。要培养更为美好的人而不仅仅是更为有效的劳动力，那是美的事业……在这伟大（多少人因此终生受益）而又平凡（多少人又常常会忘记）的岗位上，王老师35年如一日默默无闻地实现着他的理想。35年过去，他白发频添，步履沉缓了……

9月8日，我走进音乐厅，一位记者采访我，问我：王老师对你有怎样的影响？

我说我最终从事文学创作，肯定与我的班主任是个艺术家分不开，与他的夫人我的语文老师分不开。在我双腿瘫痪后，我常常想起我的老师是怎样对待疾病的。

音乐会进行到一半的时候，主持人报告说：王老师被抢救过来了！每个人都鼓掌，掌声持续了几分钟。

那时他在急救中心，一定是在与病魔作着最艰难的搏斗。他热爱生命，热爱着他的事业。他曾说过："我真幸福，我找到了一个最美好的职业。"

据说他的心跳和呼吸又恢复了一会儿。我们懂得他，他不忍就去，他心里还有很多很多孩子们——那些还没有长大的孩子，和那些已经长大了的孩子——所需要的歌呢。

音乐会结束时，我把鲜花交在董老师手中。

一个人死了，但从他心里流出的歌还在一代代孩子心中涌荡、传扬，这不是随便谁都可以享有的幸福。

安息吧，王玉田老师！

或者，如果灵魂真的还有，你必是不会停歇，不再为那颗破碎的心脏所累，天上地下你尽情挥洒，继续赞叹这世界的美，浇灌人世的爱⋯⋯

佳作赏析：

史铁生（1951—2010），河北涿县人。作家。著有小说《我的遥远的清平湾》，散文集《自言自语》《我与地坛》《务虚笔记》等。

这是一篇真挚感人的佳作。作者用生动的笔触，满怀深情地追述了自己的老师王玉田为了教育事业、为了孩子们、为了音乐而贡献毕生心血的动人事迹。当学生们为了王老师从教三十五周年而举办的音乐会正要开幕的当天，王老师却因为疾病的折磨离开人世，留下无尽的遗憾和悲痛。然而正如作者所说，虽然他人不在了，但他的高尚品质、不屈精神、优秀作品会永远留在人们心中，这也是一种难得的幸福。文章夹叙夹议，饱含真情，催人泪下。

无言的诉说
——参观台北林语堂故居

□ [中国] 陈漱渝

　　著名散文家、林语堂先生的老友徐訏说过："林语堂在中国文学史上有一定的地位，但他在文学史上也许是最不容易写的一章。"林语堂本人撰写的《八十自叙》一书，开宗明义第一章就叫《一捆矛盾》，矛盾之多，多达一捆，可见其复杂。本文无意于全面评价林语堂一生的是非功过，更不可能在几千字的篇幅里理清他那多达一捆的矛盾。我只想忠实记叙1989年9月3日下午参观台北林语堂故居的情况，把我的所见所闻所感报道给没有机会亲临此地的朋友们。

　　林语堂是1936年8月移居美国，1966年6月自美返台湾定居的。他说："许多人劝我入美国国籍，我说，这儿不是落根的地方。因此，我宁愿月月付房租，不肯去买一幢房子。"他踏上台湾的土地，最感到惬意的一点，就是能够听到闽南话，如置身于景色秀丽的漳州老家。金圣叹批阅《西厢》，说人生有33件乐事时写道："久客还乡之人，舍舟登陆，行渐近，渐闻乡土音，算为人生快事之一。"林语堂对此感到强烈共鸣。

林语堂初到台北时，在阳明山永福里租了一幢白色的花园住宅，月租一万元。此屋位居山腰，难免潮湿。台湾当局为礼遇林语堂，特让他在白屋斜对面自行设计一幢新宅以为安居之所，即今阳明山仰德大道二段141号。林语堂设计时撷取了东方情调与西方韵味——乍看是中国传统的四合院建筑，细看之下却发现，二楼顶着那一弯长廊的竟是四根西班牙式的螺旋形白色廊柱。这个庭园方圆达千余平方米，楼房共计330多平方米的雅致建筑于1972年落成。林语堂用得意之笔描写道："空中有园，园中有屋，屋中有院，院中有树，树上有天，天上有月，不亦快哉！"林语堂去世后，他的家属主动迁离此处，由台北市政府改建为"林语堂先生纪念图书馆"，于1985年5月28日正式对外开放。改建时打通了一部分不需使用的房间，以陈列林语堂遗留的文物图书，其他地方基本上保存了原貌。这里的一桌一几，一草一木，都在表明原主人的生活智慧和人生哲学，无言地诉说着他的笔耕生涯。

走进林语堂的卧室，只见桌上摆着他生前使用的烟斗、眼镜、旧式电话，墙上悬挂着梦痕依稀般的旧照片：父亲林志成先生——一位自力更生的劳动者，后来当了基督教的牧师；亲情似海的家庭——他跟父亲和四兄一弟两个姐姐的合影；福建漳州府平和县板仔墟的故居——这里秀丽的山光水色，促使他形成了一种"山地人生观"。林语堂说，故乡、父亲和家庭，给他的印象极深，对他童年影响最大。1967年12月11日，林语堂接见《台湾日报》记者许由时动情地说："大约有半个世纪了，我一直没有回到故乡，但家乡一草一木，低首缅想，历历如在目前。有时在梦中神游故里，依然看见门前那清澈的溪流，映出自己儿时的形影。我的故乡是天下最好的地方，那里高山峻岭，毓秀钟灵，使人胸境宽阔。我总感觉到：走遍天下，没有一条柏油马路比我家乡的崎岖山道过瘾，也没有一栋高楼比家乡的高山巍峨。纽约摩天楼再高，但与我家对门的丛山一比，何异小巫见大巫，这是'尺寸'不同呀！"

谈起烟斗，林语堂有一整套理论。他认为抽烟斗的人大多是快乐的，和蔼的，恳切的，坦白的，善于谈吐的。一斗在口，像抽烟，又不像抽烟；像有所思，又像无所思，神态最为飘逸潇洒。因此，他把烟斗视为生活的伴侣，沉思的工具，只要醒着，嘴里一定叼着烟斗。直至去世前 20 个月，他才遵医嘱跟烟斗恋恋不舍地分手。据说有一次，他竟怂恿一位晚辈的太太劝丈夫抽烟斗，理由是："如果丈夫跟你争吵，你就把烟斗塞进他的嘴里。"不料这位太太模仿"幽默大师"的语调反诘道："如果他用烟斗圆圆的一端敲我的头呢？""幽默大师"顿时语塞，只好用打哈哈来自我解嘲。

林语堂的书斋，叫"有不为斋"。书斋中铺着红色的地毯，摆着黑色的沙发。两边都是落地书架，陈列着他的近六十种著作和四千多种藏书。书斋角落里安置着一张写字台，桌面上放着笔、稿纸、放大镜、书籍和茶壶、茶杯。

林语堂一生，的确有所为，有所不为。

他"不为"的事是做官。他觉得，有的文人可以做官，有的文人不可以做。他吃不消官场的生活：一怕无休止地开会、应酬、批阅公文，二不能忍受政治圈里小政客的那副尊容。有一次，蒋介石要给他一个"考试院"副院长的职位，两人谈了好久。出来时，林语堂笑眯眯的。友人说："恭喜你了，你在哪部门高就。"他笑眯眯地回答："我辞掉了。我还是个自由人。"他还说："追求权势使人沦为禽兽。权势欲是人类最卑下的欲求，因为这种欲望伤人最深。"

他"有所为"的事是写作。他经常说："我最喜欢做的事，就是写作。""写作的时候，也是我最快活的时候。"他经常清晨 5 点开始工作，有时连续写作十多个小时。他感到，忙忙碌碌的时候，生活反而较好。他不相信什么灵感，写作时讲求"静""专"与"兴趣"。他的书桌整洁有序，一尘不染，却经常摆上一碟花生米，几块糖，几片牛肉干。当然他也善于休息，主要方式是散步，游泳，游山逛水。他说："能闲人之所忙，然后能忙人之所闲。"

在居留异国的 30 年中，林语堂一直用英文写作，共出版了英文论著近 30 种，其中《生活的艺术》一书在美国至少已出了 45 版，还有英、德、法、意、丹麦、瑞典、西班牙、葡萄牙、荷兰等国的版本，畅销三四十年而不衰，在欧美被称为老少咸宜的"枕上书"。他的小说《红牡丹》被意大利、联邦德国、芬兰这几国的"每月一书读者俱乐部"选为它们的读物。由于林语堂向国外读者介绍了中国悠久的文化，1975年被推举为国际笔会副会长，同年又被列名为诺贝尔文学奖候选人。在台湾定居后，林语堂开始了他的"中文著作年代"，先后出版了《无所不谈》一集、二集、合集和《平心论高鹗》，重编了《新开明语堂英语读本》，还接受了香港中文大学聘请，编纂了一部《当代汉英词典》。这是一部用英文来解释中文字义的权威性的工具书，不仅采用了林语堂自己改进的罗马注音改良检字法，并且搜罗了很多反映现代观念的现代词汇。这部书于1968年开始编撰，1972年出版，正文1450页，说明300多页，为当今世界研习中文的外国人不可或缺。林语堂也因此当之无愧地与严复、林纾、辜鸿铭一起，被并称为"福建四大翻译家"。

林语堂一生嗜书如命。书斋的藏书他可以说每本都翻过、读过——不好的就搁下，凡好书必重读。他认为自己见解愈深，学问愈进，就愈能读出书中的味道来。书斋的藏书都有林语堂烟斗喷发出来的尼古丁味道，他本人知道哪一本哪一面的味道最浓。林语堂说，尝过情人滋味，便知道"苦学"二字是骗人的话。古人读书有所谓刺股法，追月法，丫头监读法，其实都很笨。而有人读书必装腔作势，或嫌板凳太硬，或嫌光线太弱，这都是读书未入门，未觉兴味所致。其实一个人要读书，则澡堂、马路、车上、厕所、图书馆、理发店皆可读，而且必能如此，方可读成书。读书成名的人，是只有乐，没有苦的。对于台湾当前升学至上的读书风气，林语堂极不以为然，非常同情那些终日被教科书压得如牛负重的学生。

在林语堂故居的陈列室中，还特地展出了一台"上下形检字法"的中文打字机。这台打字机高9英寸，宽14英寸，深18英寸，备7000字。7000字以上的罕用字可拼印左右旁而成，拼印字总数多达9万。如将"上下形检字法"运用到电脑上去，一分钟可输入50个字，为现阶段中文电脑输入最快的一种，而且使用方便，人人都能掌握。林语堂从1931年开始构思设计这台打字机，先后花费了几十年心血。因为机器的每一个零件都是特别设计，用人工打铸而成，所以耗资巨大，幸得友人借款，林语堂才免于倾家荡产。语言学家赵元任认为，林语堂的"上下形检字法"可运用于电讯收发报机、翻译机、传真机、电传打字电报机，是一项"了不起的发明"。林语堂说他是"献身文学，心近科学"的人，从这项发明中可以得到印证。

故居后院的林氏墓园，绿树蓊郁，芳草萋萋。这里原是他生前散步的地方，如今成为了他的安息之所。林语堂晚年常奔走于香港台北两地，在港滞留的时间长于在台的时间，林语堂无子嗣，只有3女。长女如斯在故宫博物院工作，著有《唐诗选译》《故宫选介》，1976年去世；二女太乙在香港任《读者文摘》中文版编辑；三女相如任香港大学生物化学教授，与其母廖翠凤合著有《中国食谱》《中国烹饪的秘密》。林语堂有一个外孙女、一个外孙，他一律以"孙儿"相称；他晚年最高兴的事，莫过于含饴弄孙，这也就是他常住香港的原因。林语堂说："我和孙儿没有玩什么游戏，也不玩什么玩具。我喜欢和他们一块倒在床上，又说又笑，有时一高兴就来个两脚朝天。"1976年3月22日，旅居香港的林语堂因头晕、呕吐，住进圣玛丽医院，26日突然转为肺炎，连续发生九次心脏停搏，于当晚10时10分病逝。3月29日，林语堂的灵柩由夫人、女儿、女婿护送抵达台北。当天下午，林语堂生前好友五百余人在台北新生南路怀恩堂为他举行了追思礼拜。周联华牧师说，林语堂曾用季节形容他写作的三个阶段："春天是那么好，可惜太年轻了；夏天是那么好，只是太骄傲了；只有秋天的确好，它是多彩多姿的。"周牧师认为林语堂的晚年是他人生的秋天，这一时期完成的很多睿智之作也是多姿多彩的。

4月1日上午，在阴霾的山色和萧瑟的雨声中举行了林语堂安葬式。一抔黄土，一束素菊，覆上了枣红的棺木。一代文化名人林语堂，就长眠在他故国故居的土壤之中。他是以一种不忧不惧的恬淡心情离开人世的。他说："让我和草木为友，土壤相亲，我便已觉得心满意足。"但是，也不可避免地留下了一些遗憾，比如：他既未看到他的中文著作的"全集本"，也未看到他的英文著作全被译为中文；书肆中触目可见的，反倒是他著作的伪印本、盗印本、赝本；此外，他跟他那"同心相牵挂，一缕情依依"的夫人也从此人天永隔，"若欲启唇笑，除非相见时"。

我离开林语堂故居时，已近傍晚。这时暮色正冉冉上升，烟岚腾空飘起。

我的思绪也不绝如缕。我想，名人的故居是超越时代的，它不会随历史老去。在我到来之前，已经有很多人在这里与已故的主人进行心灵的对话；我离开之后，这块土地上还会印上绵绵不断的新的足迹。

佳作赏析：

陈漱渝（1941—），生于重庆，祖籍湖南长沙。著有《冬季到台北来看雨》《甘瓜苦蒂集》等。

这篇散文名为写参观林语堂故居，但重点是对林语堂一生主要经历和成就的回顾。林语堂中年时移居美国，晚年回到台湾定居，并在台湾当局支持下在阳明山修建住宅定居，林语堂逝世后，住宅改为纪念馆，基本保留了林语堂生前的样子。作者对于纪念馆内部的具体构造和陈设并没有作过多描写，而是把重点放在了对林语堂的家庭生活、日常习惯、兴趣爱好、处世原则等的介绍上，并对林语堂在文学、翻译两个领域取得的巨大成就给予了充分肯定。文章将叙事、议论、抒情有机结合在了一起，赋予这篇文章浓郁的人文色彩和历史厚重感。

无愧的暮年
——写在翁独健师逝后

□ [中国] 张承志

前两年，元史界和北方民族史界的同行们曾筹划为南京大学教授、我国元史研究会会长韩儒林先生纪念八十寿辰，出版一本元史蒙古史论文集。但工作正在进行之中，韩先生却溘然辞世，旨在庆贺的论文集变成了追悼论文集。

今年，我们又筹备为纪念翁独健先生诞辰八十周年、从事学术活动五十周年编辑一本论文集，可是历史又重演了——翁先生竟也在酷暑之际，不留一言，突然弃我们而去，使我们又只能出版一本追悼论文集了！

至少我感到，大树倒了。一个值得注意的时代，一个失去长者的时代已经在悄悄地开始。在长者逝去以后，我不愿让自己的文字因规循俗而乖巧、而奉承；也不愿在恩师故世之际嗫嗫嚅嚅做孝子态，我宁愿继续在先生的灵前照旧童言无忌，以求获得我受业于他的最后一课。

翁先生是一位学者，但他作为学者的一生也许是悲剧。我认识的翁先生是一位老人，他作为一位老人却拥有着无愧的暮年。

翁先生个人的著述很少。除了他在哈佛留学期间用英文发表的《元史〈爱薛传〉研究》（一本研究元代中国与欧洲关系的著作）之外，论文很少。其中最重要的《元典章译语集释》（燕京学报三十，1946），仅作了几个词条，显然是一件未完之作。翁先生的论文几乎都发表于40年代末期，那以后，先是繁重的教育工作，再是繁重的学术组织工作——吞没了他的精力和健康，也吞没了他作为一位学者应有的著作。

在他生命的最后七八年间，我总感到：他似乎下定决心不再著述。

从1978年我考上他的研究生以来，我和同学们不知多少次表示愿做助手，愿为先生留下一本传世之作竭尽全力。但他总是微微地摇摇头，默默地吸着他著名的烟斗。他那神态使我内心感到一种震惊，我觉得他似乎看透了一切：包括我们的热心，包括学术著作本身。

我觉得他的那种神态平衡着我的年轻好胜的冲动。但我毕竟是我。1983年我在日本东洋文库进行中北亚历史研究时，我曾向一些极著名的日本教授谈到翁先生是我的导师。但他们的问话使我终生难忘，他们说："哦，是吗？我怎么不知道您的老师，他有什么著作？"

我觉得自尊心受了重重的伤害。著作，著作就是一切！我简直是在咬牙切齿地这样想着、写着。

但翁先生仍默默地噙着他的大烟斗。在他那残破而昏暗的室内，时间在无言中流逝。黯淡的光线映着他的脸，我觉得那脸上现出了一种坚毅。

惜墨真的胜于惜金。

先生不著作。

然而，在他殚精竭虑的领导下，中华书局点校本《元史》已经饮誉海内外；伊儿汗－波斯史料《世界征服者史》和《史集》的汉译本已在我国出版；内蒙古学者对元代另一巨著《元典章》元刊本的点校已经开始，基本史料整理，骨干队伍建设，都已初现规模。翁先生一贯坚持的思想已经在我国蒙元史研究界日益清晰地成为现实。但上述这些本不该由我来写，我知道在这些学业大计的背后，有多少学者在感怀着他们与翁先生之间的故事。那些故事使人们在漫长而枯寂的劳累中，体会到了一种纯净和崇高。

翁先生家门大开，不拒三教九流之客。

我曾经陪着翁先生和外国学者谈话。他握着烟斗，用英语和他们慢声闲谈，但只要听到书名和论文的题目，他马上打断谈话，当场要求把那名字写在纸上，然后仔细问清内容。这时他的小外孙女领着一个同学进来了，她们大概刚上初中，做不出一道英文作业题。翁先生抽出他数不清的辞典中的一本，他给那两个小孩讲解时的神情和主持学术会议完全一样。小姑娘走了，我看见翁先生脸上有一丝快意，也看见外宾脸上浮着惊讶的神色。

翁先生晚年慎于署名著述的态度近于神秘。

无论是我们同学，或是学术界一些同志，往往在自己的论文末尾注明"在翁独健先生指导下"之类的话。这并非恭维，因为翁先生确实细致地关心着他指导的每篇文章，但翁先生一视同仁，一律提笔划掉那句话——他划掉那句话时的那神态简直使人无法理解。

但是，在告别遗体时，当我看到数不尽的学者、青年、前地下党员、工人都在恸哭，为一位哈佛大学博士、燕京大学代理校长、中国蒙古史学会理事长、联合国教科文组织中亚文化研究协会副主席失声恸哭时，我突然想：

作品真的就是一切么？

也许，有的青年在他人生途中需要一位导师。常常是，有幸遭逢的一席话甚至一句话就能推动人生的一次飞跃，"导师"的意义就在于此。

我在翁先生面前肆无忌惮。我激烈地咒天怨地。我发泄地攻击批评。我发现了一条新史料欣喜若狂絮絮不休。我写作时需要去找翁先生说个痛快才能继续。翁先生总是端着他的大烟斗，心平气和地听着，即使插上几句也全是商量口吻。我特别兴奋的一次是在《文史》上发表了关于天山硇砂的文章之后，那次我对先生说，不管怎样我总算搞出了一篇肯定是正确的文章，因为我利用的不只是史料而且利用了地质资料馆的"物证"，翁先生听着，不加评价，表情也很淡然，但是后来，我胡扯中说了一句：

"日本有个古代雅利安博物馆——"

翁先生问："什么？"

我愚蠢地又说："古代'窝、利、安、特'博物馆。古代雅利安——"

翁先生怀疑地望望我。他指指书架说："那本字典。"

翁先生用他那本我也有的《日语外来语辞典》查了我那个"窝利安特雅利安"——Orient，东方。

我挨了整整一个小时训斥。翁先生在那一小时里的严厉、厌恶、愤愤不满的神情至今像是还在剥着我的皮肉。后来，有时我听见文学界一些朋友嘴里挂着"感觉""特棒""文化学"等等词儿时，我喜欢抬上一杠：

"哪儿棒啦？什么文化？我怎么不懂呀！"

这种抬杠源于那一小时，我已经感到这种抬杠（当然更多是默不作声的）使我受益匪浅。

在学问上，我是翁先生的不肖之徒。记得1979年初，我终于没有瞒住，而让翁先生读了我的第一篇小说以后，我使劲解释说，写着玩儿的，休息时写的，我不会耽误功课，而翁先生沉吟了一下，说道：

"你会成为个作家。"

他的口气中没有一丝不同意。我觉得他这个人没有一丝干涉学生、干涉别人的选择的习惯。他只是平静地发表了一下他对我观察的见解而已。

1985年年底，我鼓足勇气请求翁先生为我的小说集《北方的河》题写书名。我没有表白我鼓足勇气的原因，没有说一句我对这本集子的自负、珍惜和我盼望能和先生之间留下一点纪念的心情。

翁先生已经捉不牢手里的笔。在他那间永远昏暗的阴冷的屋里，我看见这白发苍苍、生命已届迟暮的老人颤抖着，用硬重的笔触为我写下了"北方的河"这四个年轻的字。

他看不到这本书了。

翁先生在暮年下定决心不著述，这于我是一个深奥的谜。我因为不能悟透这个谜，所以总觉得作品重于一切。但有时我又觉得这里的矛盾并不存在，我们师生其实是在完成着同一个过程，更古怪的是，我虽然年龄尚小却禁不住地总在思想暮年，也许是先生的暮年给我的印象太深了。

是的，生命易老，人终有暮，更重要的应该是暮年的无愧。学术会被后代刷新，著作会被历史淹没，不是所有学者教授都能受到那样的敬重，也不是所有白纸黑字都能受到那样的敬重的。这是一种现世思想呢？还是一种来世思想？——我不知道。

我只知道，能有一个像翁先生那样的暮年，是件很难的事，也是件辉煌的事。

在听到翁独健先生逝世噩耗的那一夜，我觉得我该做点功课纪念自己的导师。我打算写一篇严谨扎实的蒙古史论文，但写成的却又是一篇小说。我写了我国蒙古族牧人活动的最西极边境——伊犁的一个名叫波马的地方的日落景象，然后填上了一个题目：《辉煌的波马》。

我相信，先生是会原谅我的。

佳作赏析：

张承志（1948—），北京人，作家。著有小说《老桥》《北方的河》，散文集《绿风土》等。

一位德高望重的学术大师、一位晚年惜墨不事著述的老人、一位对学生严格要求却又不强加干涉的导师，这构成了张承志笔下的翁独健老人形象。作为我国蒙古史研究的重量级人物，翁先生一生为新中国史学研究事业、教育事业贡献了毕生精力，做出了杰出贡献。他甘居幕后、惜墨如金，不求名利，为培养史学后继人才呕心沥血。正如文章标题所言，翁先生有一个"无愧的暮年"，他的品格和精神赢得了社会各界的高度尊重和赞誉。

贝多芬百年祭

□ [爱尔兰] 萧伯纳

    一百年前,一位虽听得见雷声但已聋得听不见大型交响乐队演奏自己的乐曲的五十七岁的倔强的单身老人,最后一次举拳向着咆哮的天空,然后逝去了,还是和他生前一直那样地唐突神灵,蔑视天地。他是反抗性的化身。他甚至在街上遇上一位大公和他的随从时也总不免把帽子向下按得紧紧地,然后从他们正中间大踏步地直穿而过。他有一架不听话的蒸汽轧路机的风度(大多数轧路机还恭顺地听使唤和不那么调皮呢)。他穿衣服之不讲究尤甚于田间的稻草人:事实上有一次他竟被当流浪汉给抓了起来,因为警察不肯相信穿得这样破破烂烂的人竟会是一位大作曲家,更不能相信这副躯体竟能容得下纯音响世界最奔腾澎湃的灵魂。他的灵魂是伟大的,但是如果我使用了最伟大的这种字眼,那就是说比汉德尔的灵魂还要伟大,贝多芬自己就会责怪我,而且谁又能自负为灵魂比巴哈的还伟大呢?但是说贝多芬的灵魂是最奔腾澎湃的那可没有一点问题。他的狂风怒涛一般的力量他自己能很容易控制住,可是常常并不愿意去控制,这个和他狂呼大笑的滑稽诙谐之处是在别的作曲家作品里都找不到的。毛头小伙子们现在一提起切分音就好像是一种使音乐节奏成为最强而有力的新方法，但是在听过贝多芬的第三里昂诺拉前奏曲之后，最狂热的爵士乐听起来也像"少女的祈祷"那样温和了，可以肯定地说我听过的任何黑人的集体狂欢都不会像贝多芬的第七交响乐最后的乐章那样可以引起最黑最黑的舞蹈家拼了命地跳下去。而也没有另外哪一个作曲家可以先以他的乐曲的阴柔之美使得听众完全溶化在缠绵悱恻的境界里，而后突然以铜号的猛烈声音吹向他们，带着嘲讽似的使他们觉得自己是真傻。除了贝多芬之外谁也管不住贝多芬，而疯劲上来之后，他总有意不去管住自己，于是也就成为管不住的了。

　　这样奔腾澎湃，这种有意的散乱无章，这种嘲讽，这样无顾忌的骄纵的不理睬传统的风尚——这些就是使得贝多芬不同于十七和十八世纪谨守法度的其他音乐天才的地方。他是造成法国革命的精神风暴中的一个巨浪。他不认任何人为师，他同行里的先辈莫扎特从小就是梳洗干净，穿着华丽，在王公贵族面前举止大方的。莫扎特小时候曾为了彭巴杜夫人大发脾气说："这个女人是谁，也不来亲亲我，连皇后都亲我呢。"这种事在贝多芬是不可想象的，因为甚至在他已老到像一头苍熊时，他仍然是一只未经驯服的熊崽子。莫扎特天性文雅，与当时的传统和社会合拍，但也有灵魂的孤独。莫扎特和格鲁克之文雅就犹如路易十四宫廷之文雅。海顿之文雅就如他同时的最有教养的乡绅之文雅。和他们比起来，从社会地位上说贝多芬就是个不羁的艺术家，一个不穿紧腿裤的激进共和主义者。海顿从不知道什么是嫉妒，曾经称呼比他年轻的莫扎特是有史以来最伟大的作曲家，可他就是吃不消贝多芬。莫扎特是更有远见的，他听了贝多芬的演奏后说："有一天他是要出名的。"但是即使莫扎特活得长些，这两个人恐也难以相处下去。贝多芬对莫扎特有一种出于道德原因的恐怖。莫扎特在他的音乐中给贵族中的浪子唐璜加上了一圈迷人的圣光，然后像一个天生的戏剧家那样运用道德的灵活性又回过来给莎拉斯特罗加上了神人的光辉，给他口中的歌词谱上了前所未有的就是出自上帝口中都不会显得不相称的乐调。

贝多芬不是戏剧家，赋予道德以灵活性对他来说就是一种可厌恶的玩世不恭。他仍然认为莫扎特是大师中的大师（这不是一顶空洞的高帽子，它的的确确就是说莫扎特是个为作曲家们欣赏的作曲家，而远远不是流行作曲家），可是他是穿紧腿裤的宫廷侍从，而贝多芬却是个穿散腿裤的激进共和主义者，同样地，海顿也是穿传统制服的侍从。在贝多芬和他们之间隔着一场法国大革命，划分开了十八世纪和十九世纪。但对贝多芬来说，莫扎特可不如海顿，因为他把道德当儿戏，用迷人的音乐把罪恶谱成了像德行那样奇妙。如同每一个真正激进共和主义者都具有的，贝多芬身上的清教徒性格使他反对莫扎特，固然莫扎特曾向他启示了十九世纪音乐的各种创新的可能。因此贝多芬上溯到汉德尔，一位和贝多芬同样倔强的老单身汉，把他作为英雄。汉德尔瞧不上莫扎特崇拜的英雄格鲁克，虽然在汉德尔的《弥塞亚》里的田园乐，是极为接近格鲁克在他的歌剧《奥菲阿》里那些向我们展示出天堂的原野的各个场面的。

因为有了无线电广播，成百万对音乐还接触不多的人在他百年祭的今年，将第一次听到贝多芬的音乐。充满着照例不加选择地加在大音乐家身上的颂扬话的成百篇的纪念文章，将使人们抱有通常少有的期望。像贝多芬同时的人一样，虽然他们可以懂得格鲁克和海顿和莫扎特，但从贝多芬那里得到的不但是一种使他们困惑不解的意想不到的音乐，而且有时候简直是听不出是音乐的由管弦乐器发出来的杂乱音响。要解释这也不难。十八世纪的音乐都是舞蹈音乐。舞蹈是由动作起来令人愉快的步子组成的对称样式。因此这些乐式虽然起初不过是像棋盘那样简单，但被展开了，复杂化了，用和声丰富起来了，最后变得类似波斯地毯，而设计像波斯地毯那种乐式的作曲家也就不再期望人们跟着这种音乐跳舞了。要有神巫打旋子的本领才能跟着莫扎特的交响乐跳舞。有一回我还真请了两位训练有素的青年舞蹈家跟着莫扎特的一阕前奏曲跳了一次，结果差点没把他们累垮了。就是音乐上原来使用的有关舞蹈的名词也慢慢地不用了，人们不再使用包括萨拉班德舞、巴万宫廷舞、加伏特舞和快步舞等等在内的组曲形式，而把自己的音乐创作表现为奏鸣曲和交响乐，里面所包含的各部分也干脆叫作乐章，每一章都用意大利文记上速度，如快板、柔板、谐谑曲板、急板等等。但在任何时候，从巴哈的序曲到莫扎特的《天神交响乐》，音乐总呈现出一种对称的音响样式给我们以一种舞蹈的乐趣作为乐曲的形式和基础。

可是音乐的作用并不止于创造悦耳的乐式，它还能表达感情。你能去津津有味地欣赏一张波斯地毯或者听一曲巴哈的序曲，但乐趣只止于此；可是你听了《唐璜》前奏曲之后却不可能不发生一种复杂的心情。它使你心理有准备去面对将淹没那种精致但又是魔鬼式的欢乐的一场可怖的末日悲剧。听莫扎特的《天神交响乐》最后一章时你会觉得那和贝多芬的第七交响乐的最后乐章一样，都是狂欢的音乐：它用响亮的鼓声奏出如醉如狂的旋律，而从头到尾又交织着一开始就有的具有一种不寻常的悲伤之美的乐调，因之更加沁人心脾。莫扎特的这一乐章又自始至终是乐式设计的杰作。

但贝多芬所做到了的一点，也是使得某些与他同时的伟人不得不把他当作一个疯人，有时清醒就出些洋相或者显示出格调不高的一点，在于他把音乐完全用作了表现心情的手段，并且完全不把设计乐式本身作为目的。不错，他一生非常保守地（顺便说一句，这也是激进共和主义者的特点）使用着旧的乐式，但是他加给它们以惊人的活力和激情，包括产生于思想高度的那种最高的激情，使得产生于感觉的激情显得仅仅是感官上的享受，于是他不仅扰乱了旧乐式的对称，而且常常使人听不出在感情的风暴之下竟还有什么样式存在着了。他的《英雄交响乐》一开始使用了一个乐式（这是从莫扎特幼年时一个前奏曲里借来的），跟着又用了另外几个很漂亮的乐式。这些乐式被赋予了巨大的内在力量，所以到了乐章的中段，这些乐式就全被不客气地打散了。于是，从只追求乐式的音乐家看来，贝多芬是发了疯了，他抛出了同时使用音阶上所有单音的可怖的和弦。他这么做只是因为他觉得非如此不可，而且还要求你也觉得非如此不可呢。

以上就是贝多芬之谜的全部。他有能力设计最好的乐式；他能写出使你终身享受不尽的美丽的乐曲；他能挑出那些最枯燥无味的旋律，把它们展开得那样引人，使你听上一百次也每回都能发现新东西。一句话，你可以拿所有用来形容以乐式见长的作曲家的话来形容他。他是他的病症，也就是不同于别人之处在于他那激动人的品质，他能使我们激动，并把他那奔放的感情笼罩着我们。当贝里奥滋听到一位法国作曲家因为贝多芬的音乐使他听了很不舒服而说"我爱听了能使我入睡的音乐"时，他非常生气。贝多芬的音乐是使你清醒的音乐，而当你想独自一个人静一会儿的时候，你就怕听他的音乐。

懂了这个，你就从十八世纪前进了一步，也从旧式的跳舞乐队前进了一步（爵士乐，附带说一句，就是贝多芬化了的老式跳舞乐队），不但能懂得贝多芬的音乐而且也能懂得贝多芬以后的最有深度的音乐了。

佳作赏析：

萧伯纳（1856—1950），爱尔兰剧作家，1925年获诺贝尔文学奖。代表作品有《圣女贞德》《伤心之家》等。

萧伯纳在贝多芬逝世一百周年的时候，写下这样的经典篇章，详细回顾了贝多芬创作成就、成功经历以及他身后故事，重要的是他对音乐和对时代的影响，"一句话，你可以拿所有用来形容以乐式见长的作曲家的话来形容他"。

萧伯纳在叙述贝多芬的一生同时，更多的是对伟人的思念。"但是他的最大不同，就是他那独特的激动人的品质，他把他那奔放的感情笼罩于我们。"萧伯纳用诗性的语言，对贝多芬的音乐做了最恰当的评价。

最后的吟游诗人

□ [爱尔兰] 威廉·巴特勒·叶芝

　　麦克尔·莫伦大约于一七九四年出生在都柏林地区的特区弗得尔巷，离黑皮茨不算远。他生后两个星期，由于一场病，眼睛完全瞎了。然而，他的父母却因祸得福了。他们不久就有可能让孩子到街头和跨越利弗河的桥上去一面唱诗一面讨饭。他们可能真希望他们那个家庭里像麦克尔·莫伦这样的孩子越多越好，因为这孩子不受视觉的干扰，他的头脑就成为一个完美的回声室——日间每一件事物的运动，公众激情的每一个变化，都会在那回声室里悄悄地变成诗歌，变成优雅的谚语。后来孩子成了大人，成为特区中公认的吟游歌手的头领。织布工麦登，从威克洛来的瞎子小提琴手基阿尼，来自米斯的马丁，天晓得从哪儿来的门·布来德，还有那个门·葛莱恩——后来莫伦死了，门·葛莱恩披着借来的羽毛，或者还不如说挂着借来的破布片，昂首阔步，好不神气，让别人一看，还以为压根就没有过莫伦这人。莫伦生前，门·葛莱恩以及好多好多别人，在莫伦面前都毕恭毕敬，把他看作他们那伙人的头领。别看莫伦两眼啥也看不见，他讨老婆可倒没费什么劲儿，并且还可以挑挑拣拣呢，因为他是乞丐兼天才，一身而二任焉，这很讨女人的欢心。女人，也许由于自己总是循规蹈矩的，所以倒喜爱出人意表的、曲里拐弯的和让人琢磨不透的玩意儿。别看莫伦衣衫褴褛，他可不缺好吃的东西。有人还记得他曾经特别喜欢吃续随子酱，一次因为没有这东西佐餐，他居然义愤填膺，把一条熟羊腿朝他老婆扔过去。他，穿着那件镶着扇形花边披肩的起绒粗呢外套，还有那条旧灯芯绒裤子，很大的拷花皮鞋，挂着一根用皮条紧紧系在手腕上的结实的手杖，那模样可并不怎么中看。假如那位国王们的朋友、吟游诗人麦克康格林在科尔克的石柱下，从先知的视像中见到莫伦的模样，一定会吓得大吃一惊的。尽管现在的短斗篷和行囊不时兴了，可莫伦却是个真正的吟游歌手，而且同样是一位属于人民的诗人、滑稽演员、新闻传播者。早晨，他吃完了早餐，他的妻子或哪一位领导就读报给他听，不断地念呀，读呀，一直到他打断他们说："行了——让我来想。"这样想着，这一天当中要讲的笑话、要唱的诗歌就都有了。而且整个中世纪都在他那粗呢外套里藏着呢。

他倒不像麦克康格林那样憎恨教堂和牧师，每当他酝酿构思的果实还没有完全成熟，或者当人群叫喊着要他讲更实在的故事的时候，他就会朗诵或者吟唱一首叙事诗，一首民谣，讲《圣经》里的圣徒或殉教者的奇遇。莫伦站在街头墙角，只要人群靠拢过来，他就以这样一种方式开始（我把一个熟悉他的人的记录照抄在下面）："都靠拢过来，孩子们，围在我身旁。孩子们，我是不是站在水洼里了？我站的地方可是湿的？"几个孩子随即嚷开了："不，没有！你正站在好好的平地上呢。接着讲'圣玛丽'吧，继续讲'摩西'吧。"——每个人都要他讲自己最爱听的故事。这时候，莫伦猜疑地扭动了一下身子，抓住破衣服，突然高喊着："我的知心朋友这会儿都在我背后使坏！"最后他说："假如你们再这样欺骗捉弄我，我就要把你们几个人往架子上吊起来。"他这样警告着那些孩子们，同时开始朗诵他的诗歌。也许他会再推迟一下，问道："现在我周围站满了很多人吧？有没有可恶的异教徒在场？"他最著名的宗教故事是《埃及的圣玛丽》。这是一首非常庄严的长诗，是把科伊尔主教的长篇著作压缩而成的。诗中讲到一个放荡的埃及妇人，名叫玛丽，她不怀好意地随着香客去耶路撒冷朝圣。后来，她发现自己被一种神力所支配，不能进入神庙，她忏悔了，躲避在荒漠里，在孤独的苦行中度她的余生。最后，她临死的时候，上帝派主教索西莫斯来倾听她的忏悔，给她做最后的圣礼，在上帝派来的狮子的帮助下，主教为她掘了坟，把她安葬了。这首诗有一种可厌的十八世纪的调子，不过它特别出名，人们总是要求唱这首诗，以至于莫伦得了个外号叫"索西莫斯"，而且凭这个外号他才被人记住。他自己也作了一首虽然不是非常接近诗但比较像诗的作品《摩西》，不过，庄严的调子他实在坚持不下去，唱不多久他就依然用叫花调，仿照他以前唱的那样，唱成顺口溜了：

在那埃及国，尼罗河奔腾土地广，

法老的女儿去洗澡，体面又大方。

洗澡刚完毕，她就跨步登上岸，

沿岸跑起来，要把她高贵的皮肤吹干。

他碰到野草摔了跤，这时候她看到，

一捆稻草里边有一个婴儿在微笑。

她把孩子抱起来，语气温和地发话问：

"催人老的野草花，姑娘们，你们谁是这孩子的亲妈妈？"

他那幽默的诗句其实常常是那种让他的同时代人出乖露丑的冷嘲热讽和不经之谈。例如，他最乐意让一位由于爱摆阔气和手脚不干净而出名的鞋铺老板始终记住某一首诗的毫无足道的来源，这首诗只有第一节流传下来了：

在昂藏胡同的尽头真肮脏，

住着迪克·麦克伦那个臭皮匠；

在国王古老的统治下，他婆娘是个粗壮大胆的卖橘子女人。

在埃塞克斯桥上她扯着高嗓门，

六便士一斤是她的吆喝声。

可迪克穿着件外套簇崭新，这会子他终于成为个自由民。

他是个偃老头，跟他的家族一个样。

在大街上，他唱着好像发了狂，

哎唷哎唷哎哎唷，跟他的婆娘一起唱。

　　他也有各种各样的烦恼事，还要对付许多侵犯他权利的人。有一次，一个好管闲事的警察把他当作流浪汉抓了起来。莫伦提醒他的法官阁下别忘了先驱者荷马，他宣称荷马也是一位诗人、一个瞎子、一名乞丐。这时，他得意洋洋地在一片笑声中被赶出法庭。他的名气越来越大了，他也就不得不面对更大的困难。各式各样的模仿者纷纷出现。例如有一位演员，在舞台上模仿莫伦讲故事、唱诗，打扮成莫伦的样子，用这个来挣钱，莫伦挣多少个先令，那演员就能挣多少个几尼。一天晚上，这个演员正同几个朋友在一起进晚餐的时候，一场关于他的模仿是否过了头的争论展开了。结果大家都同意让群众来判断。赌的是在一家有名的咖啡馆请吃一顿四十先令的晚餐。这位演员就在莫伦常去的埃塞克斯桥上占了个位置。马上一小群人就聚集过来。他还没唱完"在那埃及国，尼罗河奔腾土地广"这句诗，莫伦本人就来了，身后也跟着一群人。两群人在极大的兴奋和笑声中相遇。"善良的基督徒啊，"假扮者喊道，"有人要那样模仿我这可怜的瞎眼人，能行吗？"

　　"那是谁，是骗子。"莫伦答道。

　　"滚开，你这个无赖！你才是骗子！你不怕上天赐给你的光会因为你嘲笑可怜的瞎子而从你眼睛里消失吗？"

　　"圣徒啊，天使啊，世界上好人真得不到保护吗？你是个毫无人性的骗子，竟想要夺去我得到面包的正当权利。"可怜的莫伦回答说。

　　"你，你这可恶的人，你不让我继续朗诵我这美丽的诗篇。基督的信徒啊，你们做做好事吧，能不能把这个家伙揍一顿赶走？他占了我的便宜是因为我眼前只有一片黑暗。"

　　这位假扮者，知道自己占了上风，于是感谢人们的同情和保护，又继续唱诗了。莫伦心中迷惑，暂时沉默，静听着。没多久，莫伦又开口道：

　　"你们中间真的没有人能够认出我吗？你们认不出我是我本人，而那个人又是别人吗？"

　　"我愿意继续吟唱这个动听的故事，"假扮者打断了莫伦的话，"我请求各位给予仁慈的关怀，让我把这首诗继续唱下去。"

　　"你没有灵魂需要拯救吗，你这嘲笑上天的人？"莫伦叫嚷着，被这一次侮辱激怒得几乎发狂了，"你是要抢劫可怜的人，同时毁灭这个世界吗？啊，世界上竟有这样的罪恶。"

　　"我把这罪恶留给你们，朋友们，"假扮者说，"请你们把它交还给那个真正的黑心肠，你们都熟识的那个人，这样，把我从他的诡计多端中拯救出来吧。"他一面说，一面收了几个先令和半便士。他这样做的时候，莫伦开始唱《埃及的玛丽》了，可是愤怒的人群抓住他的拐杖，要痛打他。正当这时，人们又发现他的外貌酷似本人，于是重新陷入了迷惘。假扮者这时冲着人群喊，要他们"抓住那个坏蛋，叫他马上知道究竟谁是骗子！"人们给他让道，让他走到莫伦跟前，可他并没有同莫伦干起来，而是把几个先令塞到莫伦手中。然后他转向人群，向大家解释说他的确只是一个演员，他打了一个赌，刚打赢了。这样，在群情激动当中，他离开了人群，去吃他赢得的那顿晚餐了。

　　一八四六年四月，人们告诉神甫说麦克尔·莫伦已处在弥留之际了。神甫到培特立克街十五号草铺的床上找到了他。屋子里挤满了那些贫穷的吟游歌手，他们来到这里，在这最后的时刻给莫伦一点欢乐。他死后，吟游歌手们带着提琴之类的乐器又一次来到这里，为他好好地守灵，每个人都用自己掌握的方式，如唱支歌，讲个故事，说句古老的谚语，或者吟一道优雅的诗，来增添欢乐的气氛。他已经结束了他的一生。他已经祈祷过了，忏悔过了，他们怎么会不诚心诚意地为他送行呢？第二天就举行了葬礼。他的一大帮崇拜者和朋友们同他的棺材一起登上了灵车，因为那天下雨，天气糟糕透了。他们还没有走远，突然一个人说："天气真是冷得要命，是不是？""加拉，"另一个回答说，"等我们到了墓地就会跟死人一样僵硬了。""让他倒霉好了。"

又一个说道，"我真希望他再坚持一个月，到那时候天气会转暖的。"一个叫卡罗尔的人随即拿出了半品脱威士忌酒，他们全都喝起酒来，为死者的灵魂祝福。然而，不幸的是灵车超载了，还没有到达墓地，灵车的弹簧就崩断了，酒瓶也碎了。

莫伦在他正在进入的那另一个王国里一定会感到不舒服，感到尚未死得其所，而这时候，也许他的朋友们正在为他祝酒呢。我们真希望有一个宜人的中间地带为他准备好，在那里，他只要用新颖而更加悠扬的调子吟唱下面这样古老的谣曲，他就能把披散着头发的天使们召唤到他周围来：

围拢来，孩子们，你们可愿意在我的身边围起来？
老婆子萨莉还没有把面包和茶壶给我送过来，
来听我把故事讲起来。

在那里，他会把令人讨厌的冷嘲热讽和不经之谈投向众天使。尽管他衣衫褴褛，但很可能他已经发现并且采集了那崇高真理的百合，那永恒之美的玫瑰。很多爱尔兰作家，无论是著名的，还是被人遗忘了的，正由于没有采集到这些花朵，所以都像海边碎裂了的泡沫那样，无声无息地消逝了。

佳作赏析：

威廉·巴特勒·叶芝（1865—1939），爱尔兰诗人、剧作家，1923年获诺贝尔文学奖。代表作品有诗歌《钟楼》《盘旋的楼梯》《驶向拜占庭》等。

这是一篇记述著名游吟诗人麦克尔·莫伦生平事迹的散文。文章对莫伦的家庭出身、生平事迹以及代表作品都作了描述。由于莫伦在当时的名气太大，竟然出现了假冒者，于是上演了一幕以假乱真的闹剧，叶芝对这场闹剧的描述颇为生动，现场感极强。通过文章结尾作者对莫伦的评价可以看出，叶芝对于这位爱尔兰历史上著名的游吟诗人是充满崇敬之情的，对他的评价也很高，莫伦在文学上取得的成就是后世许多作家所难以企及的。

论友谊

□ [黎巴嫩] 纪·哈·纪伯伦

你的朋友是对你需求的满足。

他是你带着爱播种，带着感恩之心收获的田地。

他也是你的餐桌，你的壁炉。

当你饥饿时会来到他身边，向他寻求安宁。

当你的朋友倾诉他的心声时，你不要害怕说出自己心中的"不"，也不要掩瞒你心中的"是"。

当他默默无语时，你的心仍可倾听他的心。

因为在友谊的不言而喻中，所有的思想，所有的欲望，所有的期盼，都在无可言喻的欢愉中孕生而共享。

当你和朋友分别时，你也不会悲伤。

因为当他不在身边时，他身上最为你所珍爱的东西会显得更加醒目，就像山峰对于平原上的登山者那样显得格外清晰。

不要对你们的友谊别有所图，除了追寻心灵的深耕外。

因为只求表露自我而无所他求的爱，并非真爱，而是撒出的网，捕获的尽是些无益的东西。

奉献你最好的东西，给你的朋友。

若他定要知道你情绪的落潮期，那么，把你的涨潮期一并告诉他。

因为，你若只是为了消磨时光才去寻找朋友，这能算你的朋友吗？

总该邀朋友共享生命才是。

因为朋友要带给你满足你的需要，不是填满你的空虚。

在友谊的滋润下恣意欢笑，同享喜悦吧！

因为在细枝末节的露珠中，你的心会找到焕发一新的晨曦。

佳作赏析：

纪·哈·纪伯伦（1883—1931），美籍黎巴嫩阿拉伯诗人、作家、画家，是阿拉伯现代小说、艺术和散文的主要奠基人之一。代表作品有《我的心灵告诫我》《先知》《论友谊》等。

这是一篇关于友谊的美文。中国有句古话：人生得一知己足矣！如果一个人能有一个知你、关心你、呵护你的朋友，那将是人生的一大幸事。纪伯伦用诗化的语言，将朋友之间纯洁、美好、互助的美好情谊表达得淋漓尽致。这是一种发自内心的、毫无利益考虑的、真挚的友谊。

有历史意义的房舍
——访薇拉·凯瑟

□ [美国] 耶胡迪·梅纽因

看到内布拉斯加州的红云镇的这些屋子、这栋房舍，不由地激动。当年小薇拉·凯瑟就是在这里长大的。五十多年过后，我初次见到她，并想象着薇拉姨婆作小姑娘时的情形。

不过，从她开朗、坦诚的面容上便可以辨认出红云镇开朗坦诚的民风。那是一个与好客的土地竭诚合作、辛勤劳作的世界。欢乐也属自家"土产"，直接来源于自然、亲朋、书籍和音乐，不须任何中介或外物的助力。那里没有几幅照片，没有录音，没有电视，没有廉价报刊或黄色读物。在整个红云镇，几乎人人都可以信赖。

那儿曾生活着真正的人。他们的共同点是劳动。他们所热爱的书籍，弹奏的乐曲，编织的毛衫和绣制的工艺品，以及他们代代家传但各不相同的母语等，生活背景塑造了他们独具一格的思想和情感。那里的气味实在、增进生机，空气令人焕发，声响尽为天籁，食物有益身心。非人的机器几乎还没问世。

这种自给自足的拓荒生活又常常以丰富的阅历和语言，以及对在欧洲的苦难史的耿耿于怀的记忆为补充。每个家庭具有不同的地域和种族特色，且有自己独特的文学、诗歌和音乐。

没有什么靠集中供给的，至少供暖或自来水是没有集中供给的。连镇商店还没偷换掉小店主们的个人特色。小孩子的零用钱也尚未遭到贪得无厌的商号的算计，广告大体上只限于告示牌、报纸或传单上。

凯瑟家简朴的尖顶小舍，显示出了其自身的美感和文化修养。摇篮、摇椅、窗帘、床罩、客厅，无不讲究，样样都表明主人的闲暇来之不易。尖尖的阁楼，铺设地毯的门廊，狭长的窗子，使这栋房子及其居住者们显得无可指摘。住在这里的男女或许会穿浆过的衣领、上衣或衬裙，但他们不会靠佣人来洗衣、烧水、熨烫。如果他们的房子收拾得一尘不染，光可鉴人，他们的衣装整洁如礼拜日的礼服，这些表象只印证了他们的美德。

在薇拉的作品中充分显示，凯瑟家的生活令人赞叹地传授着美的风格：精益求精的自律精神，优雅的风度，历练老成的态度，朴素的思维和措辞，人品、生活环境及风格的和谐一致等等，这里的一切没有任何东西妨碍直接的观察。凯瑟写作，并不是为了卖弄机智或追求虚荣，也不想证明某种观点。但她对作品的准确性深信不疑，并满怀对人们的同情和理解。

她很是敬佩福楼拜精雕细刻的风格，也从他身上为自己的天分和意愿找到了一面镜子，一种明澈的灵感。她适应环境的能力很强。晚些时候，我在纽约与她相识时，她对于大都市所提供的众多机会及隐姓埋名的状况，如鱼得水，应付自如。然而，当我和我的姊妹们与她一道漫步在她心爱的位于中央公园湖畔的纽约唯一的一条土路上时，她恍然觉得依旧踩在内布拉斯加的土地上。

除了薇拉姨婆，再没别的未嫁的姑姑姨姨能这样随便地和小孩子们厮混。因此和薇拉姨婆在一起我们十分得意。我们和其他的人在一起，我妈也不这么放心——她当然是对的，因为薇拉姨婆既是祖母，又是知心人兼益友良师，可敬可信而又生动风趣。她是独一无二的宝贵的朋友，是她引导我深入民族的灵魂。

佳作赏析：

耶胡迪·梅纽因（1916—1999），世界著名的美国小提琴家，犹太人。1916年生于美国。19世纪70年代出版了他的自传《未完的历程》。1985年成为英国公民。

在一个被现代文明充斥的浮躁世界里，能够找到一个远离工业化、保持原生态的环境和居所对于许多人而言是一种奢望，而作者则用生动的语言为我们描绘了这样一个"世外桃源"——红云镇，以及生活在小镇中的著名女作家薇拉·凯瑟。这里的一切都是那么恬静、自然、悠闲，包括这位女作家——作者的姨婆和良师益友。她的作品精雕细刻，风格清新淡雅，一切都与小镇上的生活那么协调、合拍。能拥有这样一位长辈做朋友，是多么幸福的事情。

和托·斯·艾略特的初次会面

□ [美国] 凯瑟琳·安·波特

我本人经过多年才理解了一点，要是一个人活得很久，什么事都会来临，甚至是死亡，甚至是答应赠送的一张照片。我几乎忘了我究竟为什么取得它。后来在搬家时，稿件给收起来放好，被遗忘了。我往往发现一些我几乎无法相信自己曾经动手写过的写了一半的短篇小说的文稿。

托·斯·艾略特到纽约出席他的剧本《鸡尾酒会》的首演时，我第一次见到了他。这帧照片活脱儿就像当时的他。他是一位容貌清秀、态度和蔼且很善于和人交谈的人。我只见过很少几个真正有才华、有天赋、有成就的伟大人物。我遇见这位时，便想到我见过的那些与他一样有着朴实、庄严的态度的人。这种态度是为艺术、为人类、为宗教、为思想或感情，以生活、思考和感受上的经验为实体多年培养而成的。作为艺术家而工作，他们很幸福地摆脱了各种各样的恐惧，以及出于恐惧的可怕的矫揉造作和其他愚蠢的行径，自然似乎成长得很快。他们没有自尊自大，也没有让自己的个性给别人留下自负的印象。我感到这位诗人始终就没受到两者中任何一种的折磨。

那是一次长时间的磨难，我直到晚上将近十点钟才去参加最后的一场宴会，可是他几乎已经是精疲力竭了：一个盛大的长时间的午餐会，一场拥挤的鸡尾酒会，一次宾客众多的晚餐，以及一场喧闹的、很晚才开始的宴会。一所相当大的三层楼房子，上上下下挤满了手拿酒杯的狂热的人们。除了一些并非从事文学工作的酗酒的人外，在场的至少有十二三位著名的好酒贪杯的文人，他们同时簇拥着他，不断旋转和更换位置，给人挤开又尽力挤回去，抓住他，拍拍他，拥抱他，竭力把别人从他身旁拉开。

他并不推拒，但也不后退。显露出沉着镇静而又不骄横自信，和蔼可亲而又不软弱无能。他是一位基督教圣约翰式的人物，而且出现在一场这样的宴会上，这可是一个很值得见到和铭记的场面！

我和他握手，他微微笑笑，把我拉进了那一圈人里，叫我坐在他身旁。我照办了，不过只坐了一会儿，说了几句话，便在我被撕碎之前逃走了。玛丽安·莫尔女士站在不远处，握着一杯果汁，她注意到有一位没把酒拿好的那种举止的先生，用她的柔和悦耳的声音说道："那个人举止不大得体，简直像一条鲑鱼那样，浑身上下斑斑驳驳……"我很快地写下这句话，以免把它忘了。我从一群人逛到另一群人，想法找人给我端点儿饮料来。最后，我实在不能忍受那种推推搡搡，就回家去了。离开的时候，我回头瞥了一眼那位诗人。他安详镇静，仿佛安逸地坐在那阵风暴之中，事实上他无疑是坐在那儿。一个人不经过一番挣扎到不了那儿。你可以看见他身上也留有痕迹，不过那并不损毁他的仪表。

这绝不是说，他是一尊柚木佛像，他不僵直，也没有引起恶心的上腹部。他想要喝多少酒就喝多少酒，而且似乎很欣赏，纹丝不动，只不过到那个反常的日子快结束的时候，他的脸色比先前显得苍白点儿，人也瘦点儿，额头上和颈背上稍许有点儿汗珠，他笑得有点儿倔强，比较喜欢把他的话限于表示简单的赞同："对，真的！"或者："一点儿不错！"我见到他很高兴，很为他所吸引。

凯瑟琳·安·波特（1890—1980），美国作家。普利策奖获得者。代表作品有中篇小说《灰白马，灰白骑士》，长篇小说《愚人船》等。

艾略特是美国著名的作家、诗人，作者这篇文章记述了自己参加艾略特作品首演式一系列活动时与艾略特本人见面的情景。文章先对艾略特的外貌作了描写，然后详细叙述参加宴会时与艾略特见面、交谈并逃离现场的过程。宴会现场的其他人在作者笔下十分不堪，与沉着冷静、和蔼可亲的艾略特形成鲜明的对比。尽管宴会的氛围令人反感，但作者仍对见到艾略特感到高兴，被艾略特的个人魅力和优雅气质所吸引。生动的文笔，精准的刻画，文学大师与众不同的飘逸形象已经呼之欲出了。

我的回忆：拜访教皇

□ [哥伦比亚] 加夫列尔·加西亚·马尔克斯

　　八年前在巴西圣保罗恺撒宫饭店，当时有人从我房间门下悄悄塞进一份当地晨报，报上刊登着标题长达八行的"教皇死"的消息。我很气愤，给服务员领班打电话抱怨说："一个五星饭店，给人送上个月的报纸是件非常丢人的事。"

　　"先生，请原谅。"他回答我说。

　　"先生，请原谅，不过教皇又死了。"回答我的是一个对一切都习以为常的操葡萄牙语的声音。

　　领班说的是对的。约翰·保罗一世，二十四天前刚当选的，笑容满面的阿尔比诺·卢西奥尼，昨天晚上死在了床上。我们这些出生太晚没能见到一九一零年的哈雷彗星而又没有把握能见到它一九八六年再次扫过的人，现在可以感到安慰了，因为我们经历了一件比彗星更罕见的事：历史上任期最短的教皇之一。更让人想象不到的是，没过三个月我会对他的继承人的一次极不寻常的拜访，在他梵蒂冈的办公室里同他一起被反锁了短短的几分钟。

一九七九年那个南方的春天，我曾去圣保罗请保罗·埃瓦里斯托·阿恩斯红衣主教帮助阿根廷解决失踪者一事。约翰·保罗一世的去世差点使我同他的会晤告吹，因为阿恩斯红衣主教那天就得临时回罗马去参加新的选举。但在我们仓促的会晤中，他提出了一个独特的意见：

"你同我一起去罗马同教皇谈谈这件事吧。"

"没有教皇。"我对他说。

"下星期就有了，"他对我说，"而且不管谁当选，都会对拉丁美洲的痛苦非常关切。"

但是我没有立即随他去，两个月后我去请约翰·保罗二世帮忙，因为阿恩斯红衣主教曾要求他特别会见我。只不过事情不像预料的那么容易，国务院说没有收到保罗·埃瓦里斯托的信，这件事在那儿算完结了。但我的一个当时在罗马《邮报》周刊任主编的朋友福尔维奥·萨内蒂，以十足的罗马方式对我说，他有个朋友的姐夫认识一位哲学教授，那位哲学教授认识另一个可能能促成这次会见的人。当天，我就去了巴黎，以为萨内蒂的小聪明会叫人等不及。但是当我在深夜到达那里时，我接到他的消息说：同教皇的会见在第二天下午一点半。

曾是我在费尔特里内伊的出版者而当时是《邮报》出版者的瓦莱里奥·里瓦，在乱糟糟的罗马机场迎接我，那时离会见只差一个半小时。我料想到时间会这样的紧张，因而在巴黎机场就买好了我二十年来的第一条领带，我怕不打领带他们会阻止这次会见。这样，我们可以马上去梵蒂冈了。

但我们没能立即去。根据瓦莱里奥·里瓦得到的神秘指示，我们先得穿过帕里奥劳区某一幢楼房，按响右边由上到下的第二个门铃，然后问一位伯爵夫人。问这位伯爵夫人，仅此而已。但是，我们一按铃，急急忙忙下楼的是个浪漫的女青年，她既漂亮又动人。提着一只上街用的袋子，袋子里装着我意大利文版的书，请我在书上签名。她把我们领到了一个离圣彼得广场两百米远的理论研究院，一位操一口流利的西班牙语的南斯拉夫神甫在那里等着我们。他似乎对上帝、对拉丁美洲无所不知。他领我们经过一道很窄的门进了梵蒂冈，这门通向里面的小胡同，胡同里似乎一个看守也没有。后来有人告诉我，自从约翰·保罗二世当选后，在罗马人的闲聊中，走那门又变得高贵了，都称它是"波兰门"。

梵蒂冈给我一片冷清的印象。宽敞的大厅挂着孤零零的哥白林壁毯；走廊没有尽头，南斯拉夫神甫几乎是拉着我从走廊里走过。罗马的冬天一点也不冷，而那个冬天是最好的一个。但是，透过彩色大玻璃窗，天空的光芒有一点阴郁，似乎不是在罗马。负责整理房间的不是那些魁梧而没有表情的瑞士看守，而是穿着礼服打扮成罗马贵族的青年。在凝滞的空气中，就像我所希望的，感觉不到上帝，但确能感觉到部长们的权力。

一点差三分时，向导让我坐在一个小厅里，并向我告退，答应在教皇接见后再来看我。厅里有安乐椅，金碧辉煌的柱子和忧郁的天鹅绒帷幔。小厅的尽头是关着的门，门后是放着亮晶晶的玻璃书柜的走廊：教皇办公室的前厅。尽管离那里没几个街区就是运输繁忙的蒂伯码头，但是这里感觉安静极了。整整五分钟没人来帮我的忙。突然一阵极小的钟声传出来，这声音只能是金子发出的响声。一个穿着耀眼的长袍、戴着迷人的室内便帽的人在即将来临的圣诞节的倾斜光线的照射下走了出来，亲手打开了屋子尽头的那扇门。他的手没有松开门上的拉手，我站了起来，但丝毫没动。他就在走廊的尽头愉快地笑着，做了个大家都非常熟悉的招手动作，好像在赶苍蝇似的，叫我过去。他就是约翰·保罗二世。

我对他的第一个印象感觉他似乎同捷克小说家米兰·昆德拉一样心神不安，他所有的照片也给我这种印象，而且越来越深。他们不仅体形上相似，而且表情和说话调子也相似。他给我的第二个印象是他领我去写字台时放在我肩上的那只有力的手。

"您讲什么语？"他问我。

有人跟我说过，约翰·保罗二世正在温习西班牙语，想在他下个月的墨西哥之行中讲得地道和利落些。为此，我建议他在会见中讲西班牙语。

"这很好，"我对他说，"我可以在我的回忆录中说，我给教皇您上了一堂西班牙语课。"

他略带淘气地笑了笑，以示同意。他没有让我坐在他的写字台对面，而是让我坐在他那一边的角上，在交谈时，他时不时地在我臂上拍几下以强调他讲的话。他一开头就告诉我在中学时，因为准备写一篇关于圣胡安·德拉·克鲁斯的论文，学过西班牙语，读他的原著。那时，我犯了一个策略性错误，当我问了他一个我认为非问不可的问题时，我发觉，事先规定的十分钟会见时间已经过去了五分钟。

一开始，我就发现教皇西班牙语讲得很好，但他力图讲得更好些，这使他格外注意寻找恰当的词汇，这样他就占用了我们本来应该用来谈中心问题的时间。因此，一进入正题，我就找机会引他讲意大利语或法语，毫无疑问，他说这些语言毫不费力。

做到这一点并不难。阿恩斯红衣主教曾把他请求这次会见的那封信的复印件交给我，我请教皇读读这封信，这不仅是为了证实一下我的身份，也是因为里面有我对阿根廷好几万失踪者这个问题充实而有说服力的论述。信是用法语写的，他开始念前，点了点头以示同意，同时说着"行啊！行啊！"尽管读得很快，但他善良的笑容一刻也没有消失过。最后，他好像从一次觉得没有必要做的旅行中归来似的把信交还给了我，并用流利的法语对我说：

"这同东欧很相像。"

我抓住机会，没让他再用西班牙语讲话，而实际上他也没有。但是，因为那时我上衣的一个金属纽扣掉了下来，我们两个人都听到纽扣在地上滚动。他身子向后朝椅子上靠了靠，让我在写字台底下找这个纽扣。他比我先看见，纽扣就在他渔民式拖鞋的边上。我急忙去拣那个纽扣，担心他比我先拣起来。就在那时，那个金钟敲响了，我连向他道个歉都来不及，会见就结束了，我们的谈话也没有能继续下去。

要是会见能延长五分钟的话，或许我的斡旋就能圆满结束了。总之，就像阿恩斯红衣主教在信中所说的，我们唯一能求教皇的是他为这一运动作祈祷。但是，梵蒂冈的规定是说一不二的，接见没有一个答复就结束了。但每当我回忆起这件事时，不是觉得这是不战而败的教训，而是觉得它像童年的回忆，值得讲给别人听。尤其是最后，尽管教皇旋转着钥匙，但在屋里没能打开办公室的门，直到他的秘书来救驾，从外面把门打开。我觉得，这很正常：我们所有的人都会在刚迁入的家中碰到这些困难，而他在这个家也只待了两个多月。只是在那时候，我才完全意识到自己在什么地方，那些装着一排排没完没了的一模一样的书的原木玻璃书柜，那些一朵花也没有开的花坛和那个形影相吊的人，他在锁上从右向左或反过来转动着钥匙却没能打开，口中念念有词，像是对那些陷入绝望的无知圣徒的祷告，祈求他们打开大门。

"要是我妈妈知道了我同教皇一起被反锁在他的办公室，她会怎么想呢？"我这么想。

那天下午，我怕没有人会相信，发誓决不写这件事。我是多么不现实啊！

佳作赏析：

加夫列尔·加西亚·马尔克斯（1927—），哥伦比亚作家、记者和社会活动家。1982年获诺贝尔文学奖，代表作品有《百年孤独》《恶时辰》《族长的没落》等。

这是一篇回忆性的文章，作者回忆了自己在罗马梵蒂冈与教皇约翰·保罗二世见面的主要经过。尽管见面的过程颇费周折，但从作者的记述中可以发现，作为宗教领袖的约翰·保罗二世并没有给人高高在上的感觉，显得平易近人，整个会见过程的氛围也比较轻松。文章夹叙夹议，作者将叙事和自己的心理活动有机结合在一起，饶有趣味。

与海明威相见

□ [哥伦比亚] 加夫列尔·加西亚·马尔克斯

　　我一眼就把他认出来了，那是 1957 年巴黎一个春雨的日子，他和妻子玛丽·威尔许经过圣米榭勒大道。他在对街往卢森堡公园的方向走，穿着破旧的牛仔裤、格子衬衫，戴一顶棒球帽。唯一看起来跟他不搭调的是一副小圆金属框眼镜，仿佛很年轻就当上祖父似的。他已经 59 岁了，体格壮硕，想不看见都不行，他无疑想表现出粗犷的味道，可惜没有给人这种感觉，他的臀部很窄，粗糙的伐木靴上方是一双略显瘦削的腿。在旧书摊和索邦大学出来的大批学子当中，他显得生气蓬勃，想不到 4 年后他就去世了。

　　好像总是这样，在一刹那间，我发现自己被分成了两个角色，而且在相互竞争。我不知道该上前去请他接受访问，还是过街去向他表达我对他无限的景仰。但不管怎么做对我来说都很不容易。当时我和现在一样，说得一口幼稚园英语，也不清楚他的斗牛士西班牙语说得怎么样。为了不要破坏这一刻，我两样都没做，只像人猿泰山那样用双手圈在嘴巴外面，向对街的人行道大喊："大——大——大师！"海明威明白在众多学生中不会有第二个大

271

·挚友真情卷·

师，就转过头来，举起手用卡斯蒂亚语像小孩子似的对我大叫："再见，朋友！"以后我再也没见过他。

当时我28岁，是报社从业人员，在哥伦比亚出版过一本小说，得了一个文学奖，可是仍在巴黎漫无目的地飘荡着。我景仰的大师是两位极为不同的北美洲小说家。当年他们的作品只要出版过的我一律没放过，但我不是把他们当作互补性的读物，而是两种南辕北辙截然不同的文学创作形式。一位是威廉·福克纳，我一直无缘见到他，只能想象他是卡尔迪埃·布勒松拍的那张著名肖像中的模样，在两只白狗旁边，穿着衬衫在手臂上抓痒的农夫。另一位就是在对街和我说再见，立刻又消失在人群中的人，留给我一种感觉，曾经有什么已经出现在我的生命里，而且从来没有消失过。

不知道是谁说过，小说家读其他人的小说，只是为了揣摩人家是怎么写的。我相信此言不假。我们不满意书页上暴露出来的秘诀：甚至把书翻过来检查它的接缝。不知道为什么，我们把书拆到不能再拆，直到我们了解作者个人的写作模式，再装回去。但这样分析福克纳的小说，就未免令人气馁，他似乎没有一个有机的写作模式，反而是在他的圣经世界里瞎闯，仿佛在一个摆满水晶的店里放开一群山羊。分解他的作品，感觉就像一堆剩下的弹簧和螺丝，根本不可能再组合成原来的样子。对比之下，海明威虽然比不上福克纳的发人深省、热情和疯狂，却严谨过人，零件就像货车的螺丝一样看得清清楚楚。也许就因为这样，福克纳启发了我的灵魂，海明威却是对我的写作技巧影响最大的人——不仅是他的著作，还有他对写作方法与技巧的惊人知识。《巴黎评论》登的那篇他和乔治·普林顿历史性的访谈中，他揭示了一套和浪漫时期创作理念相反的说法：经济的不虞匮乏和健康的身体对写作有帮助；最大难题就是把文字配置妥当；当你觉得下笔不如过去容易，应该重读自己的作品，好记起写作从来不是一件容易的事；只要没有访客和电话，哪里都可以写作；常有人说新闻会扼杀一个作家，其实正好相反，只要能赶快把新闻那一套丢开，倒可以成就一个作家。他说："一旦写作上了瘾，成为最大的乐趣，不到死的那天是不会停笔的。"最后他的经验发现，除非知道第二天要从哪里接下去，否则不能中断每天的工作。我认为这是对写作最有用的忠告。作家最可怕的梦魇就是早上面对空白稿纸的痛苦，他这番话无异于一贴万灵丹。

海明威的作品全都显现了他如昙花一现般灿烂的精神。这是可以理解的。他对技巧那种严格的掌控所建构出的内在张力，在长篇小说广泛而冒险的范围中无法维系下去。这是他出类拔萃的特质，也是他不该企图逾越的局限。就因为如此，海明威的余文赘语比其他作家的更显眼，他的小说就像是写过了头，比例不相称的短篇小说。对比之下，他的短篇小说最大的优点就是让你觉得少了什么，这也正是其神秘优美之所在。当代大作家博尔赫斯也有同样的局限，但他懂得不要贸然逾越。

弗朗西斯·麦康伯一枪射死狮子，可以说给读者上了一堂打猎课，但也正是写作方法的总结。海明威在一篇短篇小说中描写一头来自里瑞亚的公牛，从斗牛士胸前擦过，又像"转角的猫"似的快速跑回来。容我斗胆一言，我相信这样的观察，就是那种最伟大的作家才会冒出来的傻气小灵感。海明威的作品充满了这种简单而令人目眩的发现，显示此时他已经调整了他对文学写作的定义：文学创作犹如冰山，有八分之七的体积在下面支撑，才会扎实。

对技巧的自觉无疑是海明威无法以长篇小说著称，而以较工整的短篇小说扬名立万的理由。谈到《丧钟为谁而鸣》，他说并没预先计划好故事架构，而是每天边写边想。这用不着他说，看也看得出来。对比之下，他那些即兴创作的短篇小说却无懈可击。就像某个 5 月天因为暴风雪，使得圣伊西德罗庆典的斗牛表演被迫取消，那天下午他在马德里的自助式公寓写了 3 个短篇小说，据他自己跟乔治·普林顿说，这 3 篇分别是《杀人者》《十个印第安人》和《今天是星期五》，全都非常严谨。照这样说来，我个人觉得他的功力最施展不开的作品是短篇小说《雨中的猫》。

虽然这对他的命运似乎是一大嘲讽，我倒觉得他最迷人最人性的作品就是他最不成功的长篇小说：《过河入林》。就像他本人透露的，这原本是一篇短篇小说，不料误打误撞成了长篇小说，很难理解以他如此卓越的技巧，会出现这么多结构上的缺失和方法上的错误，极不自然，甚至矫揉造作的对话，竟然出自文学史上的巨匠之一。此书在 1950 年出版，遭到严厉批评，但这些书评是错误的。海明威深感伤痛，从哈瓦那发了一封措词激烈的电报来为自己辩护，像他这种地位的作家，这么做似乎有损颜面。这不只是他最好的作品，也是最具个人色彩的长篇小说。他在某一秋天的黎明写下此书，对过往那些一去不回的岁月带着强烈的怀念，也强烈地预感到自己没几年好活了。他过去的作品尽管美丽而温柔，却没有注入多少个人色彩，或清晰传达他作品和人生最根本的情怀：胜利之无用。书中主角的死亡表面上平静而自然，其实变相预示了海明威后来以自杀终结自己的一生。

长年阅读一位作家的作品，对他又如此热爱，会让人分不清小说和现实。曾有许多日子，我在圣米榭勒广场的咖啡厅看上老久的书，觉得这里愉快、温暖、友善、适合写作，我总希望能再度发现那个漂亮清新，头发像乌鸦翅膀一样斜过脸庞的女孩，海明威用文笔中的那种无情的占有力量，为她写道："你属于我，巴黎属于我。"他所描写的一切，他曾拥有的每一刻都永远属于他。每回经过欧德翁大道 12 号，就会看到他和西尔维亚·毕奇在一家现在早就变了样的书店聊天消磨时间，直到傍晚 6 点，詹姆斯·乔伊斯可能正好经过。在肯亚平原，才看了一次，那些水牛和狮子还有最秘密的打猎秘诀就归他所有了，斗牛士、拳击手、艺术家和枪手，一出现就纳入他的麾下。意大利、西班牙、古巴，大半个地球的地方，只要提过，就给他侵占了。哈瓦那附近的小村子寇吉马是《老人与海》那个孤独渔夫的家，村里有块纪念老渔夫英勇事迹的匾额，伴随着海明威的箔金半身像。费加德拉维吉亚是海明威在古巴的避难所，他死前没多久还在那儿住过，阴凉树下的房子还保持原状，里面有他各式各样的藏书、打猎的战利品、写作台、他巨大的肖像剪影，还有他周游列国收集来的小饰品，这些都是属于他的，但凡曾被他拥有的，就让他赋予了灵魂，在他死后，带着这种灵魂，单独活在世上。

几年前，我有缘坐上了卡斯特罗的车，他是一个孜孜不倦的文学读者，我在座位上看到一本红皮小书。卡斯特罗告诉我："这是我景仰的大师海明威。"真的，海明威在死后 20 年依然在最令人意想不到的地方出现，就像那个早晨一样永恒不灭然而又昙花一现，那应该是个 5 月天，他隔着圣米榭勒大道对我说："再见，朋友。"

佳作赏析：

　　马尔克斯作为当代著名的作家，已经享誉世界。然而任何一位作家都是一步步成长起来的，马尔克斯也不例外。这篇文章就是马尔克斯回忆自己年轻时以一个报社记者、文学青年的身份与大作家海明威在巴黎街头不期而遇的情景，进而对海明威的作品和对自己文学创作道路上的影响展开论述。毫无疑问，作者对海明威是充满崇敬之情的，而一位作家对另一位作家作品的评论也更具有专业性，对于我们了解海明威的作品颇具借鉴意义。文章开头和结尾都提到了海明威的那句"再见，朋友"，前面是写实，而后面则是想象，但海明威在作者心中是永恒的。

互异成趣

□〔日本〕松下幸之助

你喜欢吃青菜，我喜欢吃鱼肉。虽然嗜好各有不同，然而我们还是一桌共食。若是我们每个人都尝到了自己喜爱的食物，大家都会感到舒舒服服。要是你说自己不愿吃青菜，别人也不会因此而排斥你，更不会命令你非吃不可。

当我们能够体悟到各自互异的本质时，便会对彼此的互异成趣，感到快乐。这种快乐可以稳定一个人的心。

每个人都存在不同思考问题的方式，但最终我们还是同席而坐。倘若我们相互讨论、相互学习，方可和气生财。

天底下本没有十全十美的人，你我都各有长处与缺点。若是我们能坦然地不断活用这些长处与缺点，就能提高我们的品味与生活。因此，去批评、排斥、怀疑别人，是大可不必的。

这才是人类进步的原因，可只有真正的君子才可能真正地做到如此之境界。因思想不同而彼此相争的态度，因嗜食不同而彼此反目的行为，都不是真正的君子所为。

　　生命是短暂的，未来却是无限的。在有限的生命里，我们何必不去追寻能使你我互相进步的途径呢？

> 佳作赏析：

　　松下幸之助（1894—1989），日本著名企业家。松下电器创始人。

　　1918年松下幸之助创业以来，作为企业人，通过提供商品服务，始终以"为了使人们生活变得更加丰富、更加舒适，并为了世界文化的发展作出贡献"为宗旨。生活中的朋友大多能互相取长补短，但事业中的朋友往往很难做到。这就要向松下学习，善待自己，学会豁达与容忍，拥有一颗平常心，这样会活得更快乐，以一个真正自我的良好状态投入生活。

版权声明

本书部分作品无法与权利人取得联系，为了尊重作者的著作权，特委托北京版权代理有限责任公司向权利人转付稿酬。请您与北京版权代理有限责任公司联系并领取稿酬。联系方式如下：

北京版权代理有限责任公司

北京市东城区朝阳门内 55 号南门 1006 室

邮编：100010

电话：（010）58642004

E-mail:bookpodcn@gmail.com

Website:www.bookpod.cn